2021中国年度　微型小说

作家网　选编　　冰峰　主编

漓江出版社
· 桂林 ·

图书在版编目（CIP）数据

2021中国年度微型小说 / 作家网选编；冰峰主编
.-- 桂林：漓江出版社，2022.2
ISBN 978-7-5407-9197-1

Ⅰ. ① 2… Ⅱ. ①作… ②冰… Ⅲ. ①小小说—小说集
—中国—当代 Ⅳ. ① I247.8

中国版本图书馆CIP数据核字（2021）第266404号

2021 ZHONGGUO NIANDU WEIXING XIAOSHUO

2021中国年度微型小说

作家网　选编
冰　峰　主编

出版人：刘迪才
责任编辑：黄彦
书籍设计：石绍康
责任监印：张璐

出版发行：漓江出版社有限公司
社址：广西桂林市南环路22号　邮编：541002
发行电话：010-65699511　0773-2583322
传真：010-85891290　0773-2582200
邮购热线：0773-2582200
电子信箱：ljcbs@163.com
微信公众号：lijiangpress
印制：北京中科印刷有限公司
[北京市通州区宋庄工业区1号楼101号　邮编：101118]
开本：690 mm × 1000 mm　1/16
印张：20　字数：277千字
版次：2022年2月第1版
印次：2022年2月第1次印刷
书号：ISBN 978-7-5407-9197-1
定价：45.00元

目录
contents

新生态下微型小说的文本格局（代序）

冰　峰（作家网总编辑）

大家可能注意到了，现在打开《中国年度微型小说》（以下简称《年选》）的目录，我们就会发现，熟悉的作者越来越少了，陌生的名字如雨后春笋般占领了整个页面，写微型小说的“老”作家大有被挤出《年选》的势头。究其原因，我想，微型小说生态的变化是不可忽视的重要原因之一。

客观地讲，作为《年选》编者，我们一直在尽力而为，非常希望《年选》能呈现当年度最优秀的作品。但有些不可回避的原因，也是客观存在的，我们很难改变。

其一，著名作家新写的微型小说作品少了，质量也在下降。《年选》已经编辑、发行二十余年，编者的新鲜感没了，作者的新鲜感也没了。特别是著名作家，他们的写作激情早已失去了当年的澎湃和激烈，整个微型小说界的热闹、红火也在消退，所以有名气的作家对作品能否入选《年选》并不在意，他们的心情或许早已被微信、抖音和无聊的信息所绑架。只有少数名作家，依然在忠贞不渝地守恋着微型小说这块儿田地。如凌鼎年、戴希、申平、侯发山、马新亭、符浩勇、汪云飞、王培静等微型小说作家，他们没有改变初衷，依然恪守着对微型小说的忠贞和爱，用情感守护着微型小说弱小的光芒。

过去我们选稿，往往把作者的名气放在首位来考量，因为，只有名家的作品才会被读者关注，才会给出版社带来人气“流量”和效益，所以我们在选择微型小说作品的时候，必须先看作者的名气。具体来说，如果选发稿件的标准是 80 分，普通作者的作品，达不到 80 分是绝对不能够入选的，而名家的作品，可能只有 70 分，最后也能被选入。这就像当下的书法市场，只要是名家的作品，写得再烂再差，也是“名人字画”，价格也会不菲，而无名之辈的作品，即使有王羲之的神韵，也会被“专家”和顾客弃之不顾，无人问津。电影明星、歌星等也是如此，只要有名气，我们就不能忽视他们的粉丝效应，因为，电视剧需要流量，电影需要票房，图书也需要读者。

现实是残酷的，我们没必要故作清高。因为出版社出书，也是需要赚钱的，这是无法回避的事实。

其二，编辑对作品的误判。误判属于主观意识，属于先入为主的意识错觉。我们对事物的判断，有时候也是非客观的，即使我们并不想偏离客观。比如对名家作品的判断，他们过去的辉煌历史就摆在那儿，这些都是诱导我们偏离客观的因素。一般来说，获得过大奖的名家，我们总觉得他们是业界的翘楚，领军人物，他们的作品是标准之上的范文，不能对其有任何质疑，否则就是幼稚或无知的表现。所以，他们只要赐稿，编辑是不能有任何质疑的。从另一角度看，编辑一般也不会提出质疑，编辑是发自内心的认可。比如有的作家，长篇小说写得好，评论写得好，散文写得好，诗歌写得好……我们就会觉得他们的微型小说也会写得很好。这种认知是惯性，是自觉，并不是有意拍谁的马屁。而这些名家的微型小说确实写得好吗？很难说，有待于时间和历史的验证。反过来说，如果有的名家非要拿一些不及格的、很拙劣的作品来发表，损毁自己的名望，那对于编辑来说，也没有必要横加阻拦，破坏个人之间的文学友情。客观讲，之前《年选》中的名作家多，也有这样的原因。

其三，网络写作让微型小说的题材更为多元，发表渠道更为丰富，新面孔、新手法、新文本在层出不穷地涌现。过去的年选，大部分作品都来源于国内的文学刊物和报纸，其他渠道的作品甚为少见。而现在，源于网络的好作品已经比比皆是。虽然选发这些作品有如大海捞针，但“寻宝”的乐趣也自是一番享受。当然，网络上寻来的作品，虽然有可读性，文采又好，但这些作品的作者多数都名不见经传，找到作者并获得授权，便成了编辑的为难之事。有的作品，尽管编辑尽了最大努力，但还是没有联系到作者，最后便只能在惋惜的叹息声中将作品“枪毙”。这样做，虽然残酷，但在知识产权被日益重视的今天，其行为也是顺应时代、无可指责的。即便如此，源于网络的好作品还是占据了年选的大量版面，并以特殊的方式改变着微型小说的格局和文本生态。

从另一视角看，微电影、网络视频的快速成长，也在潜移默化地改变着微型小说的叙述方式和文本结构。微型小说纯粹的文学性正在发生变革，故事性、镜头感、时代性、网络叙述等特点正在悄然改变着微型小说的写作风格，一场看不到硝烟的文本战争正在进行。但无论如何，微型小说毕竟还是微型小说，微型小说应该具有微型小说最基本的特征。正如“人”的概念一样，即使医学技术很发达，对人体进行了整容、换器官……但“人”的基因是不能改变的。否则，“人”就变成了另外的物种。

总之，世界在变化，文学生态在变化，微型小说的文本格局也同样在变化。那么，如何在微型小说新的生态下，《年选》依然能够亲近作者，靠近读者，并为作者和读者之间架构一条便捷的情感通道，让作者的文字，能够跨越桥梁，走进读者的灵魂世界，我觉得，对文本的重视是根本，也是《年选》的价值之所在。

马桶嫂

凌鼎年

娄城的翰林弄，少说有500年历史了，出过的名人大大小小近三位数，是娄城人永远的骄傲。

迟香香原本不算名人，但也有幸住在翰林弄。更确切地说，她是嫁进翰林弄的。1949年初，迟香香19岁，嫁给了翰林弄时家的独子时上水。时家早先很殷实，但三代单传，人丁不旺，慢慢就败落了。到时上水，也没见有什么大出息，后来，他去保定陆军军官学校读了几年书，好像混上了营长。

时上水有一爱好是看沪剧，竟看上了第一次登台唱戏的迟香香。迟香香扮相好，唱功好，惹得时上水痴痴迷迷，追了一年多，总算功夫不负有心人，被他娶回了家。

这迟香香真是漂亮，皮肤又白又嫩，用时上水的话说：吹弹可破。她的三围也是没话说的，该凸的凸，该凹的凹，男人看了，没有不动心的。

时上水是真喜欢她。新婚那一个月，恩恩爱爱、缠缠绵绵，可惜，部队来了上前线的命令。军人以服从命令为天职，时上水只好依依不舍地告别新婚妻子，上了前线。

结果，国民党军队节节败退，1949年5月初，时上水随国民党军队登上军舰撤离上海，退到台湾。按时上水当时团副的级别，花点钱是可以把迟香香带走的。但那时，迟香香已怀孕九个多月了，随时可能临盆，万一在军舰上肚子痛，那麻烦就大了。

时上水建议迟香香留在娄城，等生下孩子后，再另想办法一家子团圆。

时上水撤到台湾不久，娄城解放了。解放没有几天，迟香香生下了一个女孩。女儿姓什么，叫什么？考虑再三，迟香香让女儿随自己姓，叫迟桂花。

迟香香已预感到麻烦来了，自己被定性为国民党军官太太，划到了人民的对立面。

时上水临走时留下了一些钱，可坐吃山空，一年后就用完了。她迟香香手不能提，肩不能挑，咋生活。除了唱戏，她啥也不会，一般单位也不敢要她这种国民党军官太太。

当时有个姓刁的山东干部见她长得漂亮，想动她脑筋，谁知迟香香还挺烈的，说什么也不肯。姓刁的碰了一鼻子灰，很是不爽，就气呼呼地说："迟香香，倒夜香吧。"

就这样，迟香香干上了倒马桶的活。有人叫她"马桶嫂"，听是不好听，活也又脏又累，但总算有口饭吃了。

从此后，在翰林弄一带，每到天蒙蒙亮，就响起了迟香香的吆喝："倒马桶！马桶拎出来。"

迟香香是唱戏出身，她的嗓门刮辣松脆，又亮又响，还刚中带柔，反正听着让人舒服。在迟香香一声声的吆喝声中，一家家把沉甸甸的马桶拎到了门口。

迟香香把屎尿倒了，洗刷干净了，再把马桶一家家放门口，从没有弄错的。

后来有人发现，迟香香每天早晨的吆喝，比闹钟还准。有人开玩笑说：报晓的大公鸡都不用养了。

迟香香十几年马桶倒下来，成了翰林弄的老百晓，谁家女人怀上孩子了，谁家老爷子痔疮发作了，谁家当家人便秘了，谁家来客人了，她通过每天倒的马桶竟都清清楚楚。

一晃到了 1966 年，有红卫兵小将贴了迟香香大字报，说她是反动军官的太太，是潜伏的美蒋特务，要她老实交代。连她女儿迟桂花也表示要与母亲划清界限。

红卫兵逼问：时上水临逃离大陆前，留下什么话？

这迟香香记得很清楚，他说："香香，相信我，我会回来的，你放一百个心。我保证！"

这不是反攻大陆的预言吗？联系到迟香香能通过每天倒的马桶判断出谁家女人怀孕，谁家男人生病，这一定是受过专门的特务训练。小将们把迟香香剃了阴阳头，拉上街游街批斗，要她低头认罪。可倔强的迟香香不流泪，不低头。她坚持说："我不是反革命，更不是美蒋特务！"

好在迟香香素来为人和善，对谁都赔着笑脸，邻居关系不错。翰林弄有人为她说话，说解放那年，她与时上水结婚时才 19 岁，结婚也就一年左右，两人真正住一起也就个把月而已，她能知道个啥？……

到了 80 年代末，娄城台办来找迟香香，说有台湾人来找她，来人说他是时上水的儿子时怀香。

尘封的记忆一下打开，迟香香忙不迭地问：时上水还好吗？他为什么不来？

时怀香告知：老爸时上水已往生了。具体怎么死的，他似有隐情，缄口不言。那时，两岸关系有松动，但有些话题还是敏感的，迟香香也不便多问。

时怀香把从台湾带来的父亲遗物，一套衣服与一块手表交给了迟香香。迟香香买了墓地，做了个衣冠冢，每年清明去祭扫。

90 年代中期的某一天，娄城统战部部长陪上级领导来找迟香香，郑重其事地告知：时上水是我党派遣潜伏在台湾军队里的，在国民党大清洗时牺牲，已被定为烈士。

直到这一刻，迟香香才知道自己男人原来是卧底，是打入敌人内部的地下工作者，回想起他临走前对她说的话，要她留在大陆，她什么都明白了。这时，她再也控制不住自己的情绪，大哭起来，撕心裂肺。

原载《中文导报》2021 年 4 月 22 日

接头暗号

王伟锋

拂晓，老钟起床，腰里塞着短斧，悄悄摸上野马岭。

老钟隐身伏在一块大石后查看。野马岭上，血迹斑斑，可见昨夜双方交火之惨烈。但老钟仔细看了，没发现游击队的踪迹，或者有价值的线索。很显然，战场被清理过。老钟暗自懊悔，自己来晚了。

昨天夜半，密集的枪声忽然响起来。老钟从睡梦中惊醒，侧耳静听，坏了，像是从野马岭传来的。没多久，枪声渐稀，零星的几声枪响过后，浓得化不开的夜，重又陷入深沉的死寂。

下山的路上，他想起一处隐秘的山洞，摸了进去。

山洞里的人，已经奄奄一息了。老钟认识，是游击队的李队长。老钟的儿子，也在队伍上。李队长几乎用尽最后的气力，交给老钟一个绣着荷叶的烟荷包，用微弱的声音告诉他，去镇上裁缝铺，接头暗语是：“今晚有出远门的大船吗？”答：“有。渡船上是新修的桅杆！”暗号对上了，就把这个烟荷包交给对方。

“要是……裁缝铺……有敌人，就去找疯……疯……”

“风什么，李队长，风什么？”

然而，无论老钟怎么呼喊，李队长再也没有任何声息了。

老钟紧紧攥着烟荷包，抹着眼泪下山。离开前，他用短斧砍来许多枝蔓，把遗体严严实实掩盖住，三鞠躬，说，李队长，对不起了，以后再给您修墓立碑。

老钟回家换了衣服，乘渡船来到镇上。

镇上倒显得平静，除了鬼子二鬼子正常地巡逻，就是为数不多的乡亲低头匆匆购买些日用急需品。一个不知哪里来的疯婆子，拄着根竹竿，端着豁碗，笃笃笃在前面走，边走边对路人说，可怜可怜我吧，给点儿吃的吧。

老钟警惕地躲在暗处，仔细观察裁缝铺许久。

觉得没什么异样，又摸了摸腰间的烟荷包，这才决定前去接头。他压低头上的斗笠，若无其事地踩着石板路，低头慢慢向裁缝铺走去。

快到裁缝铺时，一阵吵嚷声传来。

“疯婆子，找死啊！快滚，滚远点儿！”

随着一声呵斥，只见两个衣着体面的人，推推搡搡地把疯婆子从裁缝铺轰了出来。疯婆子跌倒，手里的竹竿和豁碗摔在地上。那碗咕噜噜的，在青石板上滚出去老远。老钟吃惊地左右看看，心知有变。

老钟赶上前去，替疯婆子捡起竹竿，又把滚落的豁碗追回来。疯婆子唠唠叨叨，对着那俩人骂个没完。看到疯婆子，老钟想起了自己的老母亲，他把豁碗递过去，说：“老人家，您在哪儿安歇，俺送您过去？”

疯婆子夺过豁碗，抱住，突然一把攥住老钟的手腕。

老钟一惊，看起来瘦弱的疯婆子，竟是有把子力气。

疯婆子目光一凛，迅疾低声道：“别说话，跟我走！”

出镇子很远，确定安全无虞了，疯婆子才指指老钟腰间的烟荷包，举起竹竿做威胁状，厉声道：“说，哪里来的？”见老钟慌乱，又压低声音道：“今晚有出远门的大船吗？”

老钟恍悟，回道：“有。渡船上是新修的桅杆！”

李队长的遗言里，万一裁缝铺有变，应是要他找这疯婆子。老钟遂镇定下来，将烟荷包从腰间解下，郑重交到疯婆子手里。

“李队长呢？”疯婆子急切地问，“他怎么样了？”

老钟望着远处的船渡口：“他，牺牲了……”

疯婆子无言，艰难地哽咽了一声，转身踉跄走远。

第二年，抗战胜利，镇上插遍了红旗。

渡口的老船工年事已高，老钟接替他撑起了渡船。大军南下的时候，老钟和乡亲们摇着橹，送走了一船又一船的解放军战士。看着这些年轻的朝气蓬勃的面孔，老钟想起了牺牲在前线的儿子，禁不住热泪盈眶。

夜来大雨，湍急的河水，迈着铿锵的脚步奔向远方辽阔的江面。

晨光给天际抹上一把红晕，哗哗的流水声里，老钟蹲在船尾，给病中的老母亲熬中药。急剧的咳嗽声不时从船舱里甩出来，老钟听得心惊肉跳。老母亲病势严重，总不见好，老钟隐隐有些担心。

"船家，过河吗？"岸上忽听有人喊。

老钟抬头，眯起眼，隔着稀薄的河雾打量。来人穿军装，女的，有些面熟。

女人微笑道："大哥，可找到您了。怎么，不认识了？"见老钟沉吟不语，又说："我是李队长的爱人。解放了，想接老李回去……今晚有出远门的大船吗？"

女人说着，用力抹了抹脸上的泪。

老钟忽然就泣不成声了。他极力按捺住起伏的情绪，站起身高声回答道："有，有啊！渡船上是……新修的桅杆！"这句话，老钟在睡梦中，已经自问自答不知多少遍了。

原载《小小说月刊》2021年9月上半月刊

埋刀子

朱海峰

找一把铁锹有这么难吗？她楼上楼下问了好几家，都说没有，她干脆跑去五金商店买了一把。

她拿着铁锹，走到小区外面，找了一处墙角，她先往手心吐了口吐沫，然后双手握住锹杆，一只脚蹬在锹背上，挖了起来。

一个小女孩儿看见了，从远处跑过来，蹲在她旁边，仰起头，瞪着清澈的大眼睛看着她，姐姐，你在干啥呢？

她看了小女孩儿一眼，并没有停下挖土的动作，淡淡地说了句，挖坑。

挖坑干什么？小姑娘好像挺有兴致。

她边挖边说，埋谣言。

埋谣言？谣言是个什么东西？一定不好吃吧？小姑娘仿佛要打破砂锅问到底。

她似乎对这个小姑娘的问题也产生了兴致，便停下挖土的动作，谣言不是什么东西，它就像用脏了的破抹布，让人恶心。说完，又继续挖土。

姐姐，你有很多谣言吗？小姑娘天真地问。

是有一些，不然，我怎么会要把它们埋起来呢。

那我会有谣言吗？

你这么干干净净的小女孩儿，怎么会有谣言？也许长大了会有。

哦，原来是长大了才会有谣言，那我妈妈一定会有谣言了？

也许。

小女孩儿听后，一溜烟儿地跑远了。

坑终于挖好了，她抱着铁锹，喘着粗气。

这时，小女孩又回来了，还领来了两个女人，一个 30 多岁，模样挺俊俏的。一个 60 多岁，头发已经花白了。

听我女儿说，有个漂亮姐姐，在这挖坑，要埋谣言，我过来看看。小女孩儿的妈妈疑惑地看着她问，你咋会有这样的想法呢？

谣言太多了，都装在心里太沉重，还是埋起来好。她面无表情地回答。

都会经历的。小姑娘的妈妈似乎想起了自己，用我帮忙吗？看你累得满头大汗的。

不用，已经挖好了，我把谣言埋上就完事了。她说着，将铁锹放在坑边，然后，一只手伸进左边的衣兜，从里面抓了一把，她将攥紧的拳头伸进坑底，放开。

姐姐，你这是干什么呢？小女孩儿瞪着大大的眼睛，因为没有看到她手里到底抓了什么东西，便不解地问。

这是关于我的第一个谣言，我要把它埋在最下面。说着，她拿起铁锹，开始往坑底铲土。接着，她放下铁锹，开始用两只手从身上解什么东西，然后，笨拙地放进坑里，在刚刚埋完的新土上面。就在这时，远处刮来一阵风，她迅速用脚踩在上面，仿佛动作慢了，东西会被刮走一样。

小女孩儿更加好奇，姐姐，你这又是在干什么？

这是我最近的所有谣言，我要把它们统统埋进坑里。说着，她挥锹铲土，把坑填平，还在上面踩了又踩。然后，擦了擦满头的汗，犹犹豫豫地走了。

这时，只听身后传来一个老妇人的叹息，都会有的，也许，漂亮的女人更多些。

第二天，还是那个时间，她又拿着铁锹来到墙角边，不想，小女孩儿领着她的妈妈和奶奶早已等在那里。

她和三个女人笑笑，算是打了招呼，然后，一声不吭地又挖起来。

小女孩儿的妈妈不禁疑惑，你的谣言，昨天不是已经都埋上了吗，怎么又来挖？

她头也不抬地说，这是今天的谣言，更大，更多，所以，我要趁它们还没有长大，快点把它们埋了，所以，今天的坑要挖得再大，再深一些。

小女孩的妈妈没再说什么，只是默默地看着她把似乎一口袋的谣言，笨拙地放进坑里，埋好。

就在她扛起铁锹要走的时候，小女孩儿的妈妈说话了，谣言长在别人的嘴里，你是埋不完的。

她倔强地说，有多少，我就埋多少，还不信了。

哎！小女孩儿的奶奶叹息一声道，太在意别人的谣言，受伤害的只能是你自己。说完，莫名地看了儿媳妇一眼。

她若有所思地扛着铁锹走了。

第三天，又是那个时间，她再次来到那个墙角，这次，她只挖了一个很浅的坑，接着，从兜里掏出一把铮亮的刀子，用纸巾擦了擦刀刃，郑重地把刀子放进坑里埋好，然后，果断地迈开了步子。

路上，她碰到小姑娘的妈妈。怎么，你又来埋谣言了？

不是，我来埋一把刀子。她很是轻松地说。

什么？刀子？小姑娘的妈妈露出惊诧的表情。

对，一把杀人的刀子。

你杀人了？

我把以前那个，喜欢听信谣言的自己，在心里杀死了。

原载《当代小小说》2021年春季卷

豹子崮酒坊

青霉素

柳汉春在郗镇经营着一个酒坊，叫镇西酒坊，自酿自销，二十年来醉倒不少郗镇人。

这天柳汉春去外面结账回来，走在大街上边走边想心事，冷不丁地和人撞个满怀，一只脚被踩得生疼。他正要发怒，看到面前的人是王承，就把堵在嗓子眼的一口怒气使劲咽了下去。

王承刚睡醒的样子，眼角挂着几粒眼屎，他有一眼无一眼地看着柳汉春，歪着头抠耳朵。

“怎么了，我的脚硌疼你了吧？”柳汉春的话不急不慢透着揶揄。

王承不说话，只是有一眼无一眼地看着柳汉春，侧过头抠另一只耳朵。

柳汉春一笑：“没钱吃饭了？又赌光了？要不，你叫我一声爹，我给你一块大洋。”

街上的闲人围上来看热闹，有人喊：“柳爷，我叫你一声爹，你给我一块大洋行不？”众人哈哈大笑。

王承局外人似的，抠完耳朵用五指梳头，乱糟糟的头发像鸡窝，使劲梳理几下，鸡窝转到另一边，再梳理另一边，鸡窝又回到原处。

柳汉春皱着眉头看了他一眼，转身就走。

“爹。”

柳汉春一愣，转过身看到王承正把一只手伸向他，一脸玩世不恭的笑。

当啷一声响，大街上落下一块大洋。

王承没有弯腰去拾，柳汉春有点失望，转身走时又听到王承叫了一声。

“爹。”

王承收回伸出的手，两手抱肩，脸色变得阴冷。旁边的闲人一起喊：“两块了！”

大街上又当啷一声响。

“爹。”

王承又嘴唇一动，围观的闲人激动起来，一起喊：“三块了！”

柳汉春有些恼怒，他本想耍猴，没想到反被猴耍了，不想和他纠缠，转身就走。

“爹。”

王承变得一脸微笑，很真诚的样子，追着柳汉春叫爹。

柳汉春自顾离去不理他，走不多远被围观的闲人挡住了去路，一起嚷嚷：“干吗呀？柳爷您不能说话不算话呀！人家叫完了爹，您老还没给钱呢？”

柳汉春脸有些热，几步走到王承跟前，说：“行了，走正路挣钱吧，要不，我叫你一声爹？”

王承也不多说，一个“爹”又脱口而出。

“五块了！”闲人们一起喊。

柳汉春疾步离去，王承口中的叫爹声一个接一个地追着他，柳汉春的脚步被他的叫爹声绊得踉踉跄跄。

一群闲人拥着王承紧跟在柳汉春身后，闲人们不断高喊：“八块了……十五块了……三十块了……”

柳汉春进了酒坊，关上大门，靠在大门上呼呼地喘气，70 多岁的人了，哪经得住这番折腾。

王承和闲人们被关在大门外，王承叫的最后一声爹被大门硬硬地弹了回去。门外的闲人们一起起哄：“柳爷，给您凑了个整数，正好五百个‘爹’，五百块大洋！”

柳汉春身子倚着门慢慢蹲到地上，心怦怦直跳，他忽地感到一阵悲凉。

“柳爷你不能充孬啊！这么大年纪要说话算数。”闲人们围在大门外喊，“镇西酒坊本来就是王家的，你占着干什么呀？”

柳汉春感到从来没有过的累，身体靠在门上才没倒下，二十年前他抱着孩子和东家一路逃命也没这么累，不觉有泪流下来。

闲人们在大门外吵吵嚷嚷。大门开了，柳汉春手扶着大门站直身子，一阵风差点把他吹倒。他定定地看着王承说：“少东家，给你的大洋一个子也不会少，天黑你来取吧。”说完砰的一声关上大门。

王承用了很大的耐力把太阳等下山，大街两边的灯亮起来时，他起身往镇西酒坊走去。郏镇人都知道酒坊原是王家的，老东家过世前却当着众人面，把酒坊的全部产业都送给管家柳汉春，少东家王承一个大子也没给留，郏镇人猜测，一定是老东家被儿子气伤心了，再大的家业也经不起他赌啊。

来到镇西酒坊，酒坊的大门紧闭，王承一时搞不清是推门进去还是先敲门，正犹豫着门开了。

“进来吧，少东家。”柳汉春把大门关好，领着王承向正屋走，走进正屋王承觉着气氛有点怪异，老爹的遗像挂在墙上，前面的条山几上燃着一对蜡烛和一炷香。

柳汉春指着桌子上的东西说：“少东家，桌子左边是你要的五百块大洋，右边是一万块大洋和老东家的遗书，你选一样。”柳汉春看一眼王承又说：“我先说一段往事，你们王家原是在豹子崮山下开酒坊，精心酿造的酒远近闻名，20年前得罪土匪致使全家遭难，我抱着你和老东家逃到这里避难，本指望你长大继承祖业东山再起，可你的作为让老东家伤透了心，老东家走时把一切都交给我代为管理，我……”

王承脑子嗡嗡作响，不由自主地跪倒在地上。

“我们在这里酿酒求生，虽然是按秘方酿制，酒香还是差了一成，后来才知是缺了豹子崮泉水的灵气。”柳汉春停了一下，接着又说，“后来打听到老家已太平，我们一直想回去，可老东家身体一直好不起来，王家百年的祖业就靠你了，少东家！”

王承泪流满面，跪在柳汉春跟前大喊一声：“爹啊！”

“少东家，我们明天回老家吧！”柳汉春哀哀地说。

次日一早，王承来到镇西酒坊，看到大门洞开，疾步走进正屋，看到柳汉春已悬梁自尽。桌上有一张纸，写着字：“我孽重，为图你家秘方，一时糊涂竟起邪念勾引土匪……老爷待我仁厚，竟将酒坊和秘方托付我……”

郗镇人很奇怪，好多天了，镇西酒坊的大门上一直挂着锁，柳汉春和王承都不见了。半年后郗镇人看到王承又回来了，酒坊开始卖酒，只是酒坊的招牌换成“豹子崮酒坊”，郗镇人还发现酒坊的酒香和以前不一样了，现在的酒坛子一打开，酒香顺风一飘，整个郗镇都醉了。

原载《山亭周讯》2021 年 9 月 1 日

父亲的排箫

李伶伶

吴战在病房守了三天，父亲终于醒了。吴战的心并没有放松下来，因为大夫说过，父亲的情况很危险，恐怕维持不了几天。八十八岁的父亲身体一向很好，这次回老家给祖父母扫墓，不小心摔了一跤，一下子把自己摔到生命垂危的状态。

父亲睁开眼睛，环视着围绕在他床边的人，有两个儿子和儿媳，还有孙子、孙女、弟弟、妹妹、侄子、侄女等，都是他最亲的人。父亲平时最喜欢这样的时刻，一家人团聚在一起，其乐融融的，他觉得很幸福。父亲的目光在每个人的脸上掠过，然后喃喃地说，这是父母留我，我就不走了，箫……箫……大家都不知道他最后一句想说什么，想再问问，他又晕了过去。

大家一起猜父亲的话，二儿子吴战说，父亲是不是想要他的排箫？大儿子罗援一拍大腿说，肯定是。俩人赶紧回到镇上酒店，把父亲的包包箱箱翻了个遍也没找到排箫。吴战说，是不是放在家里没拿来？罗援说，应该是，排箫是父亲的宝贝，他不可能随时带在身上。吴战想了想说，要不我回去取一趟吧，咱爸的情况可能回不了山东了。罗援沉默了一会儿点点头。

吴战立即动身，乘汽车，转高铁，回到山东枣庄家里。吴战在父亲卧室的柜子里，找到了父亲的排箫。这个排箫原来虽不是父亲的，却改变了父亲的人生轨迹。

排箫是用废旧的子弹壳做的，它真正的主人是父亲的战友罗耀祖。俩人一起参加过抗美援朝战争，父亲差点死在战场上，而罗耀祖永远地留在了那里。父亲曾给吴战讲过那段经历。那次要攻克一个高地，上级下达命令，必须在天亮前占领那个高地。可敌人的火力很猛，战斗持续了六个多小时，仍然没有任何进展，眼看天就要亮了，连长急得眼睛都红了。连长说，都背上炸药包，一个一个上，直到把对方的地堡炸毁为止。我先来！大家还想说什么，连长已经背着炸药包拿着手榴弹冲出了战壕。在我方火力的掩护下，连长匍匐前进，爬向对方的地堡。眼看着连长就要爬到目的地时，被对方发现，乱弹打死。

连长的牺牲激发了大家的斗志，副连长毫不犹豫地接着冲出战壕，随后是排长、副排长、班长、副班长，再后是士兵，按入伍时间排序，入伍时间最长的排到最前面。吴炳坤入伍不到一年，排在中间。为了炸掉敌方的地堡，我方已经牺牲了三十八个人，再下一个就是吴炳坤。每个将要跳出战壕的战友都会留下几句遗言，让下一个战友将来回国时转告他的父母家人。吴炳坤前面那个战友胆子小，连老鼠都害怕，大家都叫他胆小鬼。胆小鬼在他前面的战友刚跳出战壕时，就跟吴炳坤交代了遗言。他说，如果我回不来，别告诉我父母，他们会受不了的。说完哭了。过了一会儿，等情绪平复下来又觉得这话不妥，他要是牺牲了，这个秘密肯定守不住，于是又改口说，如果我回不来，跟我父母说，让他们别难过，我是为保卫国家牺牲的，这是我的荣耀。这次说完，他没有哭。

胆小鬼刚改好遗言，就传来前一个战友牺牲的消息。胆小鬼没有迟疑退缩，勇敢地冲了出去。吴炳坤的大脑瞬间一片空白。那一刻，说不紧张不害怕是撒谎，吴炳坤整个人都变得僵硬起来，紧张得说不出话。后面的战友见他站在那儿发愣，拍了他一下，问他要跟父母说什么。吴炳坤像被拍醒了似的，回过神儿来说，告诉我父母，别想我，我来生再回报他们的养育之恩。吴炳坤说完背好炸药包，拿好手榴弹，准备冲出战壕。就在这时，敌方阵营一阵巨响，胆小鬼竟成功炸毁敌方地堡，我方乘胜而上，一举拿下了那个高地。吴炳坤觉得自己是死里逃生。

胆小鬼大名叫罗耀祖，山东枣庄人。吴炳坤回国后辗转找到罗耀祖的父母。罗耀祖五个姐姐，家里就他一个男孩。他没能回来，父母都受不了这个打击，一夜之间苍老了很多。罗父罗母失去独子的那种悲恸，吴炳坤永远都忘不了。

吴炳坤不知道自己是怎么离开罗耀祖家的，到火车站买票时才发现，排箫还没还给罗耀祖的父母。这个排箫是罗耀祖生前最喜欢的乐器，没事的时候他经常用它吹老家的曲子。吴炳坤不想把排箫据为己有，于是返回罗家，发现一家人正抱在一起失声痛哭。罗母一边哭一边自责，因为自己再生不出儿子，罗家到她这里断了香火，她对不起丈夫，对不起列祖列宗，最后竟哭得晕厥过去。吴炳坤以前听罗耀祖说过，他们老家特别重男轻女，谁家若没个男丁，在整个村子都抬不起头来。看到罗母哭晕后，吴炳坤做了个决定，留在罗家，给罗耀祖的父母当儿子，给他们养老送终。罗炳坤成家生子后，让大儿子姓了罗家的姓，二儿子才姓自己的姓。

吴战找到排箫后，马不停蹄地往辽宁老家赶，生怕见不到父亲最后一面。父亲好像知道儿子帮他取排箫似的，几次眼看要不行了，又挺了过来。当吴战拿着排箫奔回父亲的病房，轻声唤他时，父亲竟又睁开了眼睛。看到排箫，父亲的眼神似乎亮了一下，他把排箫握在手里放在胸口上，说，传……传下去……当大家还在猜测父亲的意思时，吴战已经明白了，他说，您是不是想说，让我们把排箫传下去，把罗耀祖叔叔勇敢不怕牺牲的精神传下去？父亲点点头，放心地闭上了眼睛。

父亲一定是听到了罗耀祖的箫声，不然他的嘴角不会微微地翘起来。

原载《作家文摘》2021 年 4 月 23 日

蠢 人

刘正权

蠢到家的婆娘!

秦嫂摇头，叹息，在心里这么惋惜着，退出病房。

两口子在病房吵架的多，说出这种狠话的少。

你哪天出院，我哪天跟你离婚!女子尖厉的叫声撕扯着秦嫂的耳朵，虽说是见怪不怪了，还是有护士冲着秦嫂挤了一下眼，言下之意再明白不过，生得贱，都要离婚了还端屎端尿伺候，八辈子没见过男人咋的。

男人却是秦嫂八辈子没见过的病人，每换一次药，每做一次检查，都自己拿个小本本做记录。

完了还忍着疼痛在手机上百度，查询价格。

重三迭四地要求护士跟医生转告，别开报销不了的药。

命要紧，还是钱要紧?女人语调里有点恨铁不成钢，上次手术花那么多钱，没见你心疼，这会晓得皱眉了。

男人眼里晃过一丝愠怒，女人没看见，秦嫂退出病房时捕捉到了，男人很急促地笑一下，垂下眼睑。

女人眼睑上扬着，连带眉毛都爬坡似的斜竖起来，叫你少吃多餐，非不听，这下好，发作了吧，活该!

男人是二次入院，请秦嫂陪护属于轻车熟路。

直肠癌，男人!

虽说是癌，直肠癌却是最值得病人暗自庆幸的癌，基本上不存在性命之忧，切除有癌细胞的部分直肠，好好配合治疗，日子还有得过。

正因为日子还有得过，男人才这么斤斤计较着，在药费上。

女人气愤愤地出去，打开水，秦嫂若无其事进来，男人脸上多少有点挂不住，冲秦嫂说，教你见笑了，我这婆娘，直肠子，张开嘴就能看见屁股眼，说话不经过大脑，蠢人一个。

做陪护这么多年，秦嫂每句话都是经过大脑的，要我说，你婆娘这不叫蠢。

男人奇怪，说出那种颠三倒四的话了，还不蠢？

护士长跟秦嫂的耳语还萦绕着，没见过这么蠢的女人，做了就不说，说了就别做，口口声声喊出院时离婚，这屎尿是白端了，半点人情男人都不会看承。

搁秦嫂男人口边话，这婆娘是典型的人也恶了，私处也割了。

要我说，你婆娘，这叫有情有义！秦嫂坐下来，给病人掖被子，好整以暇地说。

陪护男病人的活，秦嫂基本不接，接活之前秦嫂再三申明，她只是打个帮手，端屎端尿的事，轮不到自己名下。

想多了不是，那婆娘，压根没放弃端屎端尿主权的苗头。

病人和陪护倒是相安无事，吵得风生水起的是病人两口子，这情形在医院很鲜见。

男人的二次入院，根由是在没能禁住嘴。

烟酒辣，男人禁住嘴了，可他没能禁住量，医生交代吃半流食，他却端起面条就是两大碗，还非得一日三餐按正点走。

少吃多餐，成什么话，生活没了仪式感，怎么行？男人这么跟医生辩解的。

医生好笑更好气，你自己身体都没了仪式感，还管生活有没有仪式感。

男人的肛门手术后封闭着，在腹壁制造有尿道口，靠塑料袋排泄。

男人的情绪这会明显需要排泄，有情有义？她？从他嘴巴张成的“O”形可以看出男人的愤怒，离婚都提上议事日程了，何来情义一说。

怎么没有情义，真要无情无义，她早跑了，还端屎端尿伺候你到出院了才叫嚣着离婚？秦嫂一语中的。

男人无语，瞪大眼珠看吊瓶里的药水，一滴，两滴，人在这种时候，是能够想起很多东西的，包括，日常生活中的点点滴滴。

男人口中那个蠢婆娘，心里显然装着日常生活中的点点滴滴。

说什么气话呢，你？秦嫂说，真要离婚还端什么屎尿，屁股一拍清爽走人。

屁股一拍走人，那算什么话，女人两只耳朵竖起，太没仪式感了。

离婚要什么仪式感？秦嫂不解。

结婚都要仪式感的！女人脸色一端。

两人，居然曾上演过一段凄美的爱情故事。

从相识到相知再相爱，婚前检查，女人被误诊，绝症，只剩下三个月时间。

男人说够了，一个月我们订婚，一个月用来结婚，还有一个月可以度蜜月。

女人不同意，干吗这么折腾，你安静陪我就是了。

生活需要仪式感的！男人第一次违拗了女人的意思。

多蠢的一个人，你说是不？陷入对往事打捞的女人，脸上飞起红晕，他那时真不晓得怎么过日子，把手里的钱三个月时间花得干干净净，还说什么人本来就是赤条条到这个世界上来，再赤条条地离开这个世界，这么做，是为了来去无牵挂。

等等，你意思是他当时决心陪你离开这个世界？秦嫂听出点眉目来。

结果是，女人没半点将死的迹象，反倒是他们婚后的日子，差点打了死结，捉襟见肘了三年三年复三年，才有起色。

敢情他当时萌生了死志？女人确实够粗心，我还真没想到这一层，只想着自己还有几天活头。

秦嫂忽然叹口气，他眼下，应该是一门心思琢磨着怎么才能多省点钱，可以陪你更长久吧。

钱，是维系日子长久最强有力的保障。

在这点上，秦嫂比任何人都心里明晰。

如果不是为了自己高位截瘫躺床上几十年的男人活得更有保障一点，秦嫂绝对不会出来做陪护，她原本是想挣点钱给男人买辆轮椅，看看外面的世界的，孰料男人用一根绳子寻了短见，把外面整个世界给了她。

都是蠢到家的人呢。

原载《天池小小说》2021 年第 17 期

水　妖

陈　炜

莫雷拉失望到了极点。他在若热湖边待了整整半个月，没有见到水妖的一丝踪影。

二十五年前，莫雷拉四岁的时候，第一次听爷爷讲起若热湖水妖的故事。从那时起到成年，他听许多人讲过水妖的故事，水妖的名字不一定相同，有的在湖里，有的在海里，有的在江里。成年后，莫雷拉心中的水妖定型了，虽然面目还很模糊，但依然让他觉得触手可及。

莫雷拉先后让父母失望。他的父亲是医生，在王国西部声誉甚隆，一直希望独子能从医，可莫雷拉却偏偏选择了学画。他的母亲希望儿子早日成婚，他却毫无此心思，除了偶尔找女模特练习素描，几乎不跟女性往来。

到了二十九岁，出师数年后，莫雷拉的画技已有所成。他没有接下教会的壁画订单，而是携带简单的行李悄悄离开了家。

莫雷拉来到沉寂的若热湖畔，每天沿着湖行走，不时从行囊中拿出画卷看看，长时间盯着幽静的湖面。夜晚，他就露宿在湖边的大树下，抱着画卷而眠。

画上的是水妖。从年少时起，莫雷拉画过数百幅水妖图，这是他新近画的也是他唯一满意的一幅。之前的水妖图，都已被他付之一炬。

半个月里，莫雷拉见到了若热湖的阴晴风雨、雾霭波涛，见到了湖里的鱼虾水藻，就是没有见到水妖。他携带的粮食已经耗尽，不得不准备离开。

收拾完毕，莫雷拉背上扁扁的行囊，画卷捧在手中。走出一段路，他又折回去，将手中的画卷扔进湖里。“谎言，一切都是谎言！”他大声叫着，泪流满面。

湖中翻腾起来，白浪涌起，水雾漫天。等恢复平静后，莫雷拉惊呆了：如同他投入湖中的水妖图变成了立体似的，他跟前站着一个既清纯又妖娆的年轻女子，他梦寐求之这么多年的人。

“我是依希娜，你打算离开再也不回来了吗？”

“不不，”莫雷拉说，“我本来想回去再好好画一幅，没想到你终于出现了。当然，不可否认，这两天我确实从心底里有些动摇了。”

“你现在感觉如何？”

“美梦成真。”莫雷拉说，“现在，就算我死在湖边，也心满意足。”

依希娜说：“我不能理解你的想法。美梦成真的时候，为什么想着去死？”

“也许是太高兴了吧，只能用这样的语言来表达我的喜悦。”莫雷拉说，“如果可以的话，我愿意一直看着你。”

“直到死的那一天？”依希娜说着，两个人都笑了。

两个人聊着聊着，不觉天色渐暗。依希娜脑袋靠着莫雷拉的肩膀，两人看着湖面落日的余晖慢慢被银色月光替代。

“好了，你见到了我，也聊了这么多，该回去了。”依希娜说。

“不，我还没在月光下听到你歌唱呢。”莫雷拉说，“你要知道，我期待这歌声已经二十多年。”

依希娜略有犹豫：“你难道不知道，被我歌声诱惑的人，会失去他的灵魂。”

“我灵魂中的大部分，早已归你所有。我不会害怕任何东西。”莫雷拉说得很坚定。

依希娜的歌声响起，融进月光，融入湖面的水汽，让莫雷拉觉得自己像是飘浮在空气中。

歌声停歇，莫雷拉还是如同微醺一般，半闭着眼，沉浸其中。

“午夜前我必须回到水下。”依希娜说，“你回去吧。”

莫雷拉说：“真不想离开啊。我们还能再见面吗？”

依希娜沉吟片刻：“如果你还有能将若热湖激起巨浪的画作，那么我们还会再见面的。”

依希娜消失了。

在唧唧的虫声中，莫雷拉离开了若热湖，一步步向着家乡的方向而去。

莫雷拉越来越沉默，简直到了除了绘画就与世隔绝的地步。他有时也觉得对不起亲爱的父母，但是直到他们去世，他也没有让他们开心过。

花了十年，莫雷拉想忘掉依希娜的容颜，重新画一幅水妖图，但他一直做不到。依希娜的形象就像刻在他脑子里一样。

人到中年后，莫雷拉终于放弃了再作一幅水妖图的想法。他尝试着画若热湖，那氤氲的水汽、幽灵般的水鸟、浮动的波光……

一次偶然的机会，邻近的一位爵士来到了莫雷拉的画室，见到了大批若热湖画作。他大为赞叹，希望以高价收藏其中的一些。但莫雷拉拒绝了，他说这全是未完成的作品。

莫雷拉靠渐渐稀薄的家产生活着，步入老年。他还是每天待在画室，拿着画笔，有时几天都不能落下一笔。在病倒之前，他毁掉了绝大部分画作，只留下了一幅放在画架上，这是他认为最接近完成的一幅。

雷雨后的一个夜晚，莫雷拉躺在床上，呼吸艰难。他觉得自己的生命就在屈指可数的几个呼吸间了，遗憾的是这些年来没有一幅自认为可以去见依希娜的画作。他挣扎着起来，拿起调色板和画笔，颤巍巍地站在画架前。他抱着最后一试的想法，用画笔在画布上轻轻一点，若热湖中多了一道暗白的笔触。

这是水妖依希娜，远远地看不清面目的依希娜。画作终于完成了。莫雷拉枯干的眼里落下泪来。他听到了歌声，若热湖畔依希娜的歌声。

次日，爵士见情形有异，带人撞门而入。莫雷拉躺在地板上遗容安详，画架上空空如也。

原载《椰城》2021 年第 2 期

酒　痴

刘怀远

郭大头在他“媳妇”出嫁的那天，突然爱上了酒。

郭大头的“媳妇”是他爸用糙米换来的。

郭大头7岁那年，他爸去茅庙赶集卖糙米，回来却双手托个小被窝卷儿，郭大头以为买了什么好东西，凑上去看，惊得叫起来。妈妈闻声凑过来，也不由得“呀”一声：哪来的？

爸爸笑着说，捡的，养大了，给咱当儿媳妇。

妈说，看你能的，再去捡一个回来。

爸爸说了实情，是逃荒的人硬把孩子塞给他的，还抢走了一袋子糙米。

妈妈说，那就养着吧，大了给咱当儿媳妇。

郭大头的脸红了。襁褓里的“媳妇”实在是难看，稀稀黄黄的头发，小黄脸儿皱巴得像个大核桃，怎么看怎么像是一块破布裹着一根笤帚疙瘩。伸手摸了摸那黄黄的小脸儿，小黄脸转动着头追他的手指，想吸吮到嘴里。妈妈说，看，我儿媳妇饿了。就去煮了米糊糊来喂。

妈妈一边喂，一边端详，说，大了一定是个俊闺女，就叫彩凤吧。

彩凤，彩凤，彩凤……郭大头在心里一遍遍默念着。

多了一张嘴，日子更艰难了，爸爸却乐悠悠地对妈妈说，幸亏捡个儿媳妇回来，不然咱这穷日子，谁家闺女愿嫁咱？

妈妈对爸爸的远见卓识从没有怀疑过，并且彩凤已经从笤帚疙瘩，长成眉目清秀的女孩了。

彩凤对爸妈说，我要去读书。

村里有一所松荫小学，是裕大华纱厂老板张松樵办的义学。

妈说，你哥都没读书，女娃读什么书？

郭大头说，我小时候没有义学，现在有了，就让妹妹去吧。

彩凤就读了书，并且读得非常好，成绩超过所有的男孩子。

彩凤小学毕了业，又闹着去汉口读女子中学。这次，爸爸妈妈坚决不答应，说你已经是村里第一个认字的女娃，能看书算数就行了。彩凤鼻涕一把泪一把地哭，爸妈也不答应。

郭大头见不得彩凤的眼泪，偷偷跑到村西周财主家，说要给他家扛一年活，提前预支工钱。

彩凤去汉口读书了，爸爸指着郭大头破口大骂：彩凤飞走，再难回来！

郭大头只想见彩凤开心的模样，只要她不哭，就是剜肉给她吃都行。

彩凤读完中学读大学，再没和家里要过钱，学校的奖学金够她开销了。彩凤住在学校，几年不回来，爸妈染上血吸虫病相继离世，郭大头怕彩凤回来也染上病，都没告诉她。

彩凤还是回来了，是坐着乌亮的小汽车回来的，一个和她年龄相仿的公子哥开来的。

哥！彩凤笑着喊他。

哥！公子哥也跟着喊了他一声。

郭大头什么都明白了。

公子哥随即奉上一沓厚厚的钞票，他顺手推给彩凤，说家里也没什么能给你的，你拿去做嫁妆吧。

彩凤出嫁了，郭大头摆了村里最隆重的喜宴，从早喝到晚，一村的男人陪着他都喝醉了。

有人说，彩凤是你爸给你捡来的媳妇，你怎么能把她嫁出去？

郭大头瞪圆冒着酒气的眼睛说，彩凤能过上我给不了的好日子，我为什么拦着？

她是幸福了，可你呢？

郭大头认自己的理儿：我妹幸福，我就幸福！

郭大头幸福了吗？倒是从此饮酒度日。

村里人知道他心里苦，谁家有个红白喜事，就把他请去陪酒，他都喝醉了回来。有人给介绍过几门亲事，他连面都不见，就拒绝了。人们说，他心里装着彩凤，还让她飞了，世间有这么傻的人吗？

有的。老学究朱夫子说，宋代词人温庭筠深爱鱼幼薇，却总自惭形秽，觉得自己又丑又老，就张罗着把她嫁到了富贵之家，害了她不说，他内心也痛苦了一辈子。

十多年后，彩凤又回来了，带着三个虎羔子似的儿子。

彩凤男人成了坏人被关起来，她在城里难以为生，走投无路，只有回乡下。郭大头弯了多年的腰仿佛一下直了起来，他戒了酒，省下的钱全买了粮食。

又是十年过去，彩凤的三个儿子都长成大小伙子，她男人突然找来了，来接他们回市区，男人说他的是冤假错案，平反了。

彩凤临走时，给大头买了一箱酒。

大头在屋里关了两天没出门，第三天晚饭时出来，在大门外摆个小桌，拿出彩凤买的酒，提起瓶子倒上半缸子，喝上一大口，皱下眉，眼一闭，嘴一张，陶醉地哈一声。

有人问，好喝？

好喝！彩凤买的，好喝！

郭大头在门外喝酒从此成了暮色中一道横贯春夏秋冬的风景。

彩凤那一箱酒总也喝不完，还是自己又买了？他能有多少钱每天喝酒啊？

这天，朱夫子趁他转身的工夫，端起缸子偷抿了一小口。郭大头坐回来，端起缸子，喝上一大口，皱下眉，鼻子眼睛挤在一起，再张嘴，陶醉地哈一声。

朱夫子问，好酒？

好酒！郭大头说完，还闭上眼睛，仿佛在回味舌尖上的醇香。

唉！朱夫子叹口气，轻轻地摇了摇头。

第二天，朱夫子打来二两散酒，给他偷偷换了。郭大头像往常那样端起就是一大口，喝猛了，呛得连咳几声。

朱夫子问，好酒？

郭大头擦着眼角的泪，连声说，好酒，好酒！

郭大头每天手不离杯，有人说他是酒痴；也有人说他心中始终不忘彩凤，应是情痴。

原载《江河文学》2021年第1期

紫禁城的鲥鱼汤

蒙福森

康熙三十一年春日，树木葳蕤，草长莺飞，春意盎然。一大早，江宁渔民刘老六和儿子在大江上捕鱼。

这是一个寻常的日子，依旧是斜风细雨，江水苍茫，远山如黛。大江两岸的屋舍、田野、丘陵、树木都笼罩在暮霭之中，烟岚缥缈，若隐若现，恍如一幅杏花烟雨江南的水墨画。刘老六父子箬笠蓑衣，在白浪滔天的大江中撑一叶渔舟，撒网捕鱼。

第一网，一无所获。

第二网，捞到一些小鱼小虾，几根水草。

接着，第三网，第四网……

第十五网时，渔网刚拖离水面，突然间，刘老六心跳加速，手脚颤抖——渔网中，一条罕见珍稀的鲥鱼在挣扎着。

“鲥鱼！鲥鱼！鲥鱼！”刘老六连声惊叫，手脚无措，几乎跌坐在船舷上。

这确实是一条鲥鱼，一条价值不菲的鲥鱼！算起来，江宁的渔民已经有两年多没有捕捞到鲥鱼了。

渔船随即撑回岸边。“鲥鱼——鲥鱼——”刘老六向长年守候在江边等候鲥鱼的几名官差大声喊叫，“捕到了一条大鲥鱼！”

不一会儿，官府的大批人马携带着冰块策马奔驰而来。岸边，围了许多看热闹的人。刘老六父子小心翼翼地捞起这条两斤多重的鲥鱼，交到官差的手中。

鲥鱼娇贵，离水很快就会死掉。官差们把鲥鱼放入一个放满冰块的盒中，盒子外再淋上一层猪油，以防止冰块过快融化。随后，数匹快马立刻如离弦之箭，沿官道快马加鞭，一路驰奔京城。

刘老六随后到官府，领到了一笔丰厚的奖赏——十五两银子。这笔银子，相当于刘老六打鱼一年的收入。

几个官差，背插令旗，一个马背上绑着放鲥鱼的盒子，两个护卫，一前一后，最前面还有一个官差手举令旗，一路不断大呼："八百里加急，闲杂人等立刻避让！——"

他们出了江宁城，一路狂奔，不想，路边有几个孩子在玩耍，突然见到几匹快马飞奔而来，吓呆了，不知避让。几匹快马迎头踩踏过去，其中，一个六七岁的男孩被一匹快马撞倒，另一匹马踩中他的头部，顿时，头破血流，不省人事。

官差们仅犹豫了一下，随即，快马加鞭，飞驰而过。

从江宁到京城，有三千多里路，沿途官府接到快报，早已准备了大批快马，等候从江宁送鱼上京的官差。每一处驿站，他们都煮好蛋汤，等官差们一到，端上来，匆忙喝上几口。每一处驿站，换一次马，换马不换人。每两处驿站，换一次人。如此日夜不停，向京城疾驰。晚上，沿路官府点起火把，为他们夜奔照明，一路火光映照，不耽误片刻。马蹄声急，尘土飞扬，泥水飞溅，嘚嘚嘚，嘚嘚嘚，马蹄声在寂静的深夜里显得特别清晰。

三日后，鲥鱼送到了京城。御膳房总管吩咐：立刻交给御厨张和烹制。张和打开盒子，一看，一闻，点点头，好。鲥鱼虽死，有冰块保鲜，依然像刚从江里捕捞到一样。张和跟御厨们说过，鲥鱼之味，世间罕有，贵在鲜美，滑嫩，无腥，无泥味，肉如凝珠，其色如玉，非寻常鱼可比，极其珍贵。古诗有云：青杏黄梅朱阁上，鲥鱼苦笋玉盘中……总之，鲥鱼之味，人间至味也。

张和刮鱼鳞，除内脏，洗净，冷水泡浸，去杂味；剔去鱼骨和鱼刺，切鱼片，此时须万分小心，一丝不苟，容不得有一根鱼刺存在，否则，有杀身之祸；放入陈皮、花椒、香蕈、姜片、蒜瓣、八角、香油等多种作料腌制，加上鸿兴楼送来的鲜豆腐，切块，再放入白果、红枣、草果、笋丝等一起下砂锅，文火炖熬，豆腐和鲥鱼水乳交融，不分彼此；出锅后，撒上少许葱花，一道色香味俱佳的鲥鱼豆腐汤做好了。正好，到了皇上用膳的时候，侍膳太监轻轻地揭开锅盖，一股浓香立刻飘散开来，洇入鼻翼，沁人心脾。

这次，张和烹制的是鲥鱼豆腐汤。如果是红烧鲥鱼，又是另一种做法。据说，张和有十多种烹制鲥鱼之法。不同的做法有不同的味道，各有特色，皇上百吃不厌，喜欢着呢。可惜，鲥鱼只产于南方浙江、福建等地，珍稀昂贵，少之又少，很难捕到。朝廷定鲥鱼为皇宫贡品，南方各地捕捞到的鲥鱼，不论大小，一律送入京城。

张和烹制鲥鱼水平之高，他人望尘莫及。京城里久负盛名的八大楼、八大居、八大春等大酒楼的名厨，烹制鲥鱼的水平远远比不上张和；甚至，皇宫中所有的御厨，跟张和比，都差了一大截。

张和自小在江宁乡下长大，祖上出过御厨，家学渊源，传到张和时，他聪明勤学，饱读诗书，悟性甚高，厨艺青出于蓝而胜于蓝，比祖上更胜一筹。

张和的父母妻儿留在江宁，耕田种地。他有一子一女，儿子今年七岁了，聪明伶俐。做鲥鱼汤的那晚，张和做了一个梦，梦见儿子哭着向他跑来。张和跟御膳房总管请假两个月，他已经有一年多没回家了。

从京城回江宁，到枣庄古禾时，有两条路，一条大路，一条小路。张和在岔路口，和从江宁老家日夜兼程赶来京城报讯的堂弟擦肩而过，差一点就碰到了。

堂弟来京城，有一个悲痛欲绝的消息要告诉张和：十几天前，张和的儿子被送鲥鱼上京的官差的快马踏破头颅，不治身亡。

原载《百花园》2021 年第 1 期

照相馆

胡　玲

旧时光照相馆由阿根的爷爷创建。阿根的爷爷从前是清廷御用照相师，清朝瓦解后，阿根的爷爷回乡创办了小城首个照相馆。

后来，阿根的父亲老树接手照相馆。阿根打小看着父亲照相，耳濡目染，但他没想过以照相为生。真正让阿根对照相产生兴趣的，是一张相片。

六十年代末，初夏。阿根坐在照相馆发呆，一个姑娘突然飘进来，她穿着花裙子，扎着两条麻花辫，她像一道明晃晃的光，把整个照相馆照亮了。

今天是我二十岁生日，来照张相。姑娘一笑，两个小酒窝浮现在脸颊。阿根看呆了。

老树瞥了阿根几眼，说，我有点累，你帮姑娘照吧！

姑娘站在背景墙前，阿根扛着相机，来来回回走个不停，只为捕捉到姑娘最美的角度。

镜头前，姑娘笑容如清风朗月。镜头后，阿根紧张得满头汗珠。

“咔”，阿根生平第一次按下相机快门，拍下人生第一张相片。十天后来取相片，阿根说。

那十天，是阿根生命中最漫长的十天。

十天后，姑娘来了。她拿起相片，小嘴笑得像弯月。看你呆呆的，相片照得不错！

阿根脸一红，一句话也说不出来。

姑娘不经意间瞟见橱窗的相片，仔细一瞧，尖叫起来，啊，这相片！

阿根走过来，顺着姑娘的目光，看到一张相片：古榕树下，小女孩和小男孩在踢毽子，两张小脸笑得像两朵花。小女孩嘴角有两个小酒窝，小男孩一笑，刚掉大门牙的嘴巴光秃秃的。

这小女孩是我！姑娘盈盈一笑。

小男孩……是我。阿根腼腆地说。

原来是你！两人异口同声道。

他们想起了十五年前的那个夏天。小女孩被父亲带来照相。照完相，小女孩和阿根在门前榕树下踢毽子，两人玩得兴高采烈，老树给他们偷拍了一张，相片洗出来放进橱窗，金童玉女似的一对小人儿，纯真美好，吸引了很多家长带着孩子来照相。

后来，姑娘成了阿根的老婆。

阿根没想到，一张小小的相片竟有这么大的魔力，不仅能找回曾经的记忆，还能成就一段姻缘。

他热烈而疯狂地爱上照相，如饥似渴地跟着父亲学习，钻研拍摄技巧。他发现，相机里潜藏着另一个神奇的世界。

老树终于放心地把照相馆交给阿根打理。

无论顾客身份高低，阿根都热情地迎来送往。第一个月，他只照了三张。第二个月，他照了十张。第三个月，他照了五十张。阿根手艺好，价格也公道，渐渐地，很多人慕名来找他照相。

照相馆全年无休。春节，所有的店铺关张，照相馆照常营业。阿根知道，这个合家团聚的日子，很多人都想拍张全家福。

一年春节，一个女人带着两个男孩走进照相馆，三人衣衫褴褛，浑身脏兮兮的。

老板，帮我们照张全家福。女人面容憔悴，脸上挂有泪痕。

阿根打来热水，让三人洗了脸。他挑了刚买的道具服装让三人换上，给女人化了妆，给孩子们梳了头发。

母子三人穿戴一新，顿时精神了许多。

拍完照，女人和孩子准备换衣服。阿根说，衣服都是马上要淘汰丢掉的，如果你们不嫌弃，就穿走吧！

太谢谢老板了！女人拉着孩子给阿根鞠躬。

阿根从火炉里拿来三个热气腾腾的烤红薯，递给他们。新年好，一切都会好起来的！他对母子三人说。女人不禁淌下两行热泪。

阿根送三人走出照相馆，目送着他们走进夜色，消失在茫茫白雪里。

五天后，女人来取相片。多少钱？

五毛钱，阿根说了一个连成本都不够的价格。

女人看着相片，露出一丝笑容。照得真好！我马上寄给孩他爸，他看到一定会很欣慰。

孩子们的爸爸不在身边？阿根好心地问。

女人叹了口气，说，他在很远很远的地方，很多年以后才回来。

从那以后，每年春节，母子三人都会来照相，无论多晚，阿根都会等他们。

近年来，手机、数码相机普及了，照相馆的生意依旧红火，除了忠实老顾客多，还有一些公家单位请阿根拍活动集体照。阿根忙不过来，带了三个徒弟，他的一双儿女也跟他学照相。

阿根照的合影，即使合影者成百上千，每个人的表情都是自然的，无一人是闭眼睛的。阿根传授徒弟经验：照相不能偷懒，尤其是合影，至少要拍十张以上底片，检查底片时，逐一观察每个人的脸，发现有人闭眼或表情不好，就选其他底片里完好的脸，修到相片中，力求每位合影者都完美。

而今，阿根已过六十岁，儿女和徒弟希望他退休安享晚年，他总说，再等等，我还有一张相片没照。

今年春节，母子三人又来到照相馆，不同的是，这次，女人的男人也来了。

女人的状态明显比以前好了很多，在交谈中得知，她两个儿子大学毕业后参加了工作，家里的日子也好过了。阿根打心底里替他们高兴。

一家四口紧紧坐在一起，幸福地笑着。阿根给他们拍了一张真正的全家福。

第二天，女人的男人来取相片。

男人手捧着大大的全家福，对阿根说，二十年前，我犯事坐牢了，你给他们照的那些相片，让我熬过了一年又一年，熬到了今天，一家团圆，我很感激你！

男人走后，阿根把相机交给徒弟和儿女，轻松地叹口气说，现在，我终于可以退休了。

阿根带着老婆，带着相机，带着行李，外出旅游照相去了。

原载《小小说月刊》2021年3月上半月刊

老陈你想干什么

原上秋

一般小有成就的人，脑筋都好使。老陈弄企业有了点规模，最近常反思。他感觉大半辈子对不起家庭，说白了是对不起老婆。创业阶段忙，顾不上家，那是真的。后来，再说忙，假的成分就多了。至于这期间做过多少不能见光的事，老陈自己都说不清楚。

老婆不疑心是不可能的，但疑心归疑心，这样的男人就如森林里的老猎手，猎物闪过，只要他想要，就没得跑。你能把他怎么样？

老陈不回家或回家晚，借口能找一火车，老婆懒得问，他也懒得说了。夫妻俩各顾各的，维持着表面相敬如宾的生活，看起来也风平浪静。

一本哲学书上说，人的幸福和痛苦都一样多，只是各自感受不同罢了。很多人羡慕老陈头顶上的光环，但他们不知道，老陈早已经厌倦了那样的生活，他越来越想过普通家庭那种为柴米油盐操劳的日子。

这一天，好久没回家的老陈，早早地处理完手头的事务，到市场买了几样菜。他今天要亲自动手，在老婆面前展示展示自己的厨艺。想想这几年，和老婆一起吃饭的日子，用指头都能数得过来。

回到家，老陈围裙系腰，叮叮咣咣一阵忙乱，做出四盘菜品：清蒸鲈鱼、笋丝炒肉、西红柿炒鸡蛋，还有一小盘油炸花生米。二人餐，够丰富的。

女人耷着手，等着吃饭。这样的场景，好久没有在家里呈现过，所以气氛略显尴尬。

老陈表现出一个模范丈夫的样子，倒了两杯酒。女人接受了与男人的碰杯，拿到嘴边抿过一口。心里惊奇，太阳从西边出来了。

说句公道话，女人心底疑心的什么动机，老陈真的没有。

那天老陈睡得特别香。醒来时，纱窗里透来黄昏的光线。他忽然发现，窗外的夕阳是那样美。

客厅里，老婆在看电视。

老陈就走过去，坐在老婆身边，表现出对连续剧也很有兴趣的样子。

电视里播的是言情剧，老婆一直沉醉其中，老陈一点也不喜欢。但老陈就坐那里了，和老婆保持着不远不近的距离，目不斜视地盯着荧屏。老婆没再看荧屏，扭过头看着他。老陈从余光里感觉到老婆看他，但他假装沉浸在剧中。

老婆问，你不忙了？

老陈说，不忙了。

这时候，老陈的愧疚情绪虫子一样爬了出来，他想向老婆表达一下，就抽出自己的手，顺势搭在老婆的手上。

没想到，女人像触电一样，一个激灵收回了手。而且惊叫一声，几乎是在喊，干什么，老陈，你是不是在外面做了亏心事？

老陈讨了个没趣。老婆变得如此陌生，或者说，老陈在老婆眼里如此陌生，无论如何这都不是一个幸福家庭应有的。老婆的惊叫让老陈很不自在，但他假装不在意，手收回来，恢复对连续剧表面的热情。

女人也是四十多岁的人了，她清楚一个人的反常意味着什么。在此之前，老陈要么不回家，要么一回来就倒头大睡，或者一个人神秘地在房间里忙自己的。老婆靠近他，都会被排斥。给他端杯水，他会说，不渴。和他说句话，他会说，别打扰我，好吧。

眼前，男人的主动亲近，反而让女人觉得，他是在做良心亏欠的某种补偿。

恰巧，电视剧里，一对男女在偷情。男的先摸女的手，又摸胳膊，一步一步，缠绕着，最后双方像刨了根的大树，轰然倒在床上。

老陈和老婆不约而同都看到这个情节。

老婆转过脸，问，老实说，你有没有这样过？

这个问题对于任何一个男人，都不好回答。回答有或者没有，后面都有一连串的麻烦。

照以前，出现这种局面，直接走开就是了。现在不一样，老陈要极力恢复或者是创造和谐的气氛，因而，他决心不再逃避。老陈清楚，如果摔门出去，其结果是，他继续在外面过他已经厌倦的日子，他的老婆，依然会天天把自己埋在韩剧里，哭笑不由自己。

沉默良久，老陈岔开话题，他说，好想回到从前。

老婆说，从前？在外面花天酒地？

老婆对自己有些积怨，不能怪她。老陈想到了刚结婚时的情景，于是说，你记得没有，当初，咱们用结婚的磕头钱，买了一辆电动三轮。

老婆说，你想回到那时候，开着三轮车沿街收破烂？

老陈说，后来挣了点钱，你说换个生意吧，咱们就买了一台二手的塑料机，做电盒。晚上做，白天去卖。第一次去卖，我扛着一大包电盒，你后面跟着，被城管当“盲流”驱赶。后来终于 3 块钱一个卖掉了，挣了 184 块。咱俩高兴得都要疯了……

老婆说，打住，老陈，你绝对有问题，我告诉你，你想离婚，门都没有……

也不知道过了多久，老陈从睡梦中醒来，发现老婆不在房间里。

电视关了，房间里一切如常。

原载《小说月刊》2021 年第 8 期

英雄的传说

申　平

我家乡一直传说着杜大成是一位大英雄。当年他在战场上曾立下赫赫战功，曾一个人俘虏过敌人一个连。他胸前挂满了军功章。传说他转业回地方的时候，部队首长特批他带回了一把盒子枪。胸前挂满军功章的杜大成走在县城的街道上，腰间还别着一把盒子枪，那是何等威风凛凛。

一般大功臣，脾气也会很大，但老人们回忆说："杜大成这人却很和气。他每天总是笑呵呵地走过大街，嘴里说着一些新鲜词：'楼上楼下，电灯电话；点灯不用油，种地不用牛，共产主义在前头。'"

杜大成的和善使人们敢于接近他。特别是一群小孩子，更是团团把他包围。有的去摸他的军功章，有的干脆就说："杜叔叔，给我们讲讲你打仗的故事吧。"杜大成嘿嘿地笑着说："没有什么好讲的，就是把脑袋掖到裤带上，为了新中国，前进呗！"杜大成大手一挥，做了一个漂亮的前进姿势，眼睛望着远方，那模样用现在的话说就是"酷"。

孩子们把杜大成缠久了，他便说："来来，我给你们买糖吃。"于是孩子们便前呼后拥跟他进了商店，杜大成就会买一堆糖果发给孩子们吃。如果赶上他的口袋里没有钱，他就对售货员说："给我称半斤糖果，记我的账。"售货员知道他是大功臣，照办不误。过不了几天，杜大成就会把钱还上。他给孩子们买糖吃，也请大人们看戏。那时县城里有个戏院，每天晚上都有演出，尽管门票只要一角钱，但仍然有许多人看不起，整晚在戏院门口徘徊。如果赶上杜大成来看戏，那他们就开心了。杜大成过去对把门的人说："我的朋友，让他们进去听戏。"把门的知道他是杜大成，总会给他面子。

杜大成本来在城里住得好好的，他却主动报名要去乡下。家里人不同意，他就一本正经地给他们上课，讲我们跟着共产党打天下，并不是为了自己享受的。国家有号召，我不响应谁响应？家里人知道他又冒傻气了，可拿他也没办法。最后政府考虑到他的实际情况，把他安排在一个镇上居住，依然吃商品粮。

吃商品粮的杜大成，免不了要和粮站打交道。有几回他觉得粮站出了问题，因他发现买回的粮食里面的沙子越来越多。其他吃商品粮的人，当然也发现了这一问题，还有人找杜大成告状，希望他能出头。杜大成一气之下，就去找粮站站长理论。

粮站站长吃得很胖，对杜大成也不怎么熟悉，态度十分傲慢，对杜大成说："粮食里有几粒沙子是正常的，你要是不满意，可以把嘴缝上嘛。"

杜大成看了他半天，忽然扯开衣服，露出满身的伤疤，拍着胸脯说："你看看老子这些是什么？"粮站站长却不以为意，仍然爱理不理。杜大成什么也不说了，转身就走。

当天夜里，杜大成就拿出老兵的本事，潜入了粮站。也活该有事，正赶上粮站站长和一个职工在往粮食里掺沙子。杜大成犹如神兵天降，他大吼一声："你这个丧尽天良的东西，今天让老子撞见，算你倒霉了！"

粮站站长抬头一看，但见眼前站着一个黑铁塔似的人物，最可怕的是他手里拿着一把盒子枪，黑洞洞的枪口正指着他的脑袋。粮站站长扑通跪地，磕头如捣蒜，连喊："爷爷，爷爷，我错了，爷爷饶命！我一时糊涂，爷爷你就饶了我吧！"

杜大成双目喷火，从牙缝里一字一句地蹦出："老子们打下江山，容不得你这头猪来糟蹋！"说着要扣动扳机，大喊一声："啪——打死你这个没良心的！"然后一脚又把粮站的那个职工踹倒在地。

杜大成"杀人"的消息震动了全县。粮站站长把杜大成告了。经过调查，公安机关向社会公开说明，杜大成没有杀人，他是见义勇为，公安机关没收了他那把假枪。

杜大成后来去了外地，粮站站长往粮食里掺沙子受到了应有的处罚。

原载《红豆》2021 年第 6 期

海边的风景

侯发山

小海小的时候，妈妈经常带着他去海边捡鱼。那里的鱼可真多。妈妈告诉小海，哪是海鲈鱼，哪是鳗鱼，哪是梭鱼，哪是六线鱼，哪是黑鲷鱼，多啦。他们捡得最多的是黑鱼和黄花鱼。每一次，妈妈都会捡上满满两篓鱼，吃不完，就把鱼卖给镇上那些餐馆。

小海很乐意跟着妈妈去海边，看到那些鱼在浅浅的水里蹦跶，是他最开心的事。他天真地问："妈妈，这些鱼咋来的，咋不游到大海里啊？"妈妈便耐心地给小海解释："涨潮的时候，它们随着海水来了；落潮的时候，水退了，它们留了下来。"小海歪着脑袋，想了想，说："你不是说爸爸出海了，他咋不随着这些鱼一块回来？"妈妈的眼圈一下子就红了，眼泪吧嗒吧嗒往下掉。吓得小海以后再也不敢提及爸爸，他怕妈妈哭个没完。

村里的人大多都是出海捕鱼，看到每天大海上船来帆往的，小海就问，妈妈，咱也坐船去海里捞鱼吧？说这话的时候，小海有个想法，说不定出去还能见到爸爸呢。还有，有小伙伴嘲笑他妈妈胆小，不敢出海捕鱼。他们这里是个渔村，不只是那些大男人，有些妇女也驾船出海呢。妈妈的眼帘一扑闪，说，鱼有得捡，何必出海呢。看到有泪在妈妈的眼眶里打转，小海不敢再吭声了，心里边不住地嘀咕：难道妈妈真的怕出海？妈妈的眼泪咋那么多呢？有不少晚上，他醒来的时候，总见妈妈在抹眼泪。

大江是村主任，每天出海打鱼，经常会给小海家送一些鱼过来。小海却不怎么喜欢他，因为有小伙伴说，大江是他的野爸爸。小海不知道"野爸爸"是什么意思，但从小伙伴挤眉弄眼的神情上可以看出，绝对不是值得骄傲的事情。而且，妈妈也不喜欢大江，每次都是大江前脚走，妈妈就把他提溜来的鱼给扔了出去。有一次，妈妈还对大江的背影说，你就死了那条心吧！

小海懂事后，才知道爸爸出事了，不可能再回来。妈妈捡鱼的地方是人们专门修筑起来的，像是两个连起来的“心形项链”，心形是半重叠的，“项链”是为了防止鱼儿游出石沪的石堤，“吊坠”则是集鱼的沪房。小海问：“妈妈，这个‘心’字是谁造的？”妈妈支吾半天，也没说出个结果。

这时候小海不小了，也是十七八岁的小伙子了，有分辨是非的能力，听到了更多的风言风语。有人说他爸爸大海是被大江害死的；有人说大江四十多了还没结婚，是在等小海的妈妈呢；有人说大江修的“心形项链”就是对小海妈妈最好的表白，甚至还有人说出更恶毒的话来。

小海心里藏不住事，回到家就质问妈妈。

小海大了，妈妈觉得是该给他坦白了。闻听小海的质疑，她叹息一声，拿手捋了下鬓边的白发，给小海讲起了过往。

大海和大江是要好的朋友，他们年轻的时候，一起驾船出海捕鱼，遇到恶劣天气，两人总能同心协力，化险为夷。世上的事情就这么奇怪，两个人一起爱上了她。尽管后来大海娶了她，却并不影响两个好朋友的友谊。有一次，遇到台风，大海被卷入大海，大江活了下来。村里有人说，大海是让大江给害的，为的就是占有她。过了大海的三周年，大江执意要娶她。她不愿意，因为那样，就坐实了那些谣言。俗话说，半寸板内是娘房，半寸板外是阎王。说的是船上作业是很危险的。为了孤儿寡母，大江便修建了“心形项链”，让他们母子得以捡鱼生存。

小海还是不理解，气呼呼地说：“那个建筑为什么是心心相印的图案？”

妈妈耐心地跟小海解释道：“那样子设计能得到更多的鱼，其实那个原理是咱老祖宗留下来的，不是他的原创。他说两个心相连，是说明他和你爸还是贴心的好朋友，咱们母子是连着心的母慈子孝，咱们渔民和大海是连着心的和谐关系，干部和村民之间心连心才能奔向小康，咱们渔民之间要心连心才能战胜一切艰难困苦……”

小海又斗胆问道："妈妈，我真的不是您亲生的？大人们说，您不出海，不是胆小，是因为您没生过孩子，俗称空肚子，这对渔民来说是最晦气的；怀孕的妇女或是生过孩子的，渔民最欢迎她们上船，有满载的意思……"

"小海，既然你已经知道了，索性都告诉你吧。那次台风，村里好多渔民都出海了，你的父母带着你一起出海。眼看着你们家的船被风浪打得七零八落，为了救你们全家，大海和大江同时迎着风浪扑进去，大海没了，你的父母也在这场台风中遇难……"

怎么是这样？小海如同傻了一般，好半天都没闹明白。

原载《美塑》2021 年第 2 期

宰相申鸣

戴 希

原本，申鸣只是楚国的士子。他很有孝心，常陪父母漫步花丛、休憩绿荫，每天为父母端茶递水、搔痒擦背……原本，他就想这样，生活纯粹、与世无争。他觉得挺好！

楚惠王熊章闻知申鸣的为人和才气，颇为赏识，请他做楚国的宰相。

“可我只想做父母的孝子，不愿做王的大臣。”申鸣回绝，波澜不惊。

楚王很意外，就问：“既然你是父母的孝子，那父母的话你总会听，父母要你做的事你不会拒绝吧？”

“那是自然！”申鸣爽快回应。

于是楚王采取迂回战术，派人去找申鸣的父亲。

听说申鸣不愿做宰相，父亲苦苦相劝：“我儿，在家尽孝固然是君子所为，但大丈夫更应胸怀天下、壮志凌云。你去辅佐君王，治国安邦，造福百姓，光宗耀祖，受世人景仰，此为积大德啊！”

于是申鸣接受楚王招募，入朝为相。

三年后，白公熊胜因与郑国有杀父之仇，不满楚与郑结盟，于是举兵起事。形势危急，申鸣主动请战，出征平叛。

消息传来，申鸣的父亲忧心忡忡，茶饭不思，试图阻止他：“我儿，如今我们已年迈体衰，你不能随侍在侧也就罢了，还要舍命征战，以身涉险，这是不孝之举，会毁了你的一世孝名。”

申鸣含泪道：“父亲，自古忠孝不能两全，食君俸禄，忠君之事，眼下国家有乱，我岂能置身事外？”

申鸣拜别双亲，披挂上阵，最后率军将熊胜的叛军围困于慈利。

熊胜已处劣势。但他的手里，握着一张王牌——申鸣的父亲。

申鸣是有名的大孝子，熊胜当然知道。他采纳部下石乞的建议，劫持了申鸣的父亲，以其父性命相逼，以平分楚国相诱。他想，若能借此胁迫申鸣退兵，并得其襄助，自可一举反败为胜。

岂料申鸣油盐不进，软硬不吃。

“为人子，我当尽孝；时为人臣，自当尽忠。此番临危出征，剿灭叛贼就是我的使命，岂容你阴谋得逞！”申鸣派人正告熊胜。

熊胜一怒之下，杀死了申鸣的父亲。

申鸣强忍悲痛，亲率大军攻陷慈利。熊胜战死。

申鸣班师凯旋。楚王率百官迎接。满城百姓夹道欢迎，纷纷向申鸣欢呼致敬。

楚王激动之余，要赏赐申鸣一百斤黄金。

申鸣拒绝了：“辅佐国王、护国安定，是我的职责，何须犒赏？这次平定叛乱、诛杀逆贼，我尽了一个忠臣的职守；叛贼劫持我的父亲，我却不能出手相救，眼睁睁看着他惨遭杀戮，这是我作为儿子的不孝。行不两全，名不两立，我不孝至此，还有何颜面立于这世间？”

言罢，申鸣面朝家乡方向伏身跪拜，以头叩地毕，飞身撞柱而亡。

满朝惊愕。

楚王痛惜不已，后下诏，在申鸣的故乡（今湖南省常德市临澧县新安镇古城村）筑城，予以纪念。

原载《小小说月刊》2021年7月上半月刊

烧　火

高　杉

明妮儿六岁就会帮着娘烧火，今年八岁了。

娘在锅上蒸窝窝、烙饼子、包菜其溜（鲁西对玉米面团子的叫法），熬玉米粥、小米饭，煮红薯、北瓜，她就在灶下面烧火。不同的饭食，不一样的火头。那火在锅底下，该大时大，该小时小，像一帮跳舞的神奇小人，可听话了。明妮儿左手拉着风箱把手，右手一个烧火棍子，什么时候需要加火，什么时候需要减火，什么时候需要保温，娘说一遍她就能记在心里。

好天好柴烧火不算本事，关键是孬天孬柴才显能耐。赶上下雨阴天，柴草返潮又孬。油性大的劈柴秸秆树枝子还好，烂树叶、碎草末很难着。先在灶口找引柴把火小心点着，放进灶膛，这时不能拉风箱，只能小心地吹。吹火是个技术活，劲大了吹灭，劲小了火不着，等引火着了，凉的灶膛热了，然后再慢慢把旁边湿的柴火烤干。要是赶上铡草喂牲口剩下的割闹、拾柴火扫起的碎草末子，不仅难着冒烟，还会有砖头瓦块、牛羊猪粪、鸡屎什么的，没法下手，可脏了。

开始几回，明妮儿也不行，她娘两手沾着棒子面，抹着被烟熏出的眼泪说，妮儿来，你哪是做饭，这是烧窑啊！娘手把手教了她两次，明妮儿就会烧火了。

看到明妮儿被灶火映红的小脸，闻着锅上粮食被做熟的香气。娘想，这个妮子，吃不了几年闲饭，就是家里外头的一把好手。每想到这些，娘总是直直在锅灶上弯着的腰，好像也不怎么疼了。娘的腰原来是好腰，拉车子挑水都能行。只是去年赶集卖鸡蛋，叫二鬼子给踢伤了，才不能干重活。前几天和几个婶婶、嫂子去八路军医院给伤员拆被子，人后天才能回来。

爹和村里的联防队员配合武工队埋伏在村北河套里，等着鬼子汉奸进村。

家里只有明妮儿一人在执行一项特殊任务。

开始说好村里的儿童团员每家都烧火，大人们考虑不行。饥荒年月家家都断顿了，怎么会有很多人家做饭，反而会引起鬼子的怀疑。最后确定明妮儿、小枝、银棉三家烧火。

爹临走时交代明妮儿，不要慌，压住点柴火，光让它冒烟就行。听到村北边枪声响起来，你就停火。多加点水。明妮儿看到爹二返头回来又嘱咐她，心里不禁有些好笑。爹真把我当小孩了，烧了这么多回火，哪一回烧干了锅？

望着半锅清水，实在没有什么东西可放。米缸面缸里猫舔的一样干净，门后的面口袋垂头丧气地耷拉着。

点火，反正不用烧旺，冒烟就行。明妮儿拿两片干高粱叶点起一把干草，用烧火棍压着一会儿就能冒出烟来。自己到门外望望屋顶，烟筒里开始冒出浓烟。天上没风，那烟很直，一会就冒得比院子外的大杨树还高。估计据点里的敌人一会儿准能看到！

狼恶虎恶没有饿恶。那一年，不光是老百姓，连盖家洼据点里的鬼子汉奸也都饿急眼了。每天到饭点的时候，他们就派人站在炮楼上四处张望，看到附近哪个村有冒烟做饭的，马上放下吊桥，冲出据点进村抢饭。什么地瓜干子、糠窝窝，高粱饼子、蒸树叶，逮住什么都往嘴里填，哪里还有过去那么多的穷讲究。

最近，这事都闹了好几回了。军分区决定将计就计，调虎离山，借机端掉几个据点。

枪声响起的时候，明妮儿就灭了灶膛里的火。枪声渐渐安静下来，抢饭的十几个敌人在河套里被包了饺子，盖家洼据点也燃起冲天大火。

爹兴冲冲回到家，想给烧火的明妮儿转达张排长的夸奖：这次漂亮的伏击，你们那三个小妮子立了头功！

这时，明妮儿躺睡在灶坑一堆烂树叶子上，什么都听不到了！

爹流着眼泪喊着她的名字，把女儿轻轻抱到炕上。八岁的女孩，瘦得像根干棒，轻得像一捆麦秆。

明妮儿一只小手紧紧攥着，手心里是十几颗汗湿的小棒子粒。那是她在烧火时，在棒子瓤尖尖上抠下来的，那些粒儿，因为受灾没有长饱满，比绿豆粒小不少，比谷子粒儿大点儿！

原载《红豆》2021年第4期

好好活着

马新亭

他进门时看见父亲坐在沙发上，戴着老花镜眯着眼端着晚报看报纸。“嘭——”重重的带门声，把父亲的目光从报纸上拽到他身上。母亲系着围裙在厨房里忙碌。他的屁股还没落到沙发上，父亲的声音已经钻进他的耳朵：“孩子考了多少分？打电话你也不接。”他阴沉着脸：“别提了，考得很低。”

父亲指着报纸：“别给孩子压力，今天的报纸上说昨天有个高考的孩子考的分数很低自杀了。”他本来就心里生气，父亲这一说他更生气：“压力、压力，你从小就说别给孩子压力，你就不怕我以后没饭吃更有压力？”

正在往茶几上端菜的母亲，听见他敞着嗓门儿的话，像是责备又像是安慰地说：“我一个字也不识，和你爸不也过得挺好？”

他轻蔑地看一眼母亲说：“那就更得让孩子上大学，没文化什么也不懂，连怎么过上好日子的都不知道。”

“你说怎么过上的！”母亲不满地说。

他气呼呼地说：“怎么过上的？还是得多亏上学。我爷爷那时候是土财主，很有钱，把父亲送到省城去读书。我父亲学习成绩优秀，考上了一个好单位。但父亲长得太矮太丑，虽然是城市户口却不好找对象。你当时是农村户口，长得好点儿，你们各有所取，结婚成家。后来，全家‘农转非’，过上了现在的好日子。”

“算啦算啦，快吃饭吧，少说你那些歪理怪论。”母亲一边往厨房走着一边说。

几天几夜的雨终于在周六傍晚时停下，人和车从建筑物里钻出来，冷冷清清的街道开始热闹起来。“走，咱去吃羊肉串，聊聊。”他对儿子说。

“打算怎么办？”他仰脖喝下一杯啤酒。

“不知道。”儿子拿起一根滴着油的肉串儿吃着。

“小学五年，初中四年，高中三年，就这么结束啦？”他像是对儿子说，又像是自言自语。

儿子低着头嚼肉串儿，不说话。

“你今年十八，不上学干什么呢？”他连喝两杯啤酒，似乎想在酒中寻找答案。

一阵沉默后，他说：“去学着做买卖？”

儿子不吭声儿，好一会儿才说：“你有那么多本钱？”

“去当兵？”他想想说。

“就我这高度近视，能验上？”儿子诘问。

“再上一盘鱿鱼。”他冲服务员说完，想想说，“要不去工厂里打工？”

儿子不屑一顾地笑笑：“我不去，又脏又累还不挣钱。”

“那你打算干啥？”他看着儿子。

儿子咽下一口肉，清清嗓子说：“《蜘蛛侠》里有一句台词：‘不管我们面对什么处境，不管我们的内心多么矛盾，我们总有选择。我们是什么样的人，取决于我们选择做什么样的人。’”

儿子的话差点儿把他逗笑，他急忙把一口酒喝下去，似乎喝慢点儿就会喷出来。他叹了口气，说：“你想做个什么样的人？”

儿子也叹口气：“我也不知道，但我不甘心，我真的不甘心，不甘心就这么过一辈子。到底是这个社会太残酷还是我太无能？”儿子说完望望天。虽然儿子仰着头，泪却从脸上哗啦啦滚下来，泪珠像天上的星星又亮又大。

他也哭起来，泪水湿透眼睛。他擦一把眼泪说：“咱复读吧，再拼搏一年。”

儿子说：“再复读一年就能考上？有的同学复读了一年还不如第一年考得好，再说复读一年最少要提高 100 分才能考上好学校。”

他说：“复读吧，能考上更好，考不上咱也无怨无悔。”

儿子勉强点点头。

他举起杯说："来，你用茶水，咱们碰一杯，祝你明年金榜题名。"

他嘴上这么给儿子打气，心里却说："万一明年再考不上怎么办？"

第二年的一个下午，再过十几分钟就是公布高考成绩的时刻，这是他望眼欲穿的时刻。当这个时刻真的马上到来时，他竟然轻轻走出家门。如果儿子再考不上，可怎么活啊？他在心中感叹道。突然微信响了几下，他几乎是哆嗦着掏出了手机。果然是儿子发来的微信，可是他却没点进去看微信的内容，就又把手机装进裤子口袋里。

高考分数固然重要，但最重要的还是好好活着。想到这里，他眼里哗一下涌出泪水，本该流汗的脸上，却在流眼泪。

原载《百花园》2021 年第 6 期

遍山的野果

符浩勇

插了稻秧，灌了水，牛雄就知道爹该进山了。每年这个时候，村里砍伐组都要结队进山半个月去劈犁辕砍牛轭。这要看运气，顺利的话，各家各户农作耕具就备下了，至少一年的炉灶烧柴就不用操心了。

牛雄闹腾着也要跟着进山。爹正收拾铁锯、砍刀，不应允。娘却说话了：“这次仕鸿不进山，就让他去，开学前回来就好。”牛雄听了很不情愿，嘴上却说：“好，开学前我就回来。”心想，回来时就另说了，他惦记的是砍伐组出山前的赶山围猎。他早听仕鸿哥说过，捕获野山货那才真是进山的好运气。

进山住的茅草屋就建在半山腰，一条窄小的路连着山下一个仅有三户人家的村子。

有户人家有一个漂亮的姐姐，叫秀兰，经常帮牛雄煮吃的。牛雄总爱看她那两条又粗又长的辫子，在腰里甩过来飘过去的，很好看。

秀兰经常钻进山去采撷野果，每回回来就拿出一些馋人的东西：不是一把山棯或坡梅，就是一捧阳桃或木瓜，还有几丛黑嘴蕉、乌榄乳什么的。牛雄却说：“你见到野猪或黄猄吗？”

秀兰指着漫山遍野一挥手，说：“野猪和黄猄都在深峪老林里，那里也有野胭脂。野胭脂是树生果，先是青皮转黄，再红遍就成熟了，甜甜的，酸酸的，蘸盐还可配饭吃，像酸菜一样人见人爱。”牛雄嘴里一阵触动，口水就涌上来，说：“怎么又甜甜又酸酸的，还都爱吃？我不信！”秀兰摇着头，说：“现在不是节季，你下山前我给你带一瓶胭脂酱！”

末了，秀兰还向牛雄打听仕鸿哥的事说：“你仕鸿哥这趟为什么不进山呀？”

牛雄摇摇头，他实在不知这次爹硬是不让仕鸿哥上山来的原因。秀兰总是缠问仕鸿哥的事不休，有些牛雄知道，就对秀兰说了，有些牛雄真不知道，问得多了，牛雄就说：“下回他来，你不会自己问他吗？”他不明白秀兰的脸怎就唰地红了。

有个半夜，门“咿呀”一声开了，牛雄就醒了，接着就进来了一个人。哪知那人脱衣服，刚刚躺下，爹说话了：“仕鸿，你这样……可不好。”爹不让仕鸿哥来？他怎么又独自来了？过了一会儿，爹又说了：“爹知道你的心思，可你总是这样不好……你明天回去吧？不要由着性子来了。”仕鸿哥还是不说话。爹又说：“多年来，我们村在这砍柴锯木的，你把这事搅了。排溪村木匠拐亲的事你不是没听说过，腿叫人家打瘸……”仕鸿哥终于说话了：“她心里可是有我……她还说她爹逼急了她，她会去死！”爹叹了口气说：“可她已许了人……听说是村长的儿子，我们比不上人家的。你要是心惜她，就不要让她死，要让她过好。”仕鸿哥不再说话，牛雄就隐约知道这与秀兰姐有关。

十天过去，临近开学了，爹就催牛雄下山。原来是拉木料的牛车来了。他心有不甘，心里惦记着砍伐组出山前的赶山围猎。到那时，窝棚前面的空地上就会燃起熊熊篝火，擂起咚咚作响的猎皮鼓，抬出上年埋在地下的山兰米酒，大家举着火把，又唱又跳，大碗喝酒，大块吃肉……牛雄不喝酒，但想吃肉，想看热闹。

赶车的把他拉到一边，悄悄答应他砍伐组结伙下山前再捎上他，他这才应允跟车下山。那日午天，秀兰上山来了。带着一件新织的毛线衣，在隆起的胸前比画着，说：“你看，好看吗？”牛雄看着毛线衣密匝的纹路，说：“是姐手巧，织得真好！”秀兰说：“交给你仕鸿哥，可别让人知道。”忽然又说：“告诉他要想来就来，等明年再来就晚了！”牛雄就接过了芦兜袋，说：“我会告诉他的。”秀兰一下子把牛雄搂在了怀里，还疯了一样地亲牛雄的脸。

牛雄再次来到山上，已是砍伐组结队下山的前夜。

进山前，赶车的告诉牛雄，说：“今年的赶山围猎没有得手，可能没有聚餐了，你还去吗？”牛雄纳闷：“往年可总会打到野猪或黄麂什么的？”赶车的说：

“往年是往年，今年开始禁猎了，今后可能砍伐辕轭也会被禁止！”然后又重复问：“你还去吗？”牛雄想也没想，说：“我去！”

牛雄没有见到秀兰姐的身影，却未免遭受爹的一顿痛骂，说：“你是蛮牛，谁又让你上山了？”牛雄申辩说：“仕鸿哥进山才不听话。”爹气不打一处来，说：“你胡说！在山上见到他的踪影？”牛雄说出了疑虑：“可他不在家，你就是偏心，看我什么都不顺眼。”爹像是愣住了，不由得后退了两步，忽然意识到什么。

天刚蒙蒙亮时，牛雄就被爹赶起下山。经过三户人家小村时，牛雄在秀兰家门外一道断墙边，见到仕鸿哥借来的一辆半旧的自行车。这时候他已懒得跟爹说话。因为有人告诉他，秀兰姐给自己的一瓶胭脂酱被爹掷掉了。

山道弯弯，走了一段路，牛雄忽然见到高高的石崖上长着一棵枝长叶茂的树，结着红红绿绿的果子。牛雄不由想到秀兰说过的青黄不熟的野胭脂，心里又酸又甜的却想哭。

原载《小说月刊》2021 年第 6 期

废　墟

莫小谈

东常庄扒了，一片废墟。

电视上报道这则消息时，镜头正巧扫过星期八理发店仅存的半面墙壁，上面还贴着郭小美写的那张海报：洗剪吹 16 元。

东常庄位于城市之郊，聚集着众多外来者，钜缸修锅抢菜刀的，看相套圈耍杂艺的，各色不一。我在此蜗居时，邻居是赵伯，一个走街串巷的生意人，卖鼠药。

赵伯的叫卖声很特别，与其他同行不同，他从不吆喝“老鼠药，药老鼠，大的小的都剋住”，只喊三个字：“老——鼠药！”一个“老”字拖了很长的音儿，紧接着“鼠药”二字砰然而出，紧凑有力。

赵伯有个习惯，遇见小孩子便问：“老鼠药能吃不？”孩子们回答：“不能。”再问：“老鼠药能吃不？”孩子们再答：“不能。”反复几遍，赵伯还要再强调：“鼠药不能吃，有毒，会出人命的。”

有人说，赵伯曾出过事儿，一个失恋的中学生，从赵伯处讨一包老鼠药，吃了，当天人就不行了。有人说，死的那孩子是赵伯的儿子。还有人说，是赵伯的儿子不假，但没死，抢救过来了，不过脑子不灵光了。这些流言真真假假，谁也无意求证真假，抑或说谁也不在意真假。

收工后，赵伯会到星期八理发店门口坐一阵子，偶尔与店员郭小美聊天：“妞，多大了？”

“十九。”

“老大不小了，该寻婆家了。”

郭小美笑笑：“不急，还小着呢。”

其实，当时郭小美正和董老二热恋着。

董老二是房东雇来的“管家”，代替房东操持着整个院落。房东是一位老本地居民，平日不问闲事，只顾遛鸟下棋。董老二也不负所望，把整个院落打理得井然有序。每周例会，他都会讲评一周事务，谁家的访客多了，谁家的噪音大了，谁家的卫生不达标了。有时，董老二还拉出小黑板，列出个一二三的提纲来，画个重点，他说“这个需要注意了”，我们就各自取出纸笔记录。

董老二讲话很有水平，声腔语调拿捏得恰到好处。谈到房租，他的嘴巴立即甜了许多。“叔，该涨房租了，不多，也就一包烟钱。”“婶儿，知道不容易，但情是情，理归理，咱还得依合同办事不是？”

也许董老二表现出的不凡之气吸引了郭小美，她一下子就爱上了他。董老二会哄人，常为郭小美唱情歌“你是我的心肝肝哟，你是我的肺”，郭小美很陶醉。爱情这玩意儿谁也说不清，谁会爱上谁，谁会对谁死心塌地，好像是命中注定，爱上了就停不下来。

董老二白天上班，郭小美就趁空回房为他煨汤烧饭。董老二心气高，总加班谋上进，常晚归，郭小美就等，人回来了，他俩就你一勺我一勺地喂对方喝汤，很甜——直到董老二升职，去了另外一个城市。

启程时，董老二跟郭小美说:“等我，等我回来娶你。”郭小美说:“记住了。”

时间一天天过去，结局却出乎郭小美的意料，董老二始终没有回来。

有一天，郭小美为顾客洗头，洗着洗着，顾客投诉她，说:“你的口水滴到我脸上了。”

“不是口水。”郭小美辩称。

“是鼻涕？”对方不依不饶。

“是眼泪。”郭小美说。

店主王姐赶紧过来安慰她:“好妹子，不哭不哭，权当那董胖子死了。”

郭小美哭了好一阵子。

当晚，郭小美去找赵伯买老鼠药。赵伯问:“哪里生了老鼠？”

郭小美说："店里。"

"理发店？咋没听王姐说过？"

郭小美又改口说："是家里。"

赵伯看她半天，说："小孩子家家的，买这干啥？"

"已经老大不小了。"郭小美答。

赵伯到底没卖给她。

时月不停转换，一年又一年，破败的东常庄终于要拆了，除了被允许最后撤离的门面商铺，成群结队的租客陆续撤离，我也拖着行李夹在队伍里往外走。场面壮观得有些凄凉。

郭小美不走，还守着董老二的诺言，"等我，等我回来娶你"，而王姐早就告诉过她："不可能了，死胖子早有了新欢。"

郭小美不信。

不知是房东在背后撮合，还是董老二良心发现，他委托房东送来三万块钱，还捎来一句半热不冷的话："感谢你陪我度过的时光。"郭小美不收，把那钱推到一边。房东转手交给王姐，叮嘱道："一定要帮她收好。"

人群如潮退，不几日便散尽了，东常庄空荡荡的。没了生意，王姐也撤了，只有郭小美一个人望着日升等日落。房东以为我与郭小美熟识，叫我回来宽慰她。郭小美指着这破败的村子说："从开始到结束，我和他共同生活了半年。"又说："但这么多年，他死皮赖脸地住在我心里，赶不走。"

我不知如何是好，只说："忘掉他吧。"

"忘掉他吧。"郭小美也说，"真的老大不小了，该寻个婆家了。"说这话时，一只老鼠从瓦砾间穿过。

我突然想起了赵伯，自从撤离东常庄以后，再也没有了他的消息。或许此时，他正在另一个村庄里高喊："老——鼠药！"

原载《百花园》2021年第6期

鼓 震

宁春强

漆匠是在暮春的一个傍晚，挑着一担挑子，一悠一悠地晃进石门的。

“漆箱漆柜咪——”漆匠一边摇着拨浪鼓，一边吆喝着。望望西山顶上的日头，漆匠的步伐就有些凌乱，似不知道该迈向哪里去。

没人应和，甚至连多事的狗，也懒得搭理他。唯娥子闻声颠出院门，盯住漆匠看，半天才丢出一句：“咋个漆法？”

如遇见了救星般，漆匠切切地迎上去：“翻新。刨去旧漆，涂上新的，图案随便选，价钱好商量。”

“那就明个儿再说吧。”娥子又瞄了眼漆匠手中的拨浪鼓，遂转身折回家去。

漆匠的目光就有些怅然。娥子眉宇间那颗醒目的美人痣，不时地在他的眼前闪现。兀自叹了口气，漆匠便将挑子落在了小卖店的屋后。片刻，一顶帐篷已傍墙而立了。

“何苦费这个力气，去娥子家住不就得了？”从小卖店的后窗探出一个秃脑壳，满脸的坏笑，“就刚才跟你搭话的那个，男人经常不在家，晚上饿得很呢！”

漆匠下意识地望了眼一道之隔的娥子家，说：“出门在外做点小生意，可不敢胡来呢。”

“算你精明！记住了，在石门，碰谁的女人都不能碰娥子。娥子男人，凶着呢，会跟你玩命的！”秃脑壳牙一龇，问，“进店里整俩盅？我请客。”

“不了。”漆匠谢绝，一摆手，漫天的黑就落了下来。

漆匠在石门揽下的第一宗活儿，是翻新小卖店的台柜。为广而告之，漆匠每到一个新地方，首漆都不收钱。漆匠先是用砂纸将台柜面上的旧漆除掉，然后再上新漆。

“要个什么图案？”漆匠问。

秃脑壳呆愣了一下，挠挠头皮，说：“随你。”

漆匠手中的刷子，便在柜面上蛇般游来游去，渐渐地就显现出一个胖娃娃，怀中抱着个大金鱼。

“这是招财进宝。”漆匠说。

众人都啧啧称奇。随后，就有围观者开始约请漆匠了。

“我的还没漆呢！”娥子不知何时立在了后门口，身边偎着个五六岁的娃娃，“先去我家。”

就都噤了声，默默地看漆匠跟随着娥子离去。

娥子家是五间砖瓦房，蛮气派的。娥子问：“把家里的箱柜全都重漆一遍，多少钱？”

漆匠扫了眼娥子的美人痣，说：“需管饭，钱嘛，看着给就行。”

漆匠在娥子家，一干就是好几天。打磨、上油、涂漆、绘图，每道工序，漆匠都极为用心。娥子也用心，餐餐都给漆匠做白花花的大米干饭。

“箱柜全都重漆，也不跟你男人商量一下？”没忍住，漆匠还是将心中的疑惑，抖搂了出来。

娥子在看立柜上刚刚绘就的那对鸳鸯，应道：“家里俺说了算，村里俺男人说了算。孩子他爹跑路，半月二十天才回来一次。”

说了算的女人，一定很幸福吧？漆匠这样想着，就信手在堂箱的正面，绘出了一片金黄的麦子。那是家乡的麦子，饱满的麦穗，真切得让人有触摸一下的冲动。漆匠停下手，问：“喜欢吗？”娥子的眼睛仍痴迷在麦子上，没有应声。漆匠从身边的工具箱里举出拨浪鼓，兀自摇晃起来。砰噔，砰噔。

“你——还玩这个？”娥子一怔，脸上竟有了些许的惶惶然。

“师傅留下的。”漆匠说，“师傅走遍了大半个中国，一心想找到他的女儿麦穗。师傅说，这是麦穗小时候的宝贝，哪怕隔上几十年，她也会认得这个拨浪鼓的。”

“那，你师傅呢？”娥子下意识地搂紧了身边的孩子。

“去年走的。”漆匠说，“师傅唯一的遗憾是没能找到被拐走的女儿，他曾坚信一定能找到麦穗。时光要是能倒转就好了，我好跟师傅回去看看麦穗。”

“回得去吗？”娥子的目光变得有些空洞，“回不去了。”

“这个，留给你儿子吧。”漆匠长吁了一口气，“我恐怕也无法找到麦穗，愧对师傅的嘱托了。世界这么阔，变化又这么大。”

娥子拦住了儿子伸向拨浪鼓的手。“还是你留着吧，有它在，念想就在，路上也不孤单。”

漆匠漆完娥子家的箱柜后，就离开了石门。天还没亮，漆匠便收起帐篷，担起挑子，一悠一悠地晃去。出了村，上了西沙岗，漆匠举起拨浪鼓，用力摇晃。砰噔，砰噔！漆匠的眼前，便又浮现出娥子眉宇间的美人痣。师傅曾说过，麦穗额上有颗痣。师傅还许诺过，等找回麦穗，就给漆匠当媳妇。

“麦子熟了黄灿灿——”漆匠亮开嗓子，陡地吼唱了起来。

和漆匠一样早起的还有娥子。娥子立在院子里，呆呆地望着西沙岗。鼓声如锤，叩击着她的心。往事如风。侧耳再听，那鼓声和歌声，皆已远去了。

原载《红豆》2021 年第 7 期

山上有座庙

侯家豪

山上有座庙，庙里有个猴道人。猴道人并不姓侯，因他身边常年带一只秃尾巴猴，人们便都叫他猴道人。

猴道人识草药，通医术。山区医疗水平落后，距大医院又远，山下的人全赖猴道人诊治施药。山娃小时候体弱多病，若是没有猴道人，怕是长不大。因此，一家人对猴道人特别感激。每次山娘做了好吃的，山爷都不忘让山娃给猴道人送去一些；猴道人平日里也种几分薄地，庄稼活常请教山爷…… 一来二去，猴道人和山爷一家的关系就十分融洽。

山娃十岁那年，山娘得了重病，腹痛，水米不进，人一天比一天瘦，眼看着像油灯要熄灭。这天，突然来了胃口，想吃一口山韭菜。山韭菜味道鲜美，是当地人经常食用的野菜。但山韭菜最多的地方往往是悬崖绝壁，人们很难涉足。要想采摘，就要冒一定的风险。当地有句俗语："想吃山韭菜，一去不回来。"时值盛夏，正是山韭菜成熟的季节。山娃是个孝子，顶着太阳找了大半天，但凡有一点下脚的地方，山韭菜都被摘得一干二净。山娃脸上晒脱了皮，嘴上也起了一圈水泡。日头快要落山的时候，山娃碰见了猴道人。孩子像遇到了亲人，满腹委屈呜呜哭了出来。猴道人拍拍山娃的头，笑道："莫哭莫哭，我有办法。"随后取一张黄符，夹在指间，口中念念有词："老猴神，老猴神，山之精，林之真，入山出谷，来往宜情，猴神变形，猴精密令，火速施行，日月星光，元亨利贞，急如律令敕！"念罢，将符往秃尾猴儿身上一拍，那猴儿"吱吱"两声就蹿上树不见了。一袋烟工夫，那猴儿就回转了，捧着两把山韭，还有一些不知名的草药，递到山娃面前。猴道人说："孩子，快拿着回家吧。"山娃对猴道人磕了个头，抓起山韭和草药就跑。不出三天，山娘竟然能下床了。

猴道人的名头就越传越神，自然，与山爷家的关系也越来越好。

但人无千日好，花无百日红，山爷后来与猴道人闹翻了。

刚改革开放，有人在镇上开了水泥厂，大量高价收购山上的青石。山民看到商机，纷纷开起了采石场。这可比种地来钱快多了，有的不出一年，就搬出了大山，到城里买了房。山爷看得眼红，也召集本家弟兄开采青石。

猴道人赶来制止，对山爷说："老哥，不能这么干啊！这山上有四时不凋之花，八节长青之草，多少生灵靠山生存，这么干是造孽啊！"

山爷也有自己的道理："靠山吃山，别人能挖，我为啥不能挖？靠种地也只能勉强糊口，吃都吃不饱，还管啥花草？你别管了，挣钱了给你那破庙翻修翻修。"

"私挖乱采，毁了植被，破坏生态，到头来受惩罚的还是你们自己！"

山爷撇撇嘴："一家老小五六张嘴等着吃饭，老爹老娘的药钱，孩子的学费，都在这石头里呢！火烧眉毛，且顾眼下，先挣钱再说。"

"你……总有你后悔的时候！"猴道人甩袖走了。

山爷转脸就把猴道人带来的不快抛之脑后，一门心思采石赚钱。

那一天，山爷放完两处炸药，启动引爆开关后，有一个响了，一个成了哑炮。

放了哑炮，得有人去排除，这是个相当危险的工作。当时爆炸物品管控力度不大，没有爆破经验，又没受过正规培训，被炸死或炸伤的事故时有发生，且多是因为处理哑炮造成的。山爷看看自家兄弟，老二去年炸断了一只手，老三还没结婚，山爷咬咬牙："我要是出事了，你俩照顾好咱家……"老二和老三哭着说："大哥，我去；我去，大哥！"

就在兄弟三个争抢不停的时候，猴道人带着秃尾巴猴儿过来了。

"修道之人多少会点功夫，我去保险点。"不等山爷说话，猴道人又说，"如果失手，山神庙旁边我种了几种药材，你没事了去看看，推广开了也能赚钱……"说罢，大步向石场走去。谁承想，刚走到哑炮处，"轰隆"一声巨响，说时迟那时快，只见一抹灰影倏地蹿了过去，猴道人和那猴儿同时被埋在了石堆下面。

从那以后，山爷就封了石场。农闲时候，山爷常到山神庙里去，经常一坐就是半天。听说他还给家族定了两条族规：凡山氏族人，一不准开矿，二不看猴戏，违者不进祖坟。

后来，政府成立了专门的管理机构，加强了危险物品管控力度，阻止了无序开采。近年来，由于环保力度的加大，当地的私挖乱采现象彻底销声匿迹了。

如今，在某知名药材商的投资开发下，山上那座庙，变成了旅游景点；那片山，变成了远近闻名的生态旅游区。

原载《金山》2021 年第 8 期

秋　后

王生文

这次秋后的暗访陶部长很满意，作为组织部部长，没有什么比老百姓对拟提拔对象的一致好评更让他高兴。他认为可以结束暗访了，便骑上自行车返回乡政府。陶部长的小车停在乡政府大院的一角，自行车是他在街上找熟人借的，既然是暗访，就不能惊动乡政府，更不能开着小车去村里招摇，这村子他到过，虽然记忆有些模糊。

骑车途中，有户村民在拆旧房，几个汉子正扛着一根粗大的房檩往路边放。谁承想纯属偶然的一瞥，却让陶部长打了个激灵，他猛捏了一把刹车。

那天的偶然因素真的太多了。如果来暗访的不是陶部长，如果陶部长当年不在林业局工作，如果那天村民蔡老三家不拆旧房，甚至如果陶部长经过蔡老三家门前没有侧望一眼，那么村支书蔡勤民的转正都会水到渠成；然而，一切都注定了那件发生在1970年的陈年旧事，会在1994年秋后的某一天真相大白，并对蔡勤民的转正产生不确定的影响。

本是无意识的一瞥，陶部长看到了房檩上一行暗红色的数码。这是林业系统内使用的专业数码，是用红油漆写的，可以保存几十年。如一道闪电划过，陶部长双眼一亮，这不是驻留在心中多年的数码吗？陶部长按捺住激动的心情，将自行车在一旁支好，然后掏出烟，主动迎上去，给那几个汉子敬烟。汉子接过烟，打量着陶部长，陶部长呵呵一笑，自我介绍道："老乡，我是做木料生意的，想收些老房檩，听说你们村有人拆旧房，就赶来看看。"一个汉子不等陶部长说完，就冲着一个五十出头的人喊道："老三哥，你过来，有木料贩子找你。"

陶部长迅即进入角色，几句闲话过后，便问蔡老三："老乡，这根针叶杉房檩有些来历了吧？"

蔡老三应道："可不是，都二十几年了。"

陶部长弯下腰，用手拍了拍那根针叶杉，仰起头又问："还记得当年是多少钱买回来的吗？"

"买？"蔡老三接过话，"上哪儿去买？那年……好像是1970年吧，长江发大水，从上游冲下来好多木料，刚好我们队长过湖南回来撞见了，便组织我们去长江打捞……"

"什么好像，就是1970年秋。"陶部长在心里说，当年的情景一下复苏在他的眼前——

几千方从神龙架林区砍伐下来的优质木料，堆在长江边某码头一侧，正准备经过水路运送到"三线"建设工地，不承想一夜暴雨引发山洪，将来不及抢运的部分木料冲走了。搜寻打捞木料的指令火速传达到下游的三槐县林业局。当时的陶部长还只是林业局一名专业技术人员，他临时受命，带领几名青年乘快艇顺江搜寻，却没有发现木料的影子。根据水的流速计算，他判断是沿江群众将木料打捞上岸了。经请示，陶部长他们转入沿江村落搜寻，可是半个月的明察暗访，却一无所获，这其中就包括蔡勤民所在的小塔大队……

"这事我知道，后来还听说上面派人来查了？"陶部长问。

"是来了一批人，房前屋后查了一整天。"

"那么多木料，怎么就查不出一点线索？"二十四年前，当时的局长就是这样拍着桌子训斥陶部长的，不同的是，此刻从陶部长的口里问出来，语气里就只剩疑惑了，这个疑惑后来好多年都一直萦绕在他心里。

蔡老三呵呵一笑："我们队长预见到了，连夜组织我们把木料藏进了稻田里……"

一旦知晓答案，陶部长就恨不得拧自己一把，是自己头脑简单工作不深入，才给国家造成了那么大的损失。明知秋后算账的可能性已是微乎其微，但陶部长还是忍不住又向蔡老三打听："你们队长真不简单，他是谁呀？"

"还能是谁？就是勤民书记……"

这才是更出乎陶部长意料的。他忽然意识到此次暗访还没有结束，便告别蔡老三，一边掏出手机拨通乡政府的电话，一边骑上车往乡政府赶，他希望蔡勤民能够和他一同到达乡政府。

蔡勤民几乎是和陶部长同时到达的。两人间的谈话就在组织委员的办公室进行。

陶部长丝毫没有跟蔡勤民秋后算账的意思。除他之外，县委大院里知道那件事的人恐怕也不会有两三个。但是身为组织部部长，事关选拔干部，既然知道了事件的真相，就不应该一听了事，具体到蔡勤民，虽说可以不追究过往的责任，但并不等于他可以完全忘记过去忘记教训，否则再遇到类似事件，没准他又会把小圈子的利益置于国家利益之上。

一番谈话下来，蔡勤民还真忘了二十四年前的那件事，陶部长反复提示，他都认准自己没有做过损害国家利益的事。

陶部长不得不告诉他。

蔡勤民惊讶得说不出话，好一会，才向陶部长辩解："那时，我只是个队长……"

"但当时你是队长中唯一的预备党员，理应毫不犹豫地维护国家利益，否则，你这个预备党员是不合格的。"陶部长毫不含糊地说。

暗访结束了。小车轻快地行驶在返回县城的路上，阵阵秋风从车窗口吹进来，但陶部长却感受不到秋的清凉……

原载《金山》2021 年第 6 期

魔 咒

冷 鬼

他决定去杀一个人，准确地说是用汽车轧死一个人。这个想法已生根了十年。

这个想法也已经折磨了他十年。

十年前，他在大一的暑假回到家乡。下午五时许，天热得让狗吐舌头。门前有一棵大枣树，他坐在一个小木凳上在大枣树下乘凉，他的右侧放着一盆凉水，他的脖子上搭着一条湿毛巾，手里拿着一本书。

远处，大地上的热浪被明晃晃的阳光罩着，呈现出虚幻般的烦心境况。

突然，他家的一只鸭子奔命似的逃回来，后面一只老母鸡奓着毛疯狂追赶。他立马站起，顺手取下脖子上的湿毛巾，对着老母鸡迅猛地一裹，老母鸡竟被甩到半空，随后重重地摔在地上，并没有立即死，而是从地上跃起，向回奔去，奔到自家大门前才气绝身亡。

这完全出乎他的意料，他觉得自己行为过当了。他觉得自己对不起这只母鸡。他主动地向邻居家走去。他向母鸡女主人道歉并愿意双倍价格赔偿。

母鸡的女主人不同意，也不接受道歉，说他是故意杀死了她的鸡，故意杀鸡罪！

在他杀死这只母鸡之前，两家已有些积怨。

很快，母鸡的男主人回来了，男主人的父母也陆续回来。

他的弟弟妹妹和父母也很快出现在现场。

争吵迅速升级到骂大街。

深夜十二点，一场突如其来的雷阵雨才结束了这场“战事”。

在阵雨中，母鸡的女主人骂了一句：“谁不凭良心，就让汽车轧死谁！”

他的母亲回骂："对，不凭良心就让汽车轧死她！"

那夜，他一夜未眠。他讨厌这样的生活。

后来，他逃离了这样的生活。他大学毕业后在市里一家国有企业工作，年薪颇丰。但母鸡女主人的那句话却种在了他的心里。他知道，母鸡女主人的本意，是诅咒他被汽车轧死，而不是"谁……谁……"的选择题。这射向儿子的诅咒用意恶毒至极，才让母亲护犊子的本性偾张拼命回诅，但仍重创了母亲的心。这几乎变成了一句魔咒，在不经意间，比如在看电视里汽车追逐的画面时，或者在某次过马路时，或者在某次的梦里……他都会莫名其妙地想起这句话。

"可恶！"一想起这句话，他的头就感觉有些大，甚至有些痛，这句话挥之不去了，他在这样骂的时候，他的仇恨与日俱增。

莫名其妙的仇恨，可笑的仇恨，太具个性化的仇恨，他明知这是仇起青蘋之末，且与自己所受到的教育完全不匹配，但无法平息。

工作七年后，他先买了房子，又买了一辆小汽车。在开上新汽车三个月的一个午后，当时他在高速公路上，当他超越一辆大货车时，他又突然莫名地想起了母鸡女主人的这句咒语。他摇了摇头，从牙缝里低沉地吐出一句话："我要轧死你！"

副驾驶上的妻子睡得迷迷糊糊，突然如泼冷水般地醒来，问道："你说什么？"

"没什么，睡吧。"他点燃一支烟。

妻子头一歪又面带微笑地睡去。

从这一刻起，他要轧死母鸡女主人的心情越来越强烈。他要让她死在车轮之下以证明她是不凭良心的人。他要让原村人都知道她的死与她不凭良心有直接关系。

冬日午后，阳光干净。他开着车向家乡驰去。他突然想起了荆轲刺秦王的故事，面目严肃起来。"十步杀一人，千里不留行。"他又想起了李白的潇洒，也感觉自己是一位高手了，故而微笑起来。

车的右转灯像鬼眼一样闪烁，他的汽车驶入了家乡村庄的道路。

他发现村庄一下子变得美丽起来，与记忆里的泥泞村庄大不一样。父母去世后，他已经三年没有回来了。

他感叹着这种变化。

不经意间，他猛然看到前面有一个熟悉的身影——骑着电瓶车。很快，他低语了一声："那个女人！"又道："真是个好机会！"但他的心竟有些慌乱了——此行是"杀"前侦查的。

"杀，还是不杀？"他的心跳得无比厉害。

思考中，他的汽车箭一般向前飞驰。

突然，他的汽车发出紧急制动的声音——他的汽车与她的电瓶车相距两米来远时，她的电瓶车突然歪倒，人和车均翻进了路边的河里。

他不假思索，毫不犹豫地跳进河里，救起了这个自己仇恨了十年，本意要杀死的女人。

他手臂受伤住进了医院。

她来看他。

客气了一会，他们叙起了家乡。

他突然问："你当时电瓶车骑得好好的，怎么突然就翻进了河里？"

她脸红了一下，犹豫了一小会，道："不怕你笑话，我当时怀疑后面的汽车想轧死我，吓得头一晕，就……"

他的脸忽地一热。

他故作淡定道："怎么会有这种想法？"

她迎着他的目光道："十年前……"

他眼眶湿润了，转过脸去。

她问他："你当时回来干什么？"

他说："看看老屋子。"

她又问："你为什么要救我？"

他小声道，像自语："你也救了我。"

原载《安徽文学》2021年第2期

错　爱

刘万里

诗人爱上了一个女孩，爱得刻骨铭心。

诗人每天给女孩写一首诗，刚开始女孩很感动，看得泪流满面。后来，女孩平静了下来，收到诗歌只是淡淡一笑，仿佛什么也没发生。

诗人急了，直接去找女孩。诗人说，我喜欢你啊！

女孩说，我知道。

诗人说，你喜欢我吗？

女孩只是笑，也没说喜欢或不喜欢，笑够了才说，你说呢？

诗人说，我会让你喜欢上我的。

女孩又笑了笑，像只蝴蝶飞走了。

情人节，诗人想给女孩送玫瑰，他到花店一问，一束花要价一两千，诗人犹豫了，最后写了一首诗歌。

诗人去找女孩。诗人说，我给你写了一首诗歌。

女孩看了看有点感动，眼睛有点红。

诗人说，我喜欢你啊！

女孩说，我知道。

诗人说，你喜欢我吗？

女孩只是笑，也没说喜欢或不喜欢，笑够了才说，你说呢？

诗人说，我会让你喜欢上我的。

女孩又笑了笑说，我有事，先走了。女孩像只蝴蝶飞走了。

诗人依然每天给女孩写一首诗，他写了厚厚几大本，他拿着诗稿去找女孩，诗人说，嫁给我吧。

女孩笑了笑说，我还没想好。

诗人很郁闷，去酒吧喝酒，他做梦都没想到的是遇见了多年没见的老同学拐子，老同学拐子现在是个大老板了，很有钱。老同学听了诗人的诉说，眼睛亮了，说世界上竟还有这么美丽善良而清纯的女孩？回头给我介绍认识一下。

诗人说，没问题，我把她的电话号码告诉你。

诗人每天都闷在家里给女孩写诗。

转眼几个月过去了，诗人又去找女孩。

女孩拿出请帖递给诗人，女孩说，下个月我就结婚了，到时你一定要来啊。

诗人说，你开玩笑吧？

女孩说，你看我像开玩笑吗？

诗人一下蒙了。

过了半天，诗人说，跟谁结婚？

女孩说，到时你来不就知道了。

女孩又笑了笑，像只蝴蝶飞走了。诗人知道这只蝴蝶将永远地飞走了。

女孩婚礼这天，诗人准时参加。诗人没想到的是，新郎竟是老同学拐子，诗人顿时像电击一般，浑身颤抖，随即像死鱼一般一动不动，面无表情。

诗人喝了一口酒，他走到老同学拐子面前，把拐子拉到一边问，你是怎么把她追到的？

拐子笑了笑，先给她写诗啊！

诗人一惊，笑话，你会写诗？

拐子笑了笑，北岛的诗——《生活》，只有一个字：网。简洁的一个字，却简洁出了一个世界，简洁出了一个人生，概括了芸芸众生的生活状态，揭示了世界的错综复杂，也道出了人生的艰辛……

诗人挥了挥手，停停，别给我讲这些，这些我比你懂。你把你写的诗歌念给我听听。

拐子说，我的诗歌《女孩》也很短，只有三个字：我爱你。

诗人笑了，你这也叫诗？

拐子说，关键看你写在哪里，你不知道吧，我用 30 万人民币让花店给扎了一朵大红玫瑰，其中一张花心上就写了我爱你这三个字，你要知道当时女孩好感动哦。后来我送了她两样小礼物，她就嫁给我了，就这么简单。

诗人问，你送她的是什么小礼物？

拐子说，两把钥匙。

诗人说，金钥匙？

拐子拍了拍诗人的肩膀说，非也，普通的钥匙。一把宝马车的钥匙，一把别墅的钥匙。现在你懂了吧，别写你那狗屁诗歌了。

诗人一拳打倒了拐子，然后目光呆痴地走了。

诗人漫无目的地在街上走，最后他爬上了高楼，目光依然呆痴，面无表情，突然他大喊一声“我要飞翔”，然后张开双臂像只小鸟一跃，飞了下去……

当地晚报报道了诗人自杀的消息，还提到了诗人写给女孩的诗歌，一家出版社嗅到了商机，把这些情诗结集成《写给女孩的情诗》出版了。媒体把诗人称为“当代的海子”，媒体一炒作，诗人一下出名了，书大卖特卖。

每年清明，诗人的坟头聚满了来自全国各地的女孩，她们都是被诗人的诗歌感动而来的。

女孩们一边烧纸一边嘤嘤地哭，为啥不是写给我的？如果是写给我的，我立马嫁给你！

可惜，诗人听不到了。

原载《北部湾文学》2021 年第 1 期

江边村的小丑

顾振威

江边村是没有小丑的，自从江友好去了一趟城里后，江边村就有了一个让人笑掉大牙的小丑。

江友好的三个孩子都在城里，他们或声泪俱下地恳求，或苦口婆心地劝说，或不言不语地冷战，都没能让父亲在城里扎根。为了不给子女增加负担，他固执地守着日益瘦弱的乡村。

这天江友好去了城里，向子女提了三个让人感到不可思议的请求：一是要洗洗牙；二是要美美容，理理发；三是要买身西装，买双皮鞋。父亲的理由倒也冠冕堂皇：做了一辈子泥腿子，土得掉渣，黄土埋到眉毛了，也该武装武装了。

节俭了大半辈子的父亲怎么会有如此荒唐的想法？大儿子犹疑着问："爹，让你来城里你不来，整天守在乡下，你是不是看上谁了？"

父亲一怔，旋即嘿嘿嘿一笑："心里早就有人了，好日子也快来到了，到时候你们都得回去。"

父亲心里有人了，他想晚节不保了。避开父亲，兄妹三个偷偷召开了家庭会议，进一步统一了思想：既然父亲对母亲不忠，就该给他个温柔的惩罚。为了不让父亲的一世英名毁于一旦，兄妹三个一致决定：牙，不洗；容，不美；发，不理。至于西装、皮鞋，嘿嘿，这些还是可以有的，不但要有，还要给他增加一个黑色的礼帽。

在城里待了两天的父亲衣锦还乡了。他头上戴着大儿子曾经戴过的宽边礼帽，身上穿着二儿子曾经穿过的八成新的黑色西服，系着猩红的领带，足蹬小女儿买的黑色皮鞋。帽子宽大，为防止风儿捣乱，他时不时地用手按着帽子。西装肥胖，皮鞋瘦小，父亲走起路来一瘸一拐的，要多滑稽就有多滑稽，要多搞笑就有多搞笑。

他常到人多的地方去，见人就咧着大嘴说："大儿子的礼帽，时髦吧？二儿子的西装，好看吧？小女儿买的皮鞋，结实吧？都是好孩子，都比着孝顺！"

78 岁的江爷爷撇着嘴说："这叫老来俏，憋屈一辈子，老了老了想风光风光。"

80 岁的刘奶奶大牙笑掉了两个，她笑着让父亲赔偿。其实刘奶奶的大牙早就松动了，稍有风吹草动，咋能不光荣下岗。

突然有一天，大儿子接到了父亲的电话："我感到好日子到了，你们回来一趟吧。"

大儿子有点愠怒地挂了电话。几天后他接到了堂弟打来的电话，说是父亲不行了，让他们兄妹三个火速回来。

大儿子如遭雷击一样蒙了，一个定下了好日子，心里想着结婚的 73 岁老人，怎么会说不行就不行了？

带着这样的疑问，兄妹三个结伴回到家里。

父亲真的不行了，只是短短的一个月不见，父亲就病得不成样子了，瘦得皮包骨头，脸色惨白如纸。他吃力地坐起来，竭力挤出笑，喘息着说："半年前就查出了毛病，还是晚期，治也治不好，不想白花冤枉钱，就瞒着你们。我的好日子到了，你们谁也别哭。"

"好日子？啥好日子？"小妹哭泣着问。

"和你娘见面的好日子呀，我想她想了 40 多年啊！她走时还不到 30 岁，双眼皮，俩大眼，大辫子半尺多长，见人就笑。她漂漂亮亮的，我真怕她不认我这老胳膊老腿啊。我去见她，就该打扮打扮。"

二儿子哽咽着说："爹，您放心，我们一定给你洗洗牙、美美容、理理发，再买身新西装，买双新皮鞋。"

父亲眯缝着眼喃喃着："这些年苦呀，撑不下去了，我就想起她临走时拉着我的手说过的话：'这辈子，你就是当牛做马，也要把三个苦命的孩子给我照顾好。'你们都长大有出息了，我可以放心去见她了。"

换鞋时，看到父亲脚上红霞霞的肉，小妹心疼得滴血。“鞋小挤脚，您咋不换双大的？”

“傻闺女，你买的鞋，我咋舍得扔？别说是小鞋，就是脚镣我也戴在脚上。”

父亲的遗像已经照好了，遗像上的父亲戴着黑色礼帽，穿着皱巴巴的西装，要多滑稽就有多滑稽，要多搞笑就有多搞笑……

门外的秋雨淅淅沥沥地下着，下着……

原载《小说月刊》2021年第6期

老娘病了

李忠元

唐沫的老娘本住在农村，得了一场病，大家都怀疑是肺结核，去省城拍了片子，医生说是肺部感染，但不排除其他的病。

医生考虑老娘住得离医院远，就告诉老娘回家打点滴，消炎一两周时间，一个月后再到医院复查，才能进一步弄清楚到底得没得其他病。

可回了家，去哪里消炎呢?

村子里缺医少药，老娘岁数又太大了，腿脚不是很灵便。于是，在大家的劝说下，老娘就来到了县城，住进了儿子唐沫家，打上了点滴。

老娘这一来，给唐沫一家造成了莫大的恐慌。

自从老娘进了家门，唐沫的老婆黄月就开始心惊胆战，生怕唐沫老娘不幸患上什么传染病，给这个家带来新的灾祸。

于是，黄月一度谨小慎微，生怕一时不注意，真的就把孩子给传染了。

没想到，屋漏偏遭连夜雨，黄月的妹妹也从外地回来，带着孩子，同样也住到了唐沫家里，小屋显得更加拥挤了。

唐沫家里本来就不宽敞，对于一个三口之家，一下子来了这么多人，区区两间卧室，小屋就显得异常逼仄，晚上住宿安排成了大问题。

黄月妹妹带来的孩子和唐沫的孩子很玩得来，两个孩子就嚷嚷着，说南屋的大床大，要和奶奶睡。

可黄月却横扒拉、竖挡着，说啥也不让。黄月担心婆婆的病会传染，再把妹妹的孩子给传染了。黄月心里一盘算，就把孩子悄悄叫到了北屋，说出了其中的成破利害。

孩子们还算听话，欣然答应了黄月的请求。于是，黄月、妹妹、孩子、妹妹的孩子就紧紧地挤上了北屋的一张小床。

可喜的是，唐沫的老娘日渐康复起来，终于回到农村，颐养天年去了。

但老娘前脚刚走，唐沫家的孩子却突然病了起来。

黄月看着病歪歪的孩子，坚持认为是唐沫老娘留下的祸患，在唐沫面前没少数落婆婆的不是，让唐沫一度无地自容。

唐沫心里有气，却不敢发作，只能采取隐忍策略。

可福无双至，祸不单行。妹妹回去以后，孩子也得上了病。

这下可好，唐沫的老娘成了众矢之的，灾祸之源。唐沫也成了大家抨击的焦点，一时抬不起头来。

黄月妹妹多次打电话，唉声叹气地说，要是上次不去你家就好了，万一患上肺结核，就不好治了。

黄月遭了妹妹的责怪，就把气出在了丈夫身上，和唐沫展开了一场声势浩大的冷战，两个人谁也不说一句话，简直成了一对生死冤家。

一转眼，唐沫的老娘到了复查期，再次走入省城医院，终于传来了好消息，老娘的肺炎痊愈，并没有其他的病状。

老娘的病好了，自己的罪责也终于洗清了。压在唐沫心上的石头终于落了地，他觉得一时轻松了不少。

可黄月妹妹的孩子去医院治疗，一直不见好转，妹妹就带着孩子去了北京，找更大的医院治疗，最终确认孩子患上了乙型肝炎，正处于高度传染期。

黄月妹妹就给黄月打电话，言辞恳切地说，孩子的病怪不得您婆婆，可能是孩子的姑姑传染的。因为她姑姑一家都是乙肝病毒携带者，还经常到她家来吃饭呢。

误会终于解除了，黄月并没有就此释怀，反而更加担忧起来，因为自家的孩子也有毛病呢。

黄月就在妹妹的串联下，也来到了北京，可刚一入院，一个实习医生看了看孩子的病状，就草率地告诉黄月，我看这孩子呀，可能也患上了乙肝。

黄月哑然，本来怀疑婆婆的病会传染，把两个孩子都叫到了北屋，没想到适得其反，真正的传染源竟是妹妹的孩子。

不过还好，孩子入院后，黄月托人找专家会诊，经过专家反复查验，专家最终说，这孩子有乙肝抗体，其实她得的并不是乙肝，而是接触到乙肝病毒患者，表现出类乙肝症状。

一家人解除了误会，也解除了病痛的折磨，重新焕发了生机，生活里也出现了笑声。

唐沫见黄月脸上有了乐模样，像是讨好，又不无感激地说，幸亏你把孩子都叫到北屋睡去了，不然她俩挤在老娘的床上，万一把老娘传染了，她那么大年龄，就不好治了！

黄月听丈夫唐沫如此一说，白了他一眼，轻蔑地笑了笑，然后问，怎么感谢我，是不是得给我一千块钱奖金啊？

哼！……

唐沫冷哼一声，仰面躺在沙发上，眼泪不经意地流了下来。

原载《嘉应文学》2021年5月刊

后　福

尤秀玲

他拼死逃出敌人的包围，他的右臂受伤了，有鲜血浸出衣袖。很多战友都牺牲了，为了大部队能够取得胜利。他们这个排几十个人愣是和数倍于他们的敌人激战了大半夜，成功地阻击了支援敌军的后续部队。

天马上就亮了，他疲惫不堪，饥渴交加，敌人就在后面追赶他，他再也跑不动了。绝望中，他突然发现庄稼地里有个简易木板房，那是农民看地的房子。管不了那么多了，他的脚仿佛有千斤重，已经迈不开步子了。他不知道木板房里有没有人，也不知道木板房里的人会不会把他交给敌人。他想与其被敌人活捉了去，还不如去房子里躲避一下。

他“啪啪”地敲门，一声比一声急促。他隐约听见不远处有枪声，是敌人追过来了。

门开了，门口站着一个二十几岁的姑娘，她穿着花衣服，那衣服已经褪色了，肩膀上还打着补丁。她相貌很一般，但是眼睛特别好看，她看着他，一点不惊慌，还没等他说话，她就明白是怎么回事了。她把他拉进屋里，让到炕上。炕上坐着一个老者，姑娘叫他爹。那老者看着他，眼睛里露出惊奇的神情。炕桌上，放着一盆刚出锅的窝头，那香味弥漫了整个屋子，也不由分说地钻进了他的鼻孔。老者的手里抓着一个窝头刚咬了一口。

“我是一名战士。”他说，“和敌人打了半宿仗，刚逃出来，你们能救救我吗？”他说着话，努力克制着因为窝头的香味被刺激得越发饥饿的肚子发出的“咕咕”的叫声，他担心那“咕咕”的声音冲破他的喉咙蹦跶出来。

“小伙子，我们不能收留你，这里危险。”老者很紧张，说话的声音都颤抖了，他抓起两个窝头塞在他手里。他们都听见了外面嘈杂的叽里呱啦的日本人喊话的声音，敌人已经发现了木板房子。

“赶快从后门逃出去。”老者说着下地穿鞋，为他打开了后门。他抓着窝头，眼里含着泪水，他本想张嘴说声“谢谢”，可他刚一张嘴就被站在门口的姑娘捂住了嘴巴。

“没时间了，赶快走。”姑娘说着，一把将他推出了后门，前门已经被人猛烈地敲响了。叽里呱啦喊话的日本兵很激愤，他们的声音很刺耳，野狼嚎叫一般。

他出了后门，惊住了。他知道自己逃不了了，庄稼地里，敌人正往这边奔来。这附近，除了大片的庄稼，只有这么一个简易的房子，他们料定了他就躲在这里。

他知道，他将和很多战友一样要牺牲了，他宁愿死，也不愿成为敌人的俘虏。他将口袋里的窝头拿出来咬了两口，那窝头还很热乎，他嚼着窝头，将枪口对准了自己的太阳穴。他的眼前模糊了，他仿佛看见了自己的爹娘和妹妹，他们正站在家门前，翘首以盼，等着他回归。

“你这是干啥？”门开了，姑娘出来了，她眼睛里冒着火，一把夺过他的枪。

“跟我来！”姑娘此刻像个指挥官。她迅速扒开后门旁边的柴草垛，一个窖口赫然出现在那里。

“快下去躲着！”姑娘说着一把将他推进窖里，并迅速将柴草垛掩盖好。她回头进屋，拉起爹想逃走。可是，已经来不及了，前门和后门的敌人几乎同时闯进了屋子里。

他被推下去后，就什么都不知道了，他的头撞在了窖里的木梯上，晕过去了。

不知过了多久，他醒了。窖里黑乎乎的，什么也看不见，他呼吸着萝卜和白菜弥漫在一起的气味，慢慢地向四外摸索。没一会，他就摸到了木梯子，他急切地攀附着木梯往上爬，他知道姑娘和老者一定很危险，他要出去救他们。

爬到窖口了，他小心地一点点地扒开窖口的柴草，外面静悄悄的。除了风吹过庄稼发出的“哗哗”的声音，再没别的动静了。

他一点点探出头，他惊骇地睁大了眼睛，房子已经不见了，地上杂乱地摊着稻草和木板，还有饭桌和被褥，还有几个金黄的窝头。他蹿出窖口，疯了般朝前奔去，他被绊倒了。是个日本兵的尸体，他的脖子上有菜刀砍过的伤口，还有几个敌人的尸体乱七八糟倒在倒塌房子的四周，他们有的中了枪，有的被菜刀砍死。

姑娘和老者在哪？他疯了般寻找他们。

他终于在稻草下面找到了他们，老者已经去了，身中数枪。姑娘在老者的不远处，也中枪了，她的怀里死死地抱着他的枪，枪里的子弹已经被她打光了。

他抱着她呜呜痛哭，觉得对不起她。他还不知道她的名字，她就为了救他牺牲了。他哭着不肯放下她。可他突然又笑了，她在他怀里微微动了一下，嘴里发出了呻吟声。

“原来，她没死。”他呢喃着，“你一定要活着，大难不死的人必有后福。”

在当地老乡的帮助下，他躲过了后来追捕他的敌人，她也养好了身上的枪伤。他带着她参加革命，成为一名光荣的解放军战士。

后来，他们又经历了很多危险，但他们都化险为夷了。再后来，他们恋爱结婚了。

革命胜利了，他们过上了安宁幸福的日子。他经常在儿孙面前诉说她当年是何等勇敢，将他藏进菜窖，救他性命。她则莞尔一笑，轻描淡写地说道：“其实，你也救了我，是你说的‘后福’将我从鬼门关里拉了回来。”

“那是当然，你就是一个有后福的人，难道我说得不对吗？”他看着她龇牙一笑，像个调皮的孩子。

原载《北极光》2021 年第 5 期

老　匪

孙兆贵

青山的绺子，一共有七十多号人马。年龄最大的这个土匪，已经有六十开外了。花白的头发，消瘦的面颊，左眼角下边还长了个肉疙瘩。就这么一个糟老头子，连走路都跟不上趟儿，更别说跑了。

老匪是青山的远房叔叔。青山揭竿而起时就跟了青山，而且他对青山忠心耿耿，有几次还救了青山的命。青山对老匪，比对亲爹都亲。有次青山对老匪说："等你老了，拿不动腿了，我来养你老！"

老匪深受感动，说："大当家的，有你这句话我就知足了。"

其实，老匪也不指望青山真能养他老。干他们这一行的，刀口舔血，谁的心里都有数，吃了上顿饭，下顿指不定能不能吃上，随时都可能丢了脑袋。活一天算一天，又有几个能活到七老八十的呢？想一想刚入伙时的那帮弟兄，年纪都在二十郎当岁，一个个血气方刚，体壮如牛，只要给一根铁棍都敢掀翻地球。可如今又剩下了几人？还不都身首异处，落得个死无全尸的下场！老匪早就总结好了，当土匪的就跟年猪一样，躲过初一，躲不过十五，没几个能寿终正寝的。

如今这些年轻的土匪，谁都看不起老匪，就连走路都哼唧，还能出去抢，出去夺呀？在绺子里，说他滥竽充数，一点都不过分。如果不是大当家的护着，大伙早就把他给赶走了。

话又说回来了，别看老匪步履蹒跚，一副老态龙钟的样子，可一旦遇上兵，就像换了个人，轻似狸猫，快如猿猴，子弹"嗖嗖"从身前身后穿过去，咋都伤不了他。老匪手里的那杆枪，也不是吃素的，时不时地就会把当兵的撂倒一个。

这天夜里，老匪在睡梦中突然醒过来，把耳朵贴在地面上听了听，然后一头钻进了青山的帐篷。“大当家的，赶紧起来吧，跳子（兵）上来了。”

青山忽地坐了起来，一边摸枪一边问道：“啊，跳子在哪？”

老匪说：“离这儿不足二里地，我们现在走还来得及。”

青山说：“你是咋知道的？”

老匪说：“耳朵告诉我的。这次跳子来的人马可不少，起码得有一百五十人。”青山对老匪的话深信不疑，立即带领人马滑（撤）了。

过后才知道，县保安团出动一百几十号人，还带了两挺机关枪，打算一举歼灭青山的绺子。可他们来晚一步，扑了个空。若不是老匪及时发觉，后果真是不堪设想。

几个月后，有人插千，说四方坨子老杜家地多，还在城里开了皮货店，是个有钱户。青山一听动了心，可是老杜家青砖院套儿，有炮楼，有炮手，还有快枪。离县城又近。只要这边枪声一响，保安团很快就会赶来增援。两下里应外合，土匪不但占不到便宜，反而还容易吃大亏。这也是别的绺子不敢抢老杜家的主要原因。

强攻不行，看来只能智取——绑票，这也是土匪们惯用的手段之一。青山听说老杜家有个小少爷，这是他家的心肝宝贝。青山就开始花心思，在这孩子身上做文章。只要能把这孩子弄到手，要多少钱老杜家都得给。青山就花重金收买了老杜家的保姆。正月十五这天晚上，保姆借出来看灯的名义，就把孩子给抱跑了。

字匠立即写了封海叶子（信），打发花舌送过去了。老杜家当家的，正是孩子他妈，长得膀大腰圆的，外号大洋马。这娘儿们当即放下狠话：“孩子是块肉，死了咱再揍。想跟我要钱，连门儿都没有！”

费了九牛二虎之力，最后落了个白挠毛。青山气得暴跳如雷，决定撕票（杀人质）。

老匪道：“不可不可，咱要的是钱，又不是命！老杜家虽抠，可孩子是无辜的呀！”

青山说：“那你说该咋办？咱们东奔西走的，总不能带个孩子。”

老匪说：“你就把这孩子交给我吧。哪天老杜家的人真要想孩子了，没准还会主动送上一大笔赎金呢。”

老匪就把这孩子带在身边，饿了给他饭吃，渴了给他水喝。不管去哪儿，走一步背一步。

这孩子大眼睛，双眼皮，长得白白净净的，很是惹人喜爱。他刚开始冒话，老匪就一句一句地教他。老匪让孩子管他叫爹，孩子就管他叫爹。老匪没有儿女，听孩子叫爹，他乐得眉开眼笑。

别的土匪见了，说：“你的命可真好，老了老了还有个儿子。”

这孩子在土匪窝里一待就是三年。好在有老匪照顾，这孩子也没受过太大的委屈。

有一天，青山对老匪说：“看来，老杜家真不想要这孩子了。”

老匪说：“是啊。都说土匪心狠，可这户人家的心比咱当土匪的还狠！这么好的孩子，咋能说不要就不要呢？”

这年秋天，县保安团把青山的绺子给包围了。青山带领弟兄们左突右冲，总算突出了重围。

保安团在打扫战场时，发现有一个年老的土匪，后背中了一枪。在他的尸体下边，藏着一个小孩。当兵的伸手就往外拉，不料手背被这孩子狠狠地咬了一口。当兵的气愤地骂道：“这土匪崽子，还敢咬人，我一枪崩了你！”说着就要开枪。

让当官的给拦住了。当官的说：“听说青山这绺子里有个肉票，是个小孩，没准就是他。”

当兵的指了指老匪说：“你认识这个人吗？”

孩子说：“认识。”

当兵的问道：“他是谁？”

孩子回答说："他是我爹！"

后来这孩子让老杜家给领回去了。

又过了些年，这孩子长大了。每年到了清明节，都会有一个人来到老匪的坟前，摆上供品，点燃纸钱，然后跪下磕几个头。

原载《小小说月刊》2021年7月下半月刊

两个天使

李代金

这是一个贫穷的家庭，男孩的爷爷奶奶因病相继去世，家里欠下一笔债，男孩的母亲也长年药不离口，男孩的父亲在南方打工，但是收入微薄。每天，男孩翻山越岭去上学，他的母亲则砍下山上的竹子，编成竹筐，隔三岔五叫人帮她送到镇上，卖给镇上的竹筐收购站。男孩很争气，学习成绩总是名列前茅。

我作为前来支教的老师，看到男孩穿着破烂，学习勤奋，有一天，我便把他拉到一边，掏出两百元钱给他。可男孩却拒绝，怎么说都不肯收下，他说他不能收，他收了，他会不安，他母亲也会不高兴。我只好作罢。后来，我买了两个笔记本给他，没想到，隔天，他给我提来一袋鸡蛋。我掏钱，他说不要钱，他说是母亲叫他带来送给我的。既然是送的，收钱的话，那不就是卖了吗？最终，我只好将钱收回，心里就更加喜欢这个男孩了。

男孩的母亲天天编竹筐，很辛苦，稍不留心，刀子或竹片就会划伤手，她的手上就留下了不少伤痕。因为长年编筐，她的一双手变得无比粗糙，还裂着口子。每个周末，男孩都会帮母亲划竹片，甚至学着编筐。所以，男孩的手上也有不少伤痕，一双手也变得无比粗糙。母亲总是不让男孩帮忙，总是叫他去学习。尽管母亲不让男孩帮忙，但男孩总是想着帮母亲做点什么。

一个周末，男孩去山上帮母亲砍竹子，一不小心，脚下一滑，人便滑下了山，摔伤了手脚，母亲赶紧叫了人把男孩送到了医院。男孩说什么也不肯在医院住下，但在母亲的坚持下，男孩只得住了两天，然后就叫人把他抬回了家。由于男孩的手和脚都受了伤，动弹不得，每天，他都只能躺在床上。

男孩不能行动，每次大小便，他都不得不大声叫母亲。他不愿意把大小便拉在床上，他很爱干净。他也怕弄脏了被子，那样母亲就得为他洗。现在是冬天，母亲的手正裂着口子，洗被子的话，手又冷又疼。在屋外编筐的母亲听到男孩的叫声，就会跑进屋子，得知男孩要去厕所，便抱起男孩往厕所走。可是，母亲的力气并不是很大，她抱着男孩，非常吃力，她迈出一步，就要歇一口气，因为她的病早已让她失去了力气。就是送竹筐到镇上，每次都是叫别人帮她。她歇了一口气，再迈出一步，然后再歇一口气，再迈出一步。尽管从男孩的床到厕所只有十几米的距离，但是一个来回，却得走三四分钟。把男孩放回床上，她就得趴在一边，歇上好几分钟。男孩心里很过意不去，可是，他每次大小便，都不得不叫母亲抱他。

那个周末，我带了些营养品，叫了一个孩子带路，来到了男孩的家。当时，男孩的母亲正在屋外，但她不是在编筐，她抱着一块巨大的石头，看到我来了，赶紧放下石头，笑着跟我打招呼。我问她在干什么，她告诉我她在练力气。说着她就又抱起了石头，迈出一步，歇一口气，再迈出一步，再歇一口气。我说你别练了，太危险了，石头掉下来会砸伤你的脚。她却笑笑，说没事，不会掉。我的力气实在太小了，居然抱不了自己的孩子。我怕抱他的时候摔着了他，他有伤，摔不得啊。我点点头。我明白，为了不摔着男孩，她才搬石头练力气。她把石头当作自己的孩子，所以，石头不会掉下来。

男孩的母亲把我带到男孩的床边，给我倒了一杯水，又出去搬石头了。我看到男孩比前些天瘦了许多，我问他好些了吗，男孩点头说好多了。我说我给他带来了营养品，让他补补身子。男孩看了看，告诉我他不能吃。我问他为什么，男孩笑着告诉我，他现在正想着怎么变轻呢。我问他为什么想变轻，他说，你不知道，我妈抱我上厕所，有多吃力啊！每天，我都得上好几次厕所，我妈可累了。我要是变轻了，她就不会那么吃力。现在，我都变轻了许多。以前，我每天喝五杯水；现在，我只喝一杯水。以前，我每天吃三大碗饭；现在，我一天的饭，加起来只有一大碗。吃得少，肚子里也就装得少，我就变轻了！吃得少，也就拉得少，就会少上厕所！说着，男孩得意地笑起来。

怪不得男孩比前些天瘦了这么多，原来他吃得少啊。我告诉男孩不能这样，这样会变得更瘦。男孩说他就是要让自己变得更瘦。我不得不把男孩的母亲搬石头练力气的事告诉了他。男孩听了，瞪大了眼睛，张大了嘴巴，然后，他叫我去让他母亲别搬石头了，他说那样太危险了，母亲太累了。我摇摇头，我说我已经叫她别练了，可是她说她不能不练。就算真的很危险，就算石头掉下去会砸伤她的脚，她也不怕。只要不伤着孩子，什么样的苦她都愿意吃。只要孩子能尽快好起来，哪怕就是砸断她的腿，她也愿意。顿时，男孩的眼里淌满了泪水。

男孩说，老师，我真的只能变轻才行。老师，你有办法把我变轻吗？我摇摇头，我没有办法把他变轻。就算有，我也不会告诉他。我说，你现在最重要的事不是让自己变轻。变轻有什么用呢？你的母亲还是会一次次抱你去厕所。你唯有爬下床，站起来，走出去，才能让母亲安心。所以，现在你必须大口喝水大口吃饭，养好身体，尽快康复。

男孩重重地点了点头，他的泪水洒在被子上，开出一朵一朵的花。

我走出屋子的时候，看到男孩的母亲还在搬石头练力气，她迈出一步，歇一口气，再迈出一步，再歇一口气……终于，她再也抱不动石头了，石头掉下来，她扑在石头上，还舍不得松开双手。她大口大口地喘气，她的脸上还带着笑容。也许，她的力气已经长了很多了吧！那一刻，我的泪水再也忍不住了，终于夺眶而出。

这个苦难的家庭，有着天使般的母亲和天使般的儿子。因为有两个天使，这个苦难的家庭，依然充满了人世间的温暖和幸福。

原载《昭通日报》2021 年 7 月 23 日

娘　心

燕　茈

天蒙蒙亮，许姨就起来了。今天是农历九月初三，是三女儿“九月”的生日。她煮了两个红鸡蛋，端到儿子“团圆”面前。团圆了然，剥了壳，就往嘴里送。

“吃哇，吃哇，就当是你姐姐在吃。”许姨又哭了。

每年的这一天，许姨就会有点失常。红鸡蛋是一定要煮的，团圆是一定要吃的。许姨说因为团圆，所以才会将九月送人。这是自己欠九月的，也是团圆欠姐姐的。

九月出生于1991年，是许姨的第三个女儿。那时候他们还在农村，男人是家里的独苗苗，许姨答应了他们如果这一胎是女儿，就送人，一定会给他们家生个大胖儿子。可是女儿一出生，她就不舍得了。“她是我身上掉下来的肉啊……”许姨泪眼汪汪的。

来抱养孩子的人已经站在门外守着了，是一对城里来的夫妻，家境不错。生了儿子后想要个女儿凑成“好”字，可是一直未能如愿。后来通过各种关系，就和许姨家联系上了。

夫妻俩看到许姨，忍不住心酸：“大姐，你放心，我们会把她视如己出。每年都给你寄照片，逢年过节都带她回来看你。”

许姨认认真真看了一眼女儿：“她叫九月，没跟到好的父母出生，希望跟了你们会幸福。”

那对夫妻留下3000块钱营养费就将孩子抱走了。

男人坐在窗外抽烟，烟雾缭绕。许姨看着窗外的烟圈幻变成无数的婴儿，对着自己哭，对着自己笑。她压抑地哭了起来。

次年九月份，许姨生了个儿子，男人如愿以偿，喜出望外。许姨心里闷闷的，对儿子多一点好就会生出对女儿九月多一分的内疚情绪。

九月的养父养母说到做到，逢年过节都会带九月拜访许姨。从牙牙学语，到蹒跚学步，最后一次来是穿着白色公主裙，梳着小辫子，像童话里的小公主。

“姨妈，我要吃糖糖。”

“姨妈，我要到河里玩水。”

“姨妈，我要和姐姐们玩。”

虽然是叫姨妈，但是看到孩子这么亲切地呼唤自己，许姨心里还是喜滋滋的。

“妈咪，为什么我不像你，却长得那么像姨妈呢？”小九月好奇地问。养母脸色瞬间变白了，愣了一会，答道：“宝宝是嫌妈妈长得没有姨妈好看吗？”

“才不是，妈妈最好看。”小九月扑进养母怀里，一边讨好，一边撒娇。许姨看得心里酸酸的。

那以后，九月的养父养母再也没有带九月回来过。具体是从哪一天开始联系不上的，许姨也说不上来。有一天想起过节了，欲打电话问候一声，无人接听，再后来就打不通。就是介绍他们认识的人也联系不上了。去他们家时也被告知对方已搬家。

许姨脑子里仿佛有万千蚂蚁在啃噬。不是说好了逢年过节会给我看一眼的吗？不是说只要我不认她就行了吗？——她想不通。她开始担心他们是人贩子，是来骗自己的，她越想越害怕，越害怕越想。于是报警了，可是信息有限，找寻无果。女儿和她的养父母一家就像人间蒸发了似的，无声无息。

一晃18年就过去了，女儿不见了有18年了。这些年许姨都是在内疚中度过的，那个孩子和自己血脉相连，却一生下来就送走了。她以为通过联系，自己可以保女儿平安。只要孩子平安，在不在身边已经不重要了。

2011年春天，阳光很好，处处都是桃红柳绿，姹紫嫣红。许姨接到了九月养母的电话。

养母说："对不起。因为担心九月长大后知道自己是抱来的孩子会不认我，所以换了号码，卖了房子，举家搬迁到陌生的城市生活。是我太自私，请原谅我……"

"只要孩子好就好！"许姨有一大堆想说的话，最后却只吐出这句。

"孩子不好，她……她得了白血病，这些年我们带她去了很多医院。现在需要做骨髓移植手术，我们的骨髓都不合适，所以想麻烦你们帮个忙……如果孩子可以好起来，她不认我也没关系。"许姨慌了，那千万只蚂蚁又在啃噬她。

赶到医院时，天已经黑了，穿着病号服的九月安静地坐在病床上，脸色苍白。养母坐在床前给九月削苹果，再将苹果切分成一小块一小块，放在白色陶瓷碟上，每一块都插上一根牙签。

她递给九月一小块："宝贝，吃一块。"

"谢谢妈咪。"九月笑得皎洁如月光。

许姨看明白了，养母对九月的疼爱是深入骨髓的。许姨原谅了她的不告而别。

"如果孩子可以好起来，一辈子不见面我也愿意。"许姨心里揪着痛，不由自主地想。

"宝贝，这是你姨妈。"养母对九月说。

"姨妈好！"九月乖巧地打招呼。

"小月好，姨妈来看你了。你一定会好的……"许姨挤出一丝笑容。不管怎样，这都是一场久别重逢。

窗外，月亮挂上了树梢。还是一轮圆月，带着暖暖颜色的光。

原载《嘉应文学》2021年4月刊

爬宠

夏红军

阿华就读于当地的一所普通高中，这所学校的学习氛围相对轻松一些，即便是到了高三年级，老师盯得也不紧，全然没有重点高中那样备战高考的巨大压力。

阿华的父亲是做生意的，家境不错，每月给阿华的零花钱不在少数。虽然有钱，但阿华跟别的男同学喜欢上网打游戏不同，他的爱好有些特别，那就是喜欢养宠物。可阿华养的却不是猫啊狗啊的一般宠物，他养的可是蜥蜴这样听起来有些吓人的爬宠。

这天阿华到校上课后，看到邻座的女同学小茜神情有些不对，眼睛红红的像是哭过。下课后阿华便主动走过去，关心地问小茜怎么了，可小茜一直沉默不语。

这以后的一段时间，阿华就特别留意起了小茜，发觉原本活泼的小茜这些日子一直都显得十分忧郁，老是心事重重的样子。为了逗小茜开心，阿华这天将一只绿蜥蜴装在一只纸盒里，放进书包带进了学校。

趁着上体育课班上的同学都出去玩了，阿华便从书包里拿出了盒子，走到小茜的旁边，说给她看样东西，是他养的绿蜥蜴，要她别害怕，算是先让她有个心理准备，然后才将盒子打开。

当看到阿华将小小的绿蜥蜴从盒子里拿出来，从容地放在自己的胳膊上，然后用另一只手轻轻抚摸着绿蜥蜴的头时，小茜一下子就被吸引住了，吃惊地说："好可爱啊这个东西！"

看到小茜露出了久违的笑容时，阿华也开心地笑了，对小茜说："你也来摸摸？"

“我？它不会咬我吧？”小茜有些害怕地问道。

“不会的，它可温顺了。”阿华说道。

于是，小茜鼓起勇气将手指轻轻放在了绿蜥蜴的头上，当看到它并没有伤人的意思时，小茜的胆子也大了起来，最后将绿蜥蜴捉了过来，放在了自己的手掌心。

看到小茜也喜欢这只绿蜥蜴后，阿华就说：“要是你喜欢它，就送给你了。”

小茜问：“你养的宠物里有很多蜥蜴吗？”

阿华说：“嗯，我有好多爬宠，要是你喜欢，星期天可以上我家去看。”

小茜笑着点了点头。

后来在一个星期天，小茜就上阿华家看他的爬宠。当看到阿华养的各种各样的蜥蜴时，小茜直呼自己真是大开眼界了。阿华却说，他养的爬宠只是蜥蜴而已，有的人还养蜘蛛什么的，品种可多了。

这以后，阿华跟小茜通过在一起聊爬宠，俩人就有了共同的话题，阿华也得知了小茜近期不开心的原因。原来，是小茜的爸爸在外面有了一个叫丽丽的女人，被她妈妈发现了，爸妈先是不断争吵，最后离了婚，全然不管小茜正处在高三年级的关键时期。又因为妈妈带着二胎的小弟弟，小茜只好跟着爸爸和那个叫丽丽的女人生活在了一起。可小茜极不喜欢那个丽丽，小茜的内心为此十分地痛苦。

好在现在有了阿华，有了阿华送她的爬宠，小茜这才变得开心起来。有次，小茜突然想教训一下这个破坏爸妈婚姻的丽丽，就趁着她在家睡觉时，小茜轻轻走进丽丽的卧室，将阿华送给她的绿蜥蜴放在了丽丽的脸上。待丽丽被弄醒后看到蜥蜴时，立马吓得惊叫起来，然后更是号啕大哭，马上就给小茜的爸爸打电话。爸爸回来后，自是把小茜狠狠地骂了一顿。

小茜伤心不已，就去找阿华，阿华安慰小茜说：“要是你不想回家，不如跟老师说一下搬到学校的宿舍住吧？”

就这样，小茜从爸爸那里搬了出来，住进了学校的宿舍。阿华也经常拿一些小爬宠陪小茜玩。

小茜生日这天，她伤感地对阿华说：“以前我过生日，爸妈都会给我买蛋糕一起庆祝，可现在倒好，我爸连问都不问我一声，心里面只有那个该死的女人丽丽，我恨死他们了。”

阿华听着小茜的话，心中若有所思。

这天，阿华跟小茜像往常一样，正在教室复习功课。突然，班主任老师带着两名警察走了进来，说要找小茜去了解一些情况。

阿华激动地站起来对警察说道：“请你们不要抓小茜！”

班主任老师说：“她爸爸被毒蛇咬了，现在正在重症监护室里。她后妈怀疑是小茜将蛇放进家的，说她平时爱养蜥蜴这些爬宠。”

“不，那条毒蛇是我从网上买来的，与小茜无关。”阿华大声说道。

“毒蛇？阿华你……”小茜像是并不知情。

“我知道你恨你爸爸和丽丽那个女人，其实我更恨！”阿华愤怒地说道。

“你为什么要恨他们？”小茜不解地问道。

“因为那个丽丽，她是我妈……”

原载作家网 2021 年 8 月 28 日

旗　手

刘建超

爷爷悄悄回到村里时，已经是半夜了。

鬼子封锁了村子，不许村民外出，怕他们给山里的游击队送衣送粮。

几个给游击队送粮的村民，被鬼子抓住，就吊死在村子口的两棵大槐树下。

村子阴森森的，死一般寂静，连狗都不敢叫了。

爷爷端着一碗凉水，大口嚼着菜糠窝窝，说，根据上级指示，组建了豫西抗日游击支队，要做一面旗子，以后集中力量打击小日本鬼子。

奶奶看看家徒四壁的屋子，哪有可以做旗子的布料啊。

爷爷挠着头，环顾了一下，指着炕上的被子说，被面，妮子，就用这个被面做旗子，图样我都带来了。

奶奶赶紧把被子抱在怀里，摇摇头。

这红色的丝绸被面，是奶奶的嫁妆。是奶奶的姑父费尽千辛万苦从杭州讨回来的，路上遇到土匪，还差点搭上性命，家里也就剩下这一条被子了。

爷爷搂着奶奶的肩膀，说，妮子，我知道你舍不得。我保证，等打走了日本鬼子，我给你买十条比这还好看的被面，十条，妮子，你信不信?

奶奶看着爷爷坚毅的眼神、自信的神态，奶奶相信了。

那晚，爷爷把窗户用被子遮挡住，奶奶在昏暗的油灯下，一针一线地缝制着旗子。爷爷兴奋地给奶奶规划着赶走小日本鬼子以后的幸福生活，奶奶就在爷爷规划的美好蓝图中，做好了这面旗子。

天已擦亮，鬼子和白狗子随时都可能来搜查。爷爷身轻如燕，爬上了院里的槐树，把做好的旗子藏在了喜鹊窝里。

等到傍晚，爷爷怀里揣着旗子，悄悄地从后山走。可还是被鬼子的暗哨发现了。十几个鬼子、白狗子，开枪扫射，穷追不舍。

爷爷身上多处负伤，跑到老鹰嘴，已无路可走，下面就是万丈悬崖。

面对步步逼近的敌人，爷爷咬着牙毫不犹豫，纵身跳下山崖。

爷爷醒来时，已经是后半夜了，是浓密的树枝挂住了爷爷。

月亮很圆很亮，山风很野很凉。伤痕遍体的爷爷，艰难地挪动着，走不动就爬，爷爷终于把浸渍着鲜血的旗子，送到了游击队。

爷爷成为队伍中的一名旗手。

辽沈战役，爷爷所在部队的任务是攻城。

团长问爷爷，准备好了吗？

爷爷说，报告团长，准备好了，冲锋号一响，我保证把红旗插上城头，人在，旗在！

信号弹升起，冲锋号吹响。尖刀队、突击队、爆破组、云梯组战士鱼跃而出，呐喊声、枪炮声响成一片，火光冲天，硝烟弥漫。

城墙上的敌军居高临下，密集的火力封锁了战士前进的道路。爆破组炸开了城墙的豁口，云梯组架上了梯子，冲锋号再次响起。

爷爷握着旗杆冲上了城头，侧面的暗堡里射来子弹，前面的几个战士倒下了。爷爷手臂负伤，他转身把红旗贴在城墙上，用胸膛紧紧压住旗杆，高喊着，冲啊——后面的几个战士都扑到爷爷的身上，护住了红旗。

那场战役，爷爷的部队被授予英雄团。

爷爷是在抗美援朝的上甘岭战役中牺牲的。

爷爷奔赴朝鲜战场时已经是营长，奶奶已经怀了身孕。

爷爷对奶奶说，不管生男孩还是女孩，都叫他抗美！

爷爷和战友们打光了子弹，拼弯了刺刀，砸光了石头，硬是没有让美国鬼子站上山头。

爷爷留给奶奶最后的一句话是：对不起妮子，我还欠你十条被面。

父亲是在南疆的战场上，接过了英雄团的旗子。

老山的总攻即将开始，父亲带领的突击队却遇到了敌军布下的地雷阵。

排雷，时间已经来不及了。

父亲说，我们就是用身体蹚也要为大部队蹚出一条通道。共产党员站出来！

到！突击队全体人员都站了出来。

如同接力一般，战士们呐喊着祖国万岁，爸爸妈妈再见，举着军旗冲向雷区。

前面的战士倒下，后面的战士接过军旗继续冲击。

父亲被炸飞了一条腿，失去了双眼，被炸成筛子般的英雄团旗子依然牢牢地攥在父亲血迹斑斑的手中。

今天，我站在受阅部队的方阵中。

中华人民共和国建国七十周年的大阅兵，我成为一名光荣的军旗手。

爷爷，父亲，我们走来了，你们听到我们铿锵有力、排山倒海般的脚步声了吗？

蓝天下，我手中的军旗格外鲜红！

原载《北方文学》2021年第7—8期

马背上的少年

王若冰

少年想逃走，他为此做了足足半年的准备。

阳光照在大地上，红土地便色彩缤纷起来。少年觉得自己的体温正在火速地上升，他的脸很烫。汗很快就淌下来。他用手胡乱地摸了一把，手上立刻如同被水浸过一样。黏糊糊，湿漉漉，他觉得自己的整个身体都被太阳烤得失去了知觉。

少年听到一声野马的嘶鸣，而后是逐渐清晰的马蹄踏在沙土上的声音。少年望着远方，在葱郁的树林里，在那树林中间的草地上，是野马的天堂。少年从小就爱马，每天都会从自己的家走到野马活动的区域。他第一次看到野马时，被眼前的景象惊呆了。他根本不知道，在离自己这么近的地方，竟然有如此多的野马。那些野马有黑色的、棕色的，也有白色的，毛色光亮，身体高大而健硕。它们奔跑在草地上，它们驰骋在树林之间，或三五成群，或成双成对。少年抬头看看天，那时的太阳正在头顶上，明晃晃地照着。光线在树叶之间，在马与马之间，在树与草之间来回跳跃，形成了一道道斑驳、灿烂而又奇特的光景。

那一瞬间，少年的心立刻就灿烂起来。

少年又回头看看自己的家，不由得有些伤心。

这时，一辆越野车，停在了离他十几米的土石路边。很快，车上走下一个身材高大的中年人。他冲少年招招手，用典型的澳大利亚口音说：小伙子，你好。这里离加油站多远？

中年人一边说，一边朝他走过来。他用手指了指西边，说：在那个路口的拐角处，我不知道究竟有多远，要是我走，我想我会走几个小时才能到那里呢。

也许会走一天也说不好，总之，我不知道。

中年人的脸上浮现出一缕忧虑，说：哦，真糟糕，我的车要没有油了。

中年人坐在地上，很沮丧地摇头叹息。

少年问：你要去哪里？

中年人说：我要穿过中部沙漠，到达尔文去，我边走边看，游玩而已。你，你怎么一个人在这里？

少年说：我的家在这里。

中年人说：那么你的家人呢？你爸爸妈妈呢？他们有车吧？他们有没有多余的汽油？

中年人的目光满含期待。

少年说：我们家没有汽车。

中年人惊讶地说：没有汽车？那你们不出去吗？你们不去购物买食品吗？

少年说：我们住在山洞里，我们在森林里会找到需要的食物，我们不需要出去。

中年人仔细地看看少年的脸，说：对对，我忘记了，你是本地居民，这是你们传统的生活方式。可是，外边的世界很大很精彩，你还这么小，难道你还要继续像你的祖父辈一样，在山洞里过完一辈子吗？你真的不想出去吗？

中年人看着他，一脸不解。

中年人说了再见，一边坐上车，一边摇下车窗探出头对他说：我要去看更美的世界了，年轻人。然后，车“呼”一下开出很远。少年望着车瞬间就消失了，他觉得似乎失去了什么。他跑到树林中的野马中间，那匹枣红色的野马看到他，嗒嗒地走过来，用头蹭了蹭他的脸。少年将脸贴在枣红马的脸上，他的泪水很快就渗进了马那光亮的鬃毛里。

枣红马安静地任凭少年的泪水，在它的脸上泛滥成灾。

几声清脆的鸟鸣划过天际，少年拍拍马，一跃而起就跳到了马背上。

枣红马一声长鸣，带着少年朝红土地奔驰。

少年的眼前浮现出很多画面：他从出生就一直居住的山洞，除了黑白似乎没有光阴概念，有父母，和他的一大群兄弟姐妹。他们每天就像生长在这山林中的树木、野草和各种小动物一般，生活得很原始。少年记得有几次，有人来让他们去更方便一些的村庄住，他们说那里有学校，孩子们可以上学，有超市，有加油站，有医院，等等。少年听得津津有味，但是父母却一口拒绝了。父母说：不去，这山林就是我们的家、我们的世界，我们的祖祖辈辈都在这里生活，已经生活了几万年了，为什么要离开呢？

少年望着父亲那张黑黝黝的脸，那一头卷在一起的乱糟糟的头发，又看看母亲，母亲的头发也打着卷，黏糊糊地披散在头上。少年很迷茫，少年就想一定要离开这个地方。

少年爱山林树木、野马与草原。

但是，少年对外边世界的向往，如野草一般在心头滋生、疯长。

枣红马奔驰在草原，又来到红土地上，一直向南而去。少年骑在马背上，思绪随着马蹄声飞得越来越远。

那天，少年很晚才回到山林，回到山洞里，他看到一家人已经横躺竖卧地在山洞里睡着了。少年却睡不着，他不知道中年人是否找到了加油站，他在想外边世界到底是什么样的。那一夜，少年睁着双眼，一直到洞外射进丝丝缕缕的光。

天亮后，少年离开了山洞，离开了山林。

少年骑上枣红马，一路向南。枣红马送了他一程又一程，少年终于来到一条宽阔的马路上。他眼中的世界瞬间就打开了一扇全新的窗。

少年历经磨难，彻底走出了山洞，来到了墨尔本。在这个他做梦也想象不出来颜色的城市里，开启了另一段旅程。

20年后，那个马背上的少年在墨尔本活出了一片新天地，娶妻生子，住进了别墅。偶尔与妻子儿女讲起山林里的时光，他总是能听到一阵哒哒的马蹄声在耳边响起。

儿子说：爸爸，你小时候的生活可真幸福啊！

已经到中年的他一愣，问：为什么？

儿子说：山林里多自由，想干什么就干什么，有树有鸟有草原，有各种动物，还有那么多野马，你为什么要跑出来呢？

儿子满脸的羡慕。

他一愣，耳边再次响起哒哒的马蹄声，仿佛那匹枣红马正在向自己跑来。

原载《百花园》2021年第3期

庄　客

王振东

庄客，旧时茶庄派往外地采购或销售茶叶的人。

那时候，学徒进号，只管吃住，不开工钱。三年期满，给掌柜的敬过茶、磕过头，便是号里的伙计了。从伙计升到庄客，没个十年八年，门儿都没有，有的甚至一辈子都当不上。

赵全却是个例外。

赵全自幼聪明伶俐，酷爱动脑，对什么事儿都充满好奇，总爱刨根问底，十四岁时被人保荐到赊店大升玉茶庄当学徒，吃苦耐劳，虚心好学，分内分外的活儿都抢着干。掌柜常士杰看到眼里，喜在心上，把他当成苗子，重点栽培。

这年，常士杰让赵全随同茶庄的徐庄客到福建崇安收茶叶，让他开开眼界，长长见识。收茶时赵全又动起了脑筋，他见收上来的茶叶都是散装，体积大，易破碎，运输肯定不便。要是解决了这些问题，运输成本将会大大降低。他一边收茶，一边琢磨，还别说，最后真让他想出了一个办法。他将自己的设想一股脑儿都对徐庄客说了，徐庄客微笑着拍了拍他的肩膀，回到赊店，就汇报给了常士杰。常士杰听了，拍案叫绝。第二年，常士杰便按赵全的设想，在崇安开设茶坊，将收上来的茶叶精制加工成茶砖，不但解决了茶叶易碎的问题，体积也大大缩小，运输成本节约了一倍以上。

那年，赵全刚满十八岁。

常士杰有一个闺女，叫静秋，年方二八，生得唇如点樱，眉若墨画，目似清泓，肤胜白雪……静秋没事儿爱到茶庄玩，乍一露面儿，在场的伙计们纷纷放下手中的活计，没话找话和她搭讪，她却像没听见一样，目光只朝一个人看。

赵全是既想看，又不敢看，只怯怯地窥视静秋一眼，见静秋正望着自己，目光柔柔的，似明月的清光洒在清澈的湖面上，他的目光就像一只小鹿，慌忙地逃开了。可静秋的目光却很大胆，在赵全身上抚来抚去，抚得赵全心里像揣了一只兔子，不停地蹦跶……等静秋离开，赵全会在心里嘲笑自己：胡想什么呢，小伙计一个，静秋能看上你？真是癞蛤蟆想吃天鹅肉！这样一想，赵全心里的兔子便安生了。

常士杰看在眼里，脸上露出不易察觉的笑，对着赵全，用下巴朝凳子一戳，说了声："坐吧。"

赵全一激灵，搓着手说："掌柜的，不敢！"

常士杰哼地笑了声："这都不敢，怎么当庄客？"

赵全一下子怔住了。

见赵全一时没反应过来，常士杰说："从今天起，你就是庄客了，今年由你带队去崇安收茶。"

赵全这才明白过来，赶紧抱拳推辞："掌柜的，我年纪尚轻，阅历还浅，带队去收茶叶，恐难胜任！"

"让你当，就说明你能胜任，不要推辞了。"

就这样，赵全只当了三年伙计，就升为大升玉茶庄的庄客。

过罢春节，赵全便带上银票，去了崇安。

谁知这年崇安的茶树遭了灾，茶叶几近绝收。完全靠卖茶叶解决生计的茶农，个个脸色像阴暗的天空，唉声叹气。见此情景，蜂拥而来的各路茶商一个个脚底抹油，溜之大吉。

出师不利，赵全十分沮丧，也准备打道回府。他默默地收拾行装，脑海里却不时浮现出茶农因为没钱买粮而陷入饥饿的情景。倏地，一个大胆的想法在他脑海里闪现……他住了下来，挨家挨户走访，摸排茶农的受灾情况，决定禀报常掌柜，对茶农施以援手。但崇安距赊店两千余里，那时的通信手段只是步行和骑马，禀报掌柜并获准许，需要花很长时间，茶农们还要继续挨饿。冒着被开除出庄和赔偿损失的风险，赵全当机立断，将携带的银票兑换成银子，分发给茶农，作为下年收购茶叶的订金。茶农感激涕零，都说赵全是救苦救难的活菩萨！

回到赊店，赵全扑通跪到常掌柜面前。常士杰大为错愕："你……这是干什么？"

"赵全不敬，做了越俎代庖之事，请掌柜的发落。"赵全磕了三个响头，向常士杰说了他自作主张的事儿。

"做得好！我就说我没有看错人嘛！"常士杰笑容满面，双手扶起赵全。

来年，崇安一带风调雨顺，茶山恢复了往日的生机。新茶上市季节，各路茶商纷至沓来，准备大收一场，弥补去年的亏空。谁知茶农却拒绝售茶。茶商大惑，问是何故。茶农们说："赊店的赵庄客还没到，所以不能开秤！"

茶商更加疑惑："为什么他没到就不能开秤？"

"赵庄客为我们茶农着想，我们不能知恩不报！"

"……我们出价高一点儿，怎么样？"

"多高也不行。"

直到赵全到达崇安，茶农们纷纷将上好的茶叶挑到他的茶坊，直到茶坊收满，才卖给其他茶商。

自此以后，茶农们每年都要等赵全来到后再开秤，并把最好的茶叶卖给他。因了这个缘故，大升玉茶庄的茶叶总比其他茶庄的茶叶上市早，且品质好，价格便宜。茶庄赚得盆满钵满。

人们十分感慨，便问赵全当时给受灾茶农发放银两，是出于什么动机。他想都没想，说："要想取之，必先予之。当别人遇到困难的时候，你心里要装着他们的冷暖，并施以援手，人家自然记在心上。一旦我们遇到困难，他们也会助一臂之力的。说白了，帮助别人就是在帮助自己！"

人们瞬间开窍，纷纷点头。

不久，大升玉茶庄在裕州开了一家分号，赵全成了分号掌柜。

上任那天，常士杰猛不丁地问赵全："你看，静秋这闺女怎么样？"

赵全脸唰地红了，挠着头笑。

原载《躬耕》2021 年第 6 期

折腾鞋柜的人

飞　鸟

卢兰总是不停地折腾鞋柜。

白天、晚上，卢兰瘦小匀称的身子忙忙碌碌地拆卸、组装鞋柜。小光很烦。

当初在建设路中段驼背老头店里，卢兰一眼看中了那个鞋柜。

鞋柜设计者是个选择综合征患者，他似乎决定不了应该在上层放布鞋下层放皮鞋，还是反之。甚至不知道下面的格子放婴儿鞋好还是放盆花好。用的材料也是左右为难，不知道用木材还是钢材还是铝材好，结果，各种材料都用上了一些。鞋柜的各层各格既能放鞋子，还能放花盆。活动门半木半铁，能拉能开能卸。不光柜门这样，整个鞋柜都可以自由拆卸、组装。买回个鞋柜，像买回个变形金刚或积木玩具。

小光说："你能不再折腾鞋柜吗？"

卢兰说："你能看见满地庄稼吗？"

"什么？"

"小麦、棉花、大豆、玉米、花生、辣椒……你看不见吧？"

小光说："你咋知道我看不见，我现在就看见了。"说完拉棉被蒙住头。

小光在县城一家私人学校当作文辅导员，带六个班。妻子卢兰和儿子在村里。儿子上到小学四年级时，他的同班同学只剩两个了，再开学，那两个也要转到县城上学。小光在县实验小学旁租了套房子，把卢兰和儿子接进城，托了人，儿子进了实验小学重点班。家里的几亩地租给亲戚种了，卢兰成了家庭主妇。半年多后，卢兰开始折腾鞋柜。

已经是副校长的小光下班回来，桌上摆满了他和儿子爱吃的饭菜，客厅地上凌乱地摆满鞋柜部件。卢兰站在一堆部件间出神，大概是琢磨如何折腾出新造型。卢兰这段时间明显憔悴了，眼睛暗淡，像条离开水的鱼。在小麦、棉花、大豆、玉米、花生、辣椒……绿色和彩色的海里，卢兰像一尾灵巧的鱼，不时激起洁白的水花。

小光说："要不，卢兰，你在县城找点事情做，工资高低不计较，不耽误做饭就行。"卢兰不看他，手拿鞋柜隔板左比右画，想弄出个新样式，说："我找了，找不到。我摘棉花可以两只手同时摘，出花生可以左右轮换用抓钩，掰玉米也是速度快不留棒子，砍辣椒也轻轻松松，城里的活我干不来啊，我……"卢兰说着说着小声哭了。

小光托校长给卢兰找了个活儿，奶粉促销员。卢兰穿上粉色的制服，化着淡妆，很俏丽很妩媚。她原本不笨，加上长得好看，脸儿白白的，笑甜甜的，还有耐心，最主要是庄户人出身，能吃苦，业绩很不错，但不能按时做饭了，家务也没时间干。小光觉得没什么，因为卢兰不再折腾鞋柜了，她甚至忘记了鞋柜的存在。

卢兰成了奶粉销售区域经理，整天带着几个促销员坐着公司的车下乡。天明到天黑不见她的人。公司还安排卢兰出差，一走几天是常事。儿子和小光吃饭不滋润了，穿着不整洁了，卢兰好像没有发现。她是越发光彩了，烫着时兴的头发，穿着时髦的服装，佩戴昂贵的首饰，脸蛋儿白中透红，像秋枝上常晒太阳的红富士，走路香气弥漫。

又连着三天没见卢兰的人影了。小光打电话，卢兰说是在郑州参加什么博览会。小光看卢兰微信圈里发的现场照片，金碧辉煌的大厅里几个男人紧挨着她，有个男人的手明显不怀好意。小光挠着稀顶了的脑门，心里一会儿满得像堆了一大垛麦秸秆，一会儿空得像冬天的田地。

夜里的时钟敲过十二下，小光还是没有睡意。他索性起来，在空荡荡的屋里转了几圈，拉亮灯，看见往昔被卢兰折腾的鞋柜。他用手摸摸鞋柜，然后蹲下，开始拆解，一会儿就拆解零散了，然后再根据自己的想法组装好。看着变了个模样的鞋柜，小光拍拍手，嘴角挂着笑重新躺倒，费尽脑汁琢磨怎么能再把鞋柜改变个样式……

原载《华西都市报》2021年1月9日

仇　家

曾正伟

清明，老胡跪在爹的坟前，点燃一堆纸钱，嘴里开始叨咕起来："爹，我来看您了。这些年，老鬼的日子也不好过。虽说小鬼没被判死刑，但也被判了十五年的有期徒刑。如今，还在监狱里服刑哩。更让人欣慰的是，这些日子老鬼整天咳呛不止，恐怕也没几天活头了。真是老天有眼呀！"

老胡口中的"老鬼"是指邻居吴谦。十年前，吴谦的儿子吴宇和老胡的父亲在山里因争抢雨水浇地，两人发生了冲突。结果，吴宇失手把胡老汉推下了悬崖，胡老汉当场毙命。从此，两家虽然近在咫尺，却不相往来。后来，吴宇因犯过失杀人罪锒铛入狱，家里只剩下吴谦一个孤老头子。前些年，镇上安排老鬼去敬老院，但不知为什么，他就是不肯去。

老胡烧完纸，就起身回家。在路过老鬼爹娘坟地的时候，他见坟前荒草萋萋，并没有烧过纸的痕迹，老胡心里就开始犯嘀咕：这个老鬼，怎么也不给自己爹娘烧张纸呢？

拐过弯，两家的房舍立刻映入眼帘。只见老鬼坐在门前柿子树下的摇椅上，显得无精打采。看到自己，老鬼就拄着拐棍回屋了。而两家的狗，则无拘无束地在平台上撒着欢。

走到村口，忽见路边有几堆纸灰。老胡明白，这一定是老鬼给自己爹娘烧的纸钱。因为村里只有他们两个人。或许，他真走不动了。

来到门口，老胡见门口放着一篮新鲜的青菜。老胡一见，气就不打一处来。他飞起一脚，就将菜篮踢翻了。"妈的，谁稀罕你的青菜！"不经意间，老胡发现两只狗正在远处亲热。胡家的是母狗，吴家的是公狗。看到这儿，老胡的气又上来了，他再次高声叫骂起来："晦气，连狗都来占便宜。"

老胡家地处高处，老鬼家处于低处，两家相距不过二十米。站在自家门口，老鬼家的房舍一览无余。听到老胡的叫骂声，老鬼一连咳嗽了几声，但他并没现身，也没还嘴。

次日，老鬼就把自家的公狗拴了起来，但胡家的母狗照样去找吴家的公狗。这让老胡很生气。他踌躇一会儿，叹口气说："罢了罢了，毕竟是畜生嘛！"

看到自家的母狗肚子越来越大，老胡心里那个气呀！心想，这下亏可吃大发了。不久，母狗产下两个幼崽。一次，镇上华联超市的老板常新来村里送货，老胡乘机将两个狗崽子送给了他。

转眼，就到中元节了。按习俗，这天也要上坟的。晌午时分，老胡向坟湾走去。走到村口时，却发现老鬼蹲在那里。见老胡来了，老鬼突然站起身，怯生生地问："可以借一下你的火吗？"

老胡瞪他一眼，没好气地把打火机甩给了他。随即，老胡回家又拿了一个打火机。来到村口时，他见老鬼已经烧完了纸钱。老鬼要把打火机还给老胡，老胡不但没接，反而不屑一顾地走开了。

从坟头回来，超市老板来电话了："胡叔，我下午要给吴叔送些日用品。您需要什么吗？我一并给您送来。"

"我什么也不需要，别在我面前提他……"

十月初一这天，老胡又来给爹烧纸。"爹，这两年春生干得不错，他不仅还清了房贷，还买了车子。您那边也不要舍不得花钱，缺什么就买点什么吧。可有一样，只准我们牵挂您，不准您扯心我们！"

这一次，不但老鬼爹娘坟前没有纸灰，就连村口也没有。老胡心想，看来老鬼真是走不动了！晚上，老胡听老鬼一直在咳嗽，他就一直守在坡沿上。直到老鬼家熄了灯，他才回屋。

第二天晌午，老胡见老鬼挪步来到柿子树下的摇椅上，似睡非睡。奇怪的是，老鬼一坐就是一天一夜。在这期间，老鬼家的公狗一直叫个不停。老胡感到心烦，便扯着嗓子高喊起来："老鬼，你是在装死吗？"

十年来，这是老胡第一次主动和老鬼搭话。然而，老鬼竟然没有应声。老胡觉得不对劲，便冲下了山坡。来到近前，他见老鬼脸上落了一个烂柿子。他扒去柿子，将手搭在老鬼的鼻孔上，却发现他早已没了气息。

“我真混蛋！”老胡拍了一下自己的额头，便蹲在了柿子树下。他踌躇了一会，便给派出所打起了电话：“王所长，老鬼死了。您知道，我们两家长期不和，请您带人来做个尸检吧！免得有人说是我害死了他。”

接着，他给儿子打电话：“春生，有个事儿，你可得听爹的。”

“什么事儿？爹。”

“老鬼走了。你赶快带些人来，顺便买上棺材和寿衣，乡里乡亲的，咱们把他埋了吧！”

老胡话音刚落，老鬼家的公狗就叫了起来。老胡走进院子，慢慢地解开了拴在它脖子上的铁链……

原载《小小说月刊》2021年5月下半月刊

迎 检

殷贤华

小金在城里工作，这个周末想到乡下的古镇玩，在古镇工作的好朋友牛牛告诉他，这几天古镇正在迎接各类创建项目检查组专家的明察暗访，不太方便，建议小金过一段时间再去。

小金想，过一段时间自己不一定有空，况且他们检查他们的，我玩我的，互不相干，有什么不方便。小金没有听从牛牛的劝告，还是乘坐公共汽车来到古镇。

下了车，小金烟瘾发了，刚掏出香烟准备点燃，一个工作人员快步上前制止说："先生您好，我们正在创建'无烟古镇'，请不要在公共场所吸烟，谢谢您的支持配合！"

小金尴尬地点点头，往旁边的公共厕所走去。刚要踏进门，一个工作人员冲他行个礼，客气而悄悄地说："这位先生，请赶往桥下的公共厕所应急。我们正在创建'卫生古镇'，检查组专家十分钟后就到这个点检查，为了不破坏里面的卫生环境，现暂停使用。"

小金无可奈何，极不情愿地跑到桥下的公共厕所。完事后，跟随一大群外国游客来到古镇最有名的景点龙王庙，在门口又被工作人员拦住了。工作人员神秘地说："先生，对不起，这个景点今天只对外国游客开放，因为我们正在创建'国际古镇'，外国游客量是重要的考核指标之一，检查组专家正在里面核实人数呢……"

小金很不高兴地跟牛牛打电话，抱怨说："今天龙王庙竟然不准中国人玩，太可气了！这古镇还有什么可玩的地方，你带我去可以不？"

牛牛耐心地解释说："非常时期，请你多包涵。告诉你，那些外国游客还是我们专门请来的呢。我今天没有时间陪你，因为我们古镇所有工作人员现在都在扮演游客，不时出现在各类创建项目检查组专家面前，接受游客满意度的调查呢！”

小金叹了口气，后悔自己真来得不凑巧。小金胡乱地逛了逛，肚皮饿了，便走进一家餐厅，点了几个自己喜欢吃的荤菜。菜一端上桌，小金傻眼了，分量实在是太少太少了。小金正要发火，服务人员快步上前，在小金耳边轻轻说：“帅哥，不好意思，我们古镇正在实施光盘行动，创建‘光盘古镇’。检查组专家正在门外候着呢，我们担心分量太足您吃不完，影响检查……”

原载《春城晚报》2021 年 8 月 16 日

阳光花坊

张学鹏

女孩临街开了一个阳光花坊，地处十字街口，人来人往，热闹非凡。

女孩爱笑，长得漂亮，能说会道，很会做生意。

情人节前，女孩会进许多束玫瑰，见到情侣进店，便会对男孩说：“你女朋友真漂亮，你真有福气，情人节到了，鲜花配美人，买一束玫瑰送给你女朋友吧！”

男孩很少拒绝，就买了一束玫瑰送给女友。女友手捧玫瑰，笑容灿烂。

母亲节前，女孩会进一些康乃馨，见到母子或母女进来，便说：“你妈妈真年轻，我以为是你姐姐呢，买一束康乃馨送给你年轻的妈妈吧！”

孩子很少拒绝，就买了一束康乃馨送给妈妈。妈妈手捧康乃馨，满脸幸福。

这样的女孩，自然招蜂引蝶，惹人爱。一个男孩就喜欢上了她。

男孩为了见到她，讨女孩欢心，三天两头来买花。男孩每次会买不同的花，然后，一个人捧着花离开。次数多了，女孩就注意上他了。

男孩再来买花，女孩说：“来买花呀，看中哪一种花，我给你好好介绍一下。”

女孩又说：“看得出来，你很有审美观，生活有情调，人也有品位。”

“何以见得？”

“因为你喜欢花呀，喜欢花的人，生活能没有品位吗？”

男孩听了就笑。

女孩向男孩介绍：“这是墨兰，这是榕树，这是茉莉，这是发财树，这叫幸福树，这是金鱼吊兰……”

女孩介绍花时，不经意间也把自己介绍给了对方。于是，男孩女孩相爱了。

一个阳光明媚的春日，阳光花坊里多了一位长发蝴蝶结女孩。女孩指着蝴蝶结，向男孩介绍："这是晓兰，我的闺蜜。"

男孩望着晓兰笑了笑。晓兰很文静，也对着男孩笑了笑，这一笑，笑得男孩心里像长了草，蓬蓬勃勃，乱七八糟。

晓兰常在花坊里帮忙，见到男孩只是笑，也不说话，像一朵静静盛开的墨兰。

晓兰不说话，男孩说话。男孩说："看得出来，你也喜欢花。"

晓兰还是笑。男孩说："看得出来，你很有审美观，生活很有情调。"

这次晓兰说话了："何以见得？"

"因为你喜欢花呀，喜欢花的人，生活能没有情调吗。"男孩说。

晓兰听了，依然捂着嘴笑。

男孩像一只勤劳的蜜蜂，忙碌在两个女孩之间，在男孩心里，花坊女孩热情似火，晓兰静默如兰，两个女孩如花一样，哪一个都难以割舍。

男孩偷偷与晓兰好上了。

女孩似乎觉察到了什么，因为男孩和晓兰好久没有来阳光花坊了。

男孩和晓兰相处了一段时间，发现晓兰远不及花坊女孩，晓兰脾气古怪，动不动就发脾气，属于好吃懒做的那一种。两人闹翻了。

一个夏日的午后，男孩又走进了阳光花坊，想和女孩重归于好。

女孩见男孩进来，没有说话，而是忙着修剪花木。男孩站在女孩面前，像一个做错事的孩子，无所适从。

女孩捧起一盆发财树，对男孩说："这棵发财树送给你了。"

"这棵树叶子黄了，枝条发黑，不能要了吧。"

"是呀，它的根烂掉了，是别人退回来的，谁还要呀？"

女孩夺过发财树，扔进了垃圾桶。

男孩的脸一下子红了，男孩忽然感觉，自己就像那棵发财树。

原载《河南工人日报》2021年3月18日

搬　迁

马河静

堂屋地上放着一口油漆大棺，材质是金丝楸木。楸木质地坚硬，是黄河沿岸仅有的树种。眼下，棺材里面躺着八十八岁的老支书张德娃。张德娃穿着一身寿衣躺在里面，浑浊的双眼睁得大大的，听着外面的人说话——他没死。

棺材前面跪着班村现任党支部书记张宏保。

张宏保：三爷，第一批搬迁户都走了。上级的政策真不赖，搬迁到开封的，另外给1500块的运输费，搬到山前的也给500块。其实运费一半也用不完，个人还能落一多半……

老支书听得清清楚楚，就是不吭气。

三爷，第二批的人死活不走，工作做不通，乡政府指责我没本事，说是老支书干时，哪个人敢不听！你是我的入党介绍人，又是你把我扶上来当支书的，现在你不能看我笑话吧。

老支书闭上眼，像死了一样。

三爷，我也不想走，故土难舍啊，谁想背井离乡去溜人家的房檐？可这是党的决策。小浪底工程属于国家“八五”重点项目，可使下游防洪由六十年一遇提高到千年一遇……

滚你奶奶的，叫你给我上政治课！张德娃开口了。

张宏保猛一下从地上爬起来，“啪”地拍了一下棺材板，大喝一声：张德娃！你是共产党员吗？

张德娃忽地坐了起来。

张宏保：毛主席教导我们说，共产党员，必须提高纪律性，坚决执行命令，不允许任何组织或个人破坏纪律的现象存在！三爷，你当支书时经常拿毛主席语录凶我，你不能说理不走理吧！

张德娃低下头：我从来没有不听组织的，可我，你知道我这病——还有几天活头？我真的想死在黄河里，我没有破坏纪律——呜呜——张德娃老泪纵横。

第二天，老支书顺着黄河边走了一趟。在村西的瀑布前磕了三个响头，说：我刚会跑就在你怀里翻腾，我妈怕我淹死，我爹说，黄河边的娃哪有不会凫水的！想当年，我在这里跟八路军护送去延安的青年，就因为这里风大浪高，不被敌人发现。还有那年到孟津参加黄河游泳比赛，我得了第一名。可我很不满意，只超过专业游泳对手半分钟，不到十米远。记者采访问我的感受。我说在这种地方游泳，跟死水潭一样，有啥游头？要比就到我们村的瀑布下比，那里波涛汹涌，白浪滔天，我会超他一里地。哼！拉开档次才能比出高低。他们追问我有啥绝招，我说下水前他们先"热身"，我是先"热尿"。面对黄河撒泡尿，用手接住最前头的那一股，赶紧在肚脐上拍三下。做完这个仪式，就像给车胎打了气一样，轻巧又有劲，并且在水里肚子不转筋，腿肚不抽筋。他问这是啥原理？我不告诉他，打死都不说，因为我也不知道，要问去问我祖宗。

第三天，老支书顺着班村村东转到村南，再转到西，又朝北走，方圆一二十里。转到黄河边歪脖大槐树下，趴下磕了三个响头，说：传说你是先祖种下的，你见证了我们村的兴兴衰衰。想当年王莽撵刘秀，刘秀跑到这里人困马乏，就在你的阴凉下歇息。你知道刘秀以后要当皇帝，太阳照到哪里，你就把脖子歪到哪里，给他遮阴乘凉。我没有刘秀官大，那年批斗我这个"走资派"，我一时想不开，解开裤带搭在你这歪脖子上想上吊，哪知道你还没有麻绳结实，裤带没断，你脖子断了，"咔嚓"一声。嗨！也算你救了我一条小命。眼下我们要走了，带不走你啊！我愧对八辈老祖宗！

第四天早上，张德娃趴在堂前的八仙桌前磕了三个响头。桌上摆着十几个牌位。德娃说：老老爷、老老奶奶，老爷、老奶奶，爷爷、奶奶，爹、妈，我啥也不说了。小浪底水库合龙聚水了，咱们这里就成了河中心。这是党的安排，我是党的人，听党话，跟党走。本来想带你们一起走哩，可想着走到哪里都一样，国家领导人死了还往大江大河撒去哩，何况咱们百姓，是吧？

他到院里石榴树下装了一瓶土。这里是埋他衣胞的地方，他要带上黄河的土走——到外乡水土不服了，就捏一捏化到水里喝。他也磕了三个响头，爬起来作了揖，出了大门，用铁锁把大门锁上。

只见大门两边贴着红对联：

上联：听党话哪里黄土都埋人

下联：叫咱走何处都会变故乡

老支书张德娃从怀里掏出一张大白纸，贴在大门中间。纸上写着三个大字：悔过书。

村里没有走的人都来了，男女老少熙熙攘攘。张德娃开腔了：

班村的乡亲们：额（我）——张德娃，1954 年 2 月入党。这个额，不读书，不看报，辜负了党对额的培养，撵不上时代发展的步伐，在这个移民搬迁中，拖了全村人的后腿，请大家，以额为戒。跟着党走吧！

老八家，你咋哭了？哭吧，哭吧！哭出声，哭出来痛快。

推土机，来，推，推吧！

只见停在一边的推土机一声轰鸣，前进。随着房倒屋塌，惊天动地，天下起了倾盆大雨。

这一天是 2000 年 8 月 28 日，中午下了一阵大雨。

一溜汽车在支书张宏保的带领下，拉着班村人，离开了祖祖辈辈繁衍生息的黄河。

原载《金山》2021 年第 1 期

保　密

孙毛伟

新来的县委郦书记上任不久，局里就有消息传开了，说郦书记是咱局小郦的亲叔。真的，看小郦那眉眼还真像电视里的郦书记，还有人看见郦书记来局里调研那天在走廊上和小郦亲热地说话呢。

有人找余斌求证。余斌是小郦的铁哥们，如果是真的，余斌一定会知道。但是余斌也不知道，但他认为是真的。他问过小郦：人都说县委郦书记是你叔叔，是真的吗？小郦一口否认：扯淡，没有的事。郦书记我根本就不认识。余斌就有些不高兴，说：你是不是保密啊？连我都保密？好，我不问了。余斌也明白，这种事人家不对外声张也在情理之中。

也有人直接问小郦。小郦也否认，人家也不信，说他保密，不容他分辩。后来他就不再分辩，心说你说是就是吧，是也没什么大不了的。

以后的事态发展证明小郦和郦书记关系的传言不是空穴来风。先是半年后，小郦被提了副科长。小郦是七年前考公务员考进局里来的，他那一拨进来的五个人中还没有一个提副科的，小郦在其中不算突出，要不是他的书记叔叔起作用，怎么会轮到他呢！

第二件事是小郦妻子从镇中学调到城区中学来了。小郦妻子毕业后就分配到距离县城三十多公里的东贺镇中学教书，每星期才能回家一次，有了孩子以后就更困难了。这些年小郦费了很大劲想把妻子调到县城来都没调成，就一直这么两地分居地过着，两人还差点为这事离了婚。就在小郦提副科后不久，这个问题也解决了，妻子如愿调到了县城里的中学。余斌问过他，他说是金副局长帮忙办的。金副局长的爱人是教育局副局长。

小郦本不是个擅长和人打交道的人，除余斌之外和局里别的同事关系都一般，有时去别的部门办事常会磕磕绊绊。现在就如鱼得水了。过去他去资料室查找资料，两个漂亮的女资料员总是爱搭不理的，不是说资料借出了就是现在太忙没时间查找。现在，一进资料室的门两姑娘就笑脸相迎，起身让座。小邴一说出要查找的资料，两人就争着去找，就像抓住了一个能向他示好的机会似的。

局里职工中午在局食堂就餐。小邴常因事外出，有时回来晚了，就要吃闭门羹，只好自叫外卖。不知从什么时候起，他再回来晚了，食堂大师傅远远地瞅见他就招呼，邴科长，还没吃饭吧。我给你留着呢。立马端出热菜热饭热汤，碗里还会多出一根酥脆可口的炸鸡腿。

对小邴的得宠，特别是对小邴提副科，余斌心里是有些酸酸的。心想还不是你摊上了个好叔叔。又一想，也好，小邴是自己的铁哥们，没准自己什么时候碰到过不去的坎，还能用上这个关系呢。

不久余斌还真碰到过不去的坎了。

余斌的儿子中考差三分没考上省重点县一中。这可是关系到儿子前途的大事，余斌急坏了。了解到只要县领导写个条子就能进一中，就想请小邴用一下他叔叔的关系。

他找到小邴，把这个意思说了。话没说完，小邴就打断他说：你是想让我找邴书记？

余斌说：对！我这可是第一次求你哦。实在没别的办法，只有你能帮我了。

小邴看着他，半天才说：你真以为邴书记是我叔叔？实话告诉你吧，我和他半点关系都没有。

余斌一听这话就沉下脸，说你要真为难就算了，何必这么说呢？

小邴正色说：我说的是真的。我从来都没说过邴书记是我叔叔，都是别人说的。

余斌说那就不对了。邴书记来局里调研那次，有人亲眼看见你和他聊得很热乎，这总不会假吧?

小郙想了一会儿说：哦，什么聊得很热乎。那天是我正好在走廊上碰见郙书记从会议室出来，他问我卫生间在哪，我就告诉他了。

余斌恍然大悟，原来是这样。你看这事闹的，我一直以为是你保密呢。

小郙说：过去我没什么要保密的，不过现在有了。这事你也知道了，你可要给我保密啊!

余斌诧异：你要我保密什么?

小郙一字一顿地说：就是郙书记不是我叔叔这事。

余斌愣了一下，但立刻就明白了。

原载《决策探索》2021年第4期

大火之后

叶　骑

火起得悄无声息。

等孩子们从午休的梦里惊醒，大火已经封住了教室的出口，这仅有的一条逃生通道，关上了。

惊慌、哭喊，孩子们的吵闹声乱成一团。她拿起孩子巴掌大的午休被，淋上水，盖住自己半个身子，像老母鸡护崽一样，左右各夹起一个孩子，开始了绝望的突围。

没人知道她是怎么做到的，在这场熊熊大火中，她凭借一己之力，进进出出十余趟，将二十多个孩子全部救了出来，就是后来赶到的消防员都惊叹不已。但最终，付出的代价是，由于长时间暴露在室内的高温空气中，她的全身及面部被严重烧伤。

女教师大火中勇救二十余名学生的新闻在市里不胫而走，引发强烈反响。她被评为市里的先进，领导的慰问、媒体的报道接踵而来，各种荣誉也雪花般落在她的身上。然而，作为一个女人，容颜毁了，对谁来说都是灭顶之灾。

老实说，她并不是一个爱美的女人，平时素面朝天，知道的化妆品不比男人多多少。只是如今，不小心再从镜子里看到自己的时候，那种痛，撕心裂肺。

庆幸的是，丈夫仍然对自己不离不弃，甚至比往日更体贴入微。以前下班后，丈夫常去外面跟同事喝个小酒，撸个小串，现在他总是六点钟准时到家，然后两人一起做饭、聊天，一切就像什么都没发生一样。

为了让妻子尽快走出这段阴影，丈夫时常会给她准备一些小礼物。今天是一束小花，明天是一棵绿植，后天是一个盲盒，拆开是各种各样的小饰品，煞是可爱。

她也竭力做出开心的样子，她笑了，他也笑了。但在彼此心里，一直有个结，没能解开，他们都懂。

那天，丈夫正常下班回来。吃饭的时候，丈夫说，公司上半年的业绩不错，周末有个庆功宴，可以带家属，你跟我一起去吧。

她突然愣住了，怔怔看着丈夫好久，嘴唇微微地颤抖，神色惊喜，却又那么难以置信。

带我去吗？

她反复确认。

丈夫点了点头。

晚上，她从衣柜里翻出一件蓝色的碎花裙子，在镜子前照了又照。她已经不记得自己多久没有穿过裙子了，那种感觉，恍如隔世。今天，她重新张开双手，在丈夫面前翩翩起舞，就像一只破茧的蝴蝶，挥动翅膀，希冀再次飞翔。

好看吗？她问。

好看。他回道。

她笑了，像一抹暖阳。

周末，她精心打扮了一番，跟丈夫去了酒店。

在进宴会厅的时候，她跟丈夫说，自己去下洗手间，让他先进去。

丈夫在宴会上跟同事谈笑自若，公司这半年经营成绩的取得，他立下了汗马功劳，在这个荣耀的时刻，他没有忘记自己心爱的女人。

丈夫看了看表，时间不早了，却迟迟不见妻子的身影。

过了会，丈夫的微信响了，是她的信息。

我回家了。今天，是我最开心的一天，我的碎花裙子，一定美得像一只蝴蝶。

原载《啄木鸟》2021 年第 11 期

代赵夫人

昌松桥

经过哥哥的劝说，你最终服从了父王的安排，同意嫁给代王。

联姻不仅能加深两国的友谊，还能扩大两国贸易，取长补短，毕竟代国的粮食和马匹是我们晋国所需要的。哥说。

世子是新世子，新世子是父王力排众议，废掉原世子伯鲁新立的。

据说，父王在常山的恒山寺组织了一次寻找宝符的活动，众王子无功而返，然而弟弟却找到了宝符。

世子是你的亲弟弟，你们姐弟俩是父王的婢女所生，从小不受王子公主们待见，所以姐弟俩从小就很铁。

女人不管男人们的事是王宫里的潜规则。弟弟究竟是怎样找到宝符的，又是什么样的宝符？你不知道，但你知道你的弟弟当上了世子，你由衷地为弟弟高兴，更为母亲高兴。

是的，我同意跟代王结婚，但出宫时我不想走北门而想走东门。你含泪对父王说。

父王点了点头说，一切随你。

其实父王知道，你是怕和亲出城时碰到北城门边那个人。

是的，北城门边有你心上的军。

那一场洋洋洒洒的春雨洗去了冬日的残迹，世间万物开始苏醒。那天，北城门的天空瓦蓝瓦蓝的，护城河水碧波荡漾、波光潋滟，河边间植的桃树和柳树错落有致，桃枝和柳枝在微风中婆娑，似乎有人在轻言细语，执手交谈。

花坛边，端坐着一个佩剑的紫衣后生，后生的面前架着一幅画。

是他，真是他。侍女飘过去又飞回来，激动地对你说。

你的花绣鞋便不听使唤地移了过去。

画上，河边桃树下倚着一个身着锦服、丹凤眼的美人儿，初春的枝条上点缀着几簇淡黄的嫩芽。不知为什么，你的心间突然嘀嗒一声也萌发了一簇嫩芽！

你红着脸看他的时候他也红着脸在看你。

他说他叫军。

作为补偿，父王为你准备了八车嫁妆两车书籍。

仲春，你们一行人马从东门出城，浩浩荡荡向代国开进。城门外站着夹道欢送的人们。

此时，你猛一回头，右手轻轻扒开菊黄色的后窗帘，你想再看一眼威武气派的东城门，想跟众人挥手再见。然而，你却看到了你刻意回避的那个人，紫红的长衫格外显眼。你将眼睛一闭，猛地拉上了窗帘。

就这样，你成了代国夫人。你刚柔并用，母仪天下。你把晋国的理念和先进文化带到了代国，你协助代王采用远交近守，以仁厚爱人之德行政，加上有一批像太宰、赵杲这样的忠臣良将，把代国治理得有条有理，繁荣而富足，你受到了代国人的极大拥戴。值得一提的是，晋国通过和亲，得到了代国的大量粮食和战马，晋国因此从一个弱小的国家变成了一个富强的大国。

你不知道，因为你造就了一个空前膨胀的晋国，你弟乘势改国号晋为赵。

你更不知道你已经继承王位的弟弟会在代国与赵国会盟的活动中击杀代王。

那是一个晴爽的日子，代王率领掌管朝政的司徒、司马、司空、乐官、舞师等数十人直奔赵国境内的夏屋山大校场会盟。

白天的赛事结束后，主客分别进入临时搭起的大帐。宴会开始了，人们一边饮酒，一边观看节目，此时的代王完全沉浸在家人团聚的欢乐之中，全然不知此时已经杀机四伏。赵王把代国来的人分别安排在各个大帐，四周埋伏了武士。

刚才还醉态十足的赵王突然勃然大怒，手指代王破口骂道，好个不识抬举的，竟敢辱骂我！说着猛地举起酒杯叭的一声甩在地上。帐内化装成厨工、乐官、舞师的武士们，听到暗号一齐手持铜勺、酒樽猛击代人的脑袋，可怜代王脑浆四溅，猝然倒地，随从大多数没有逃脱同样的命运，宴会场顷刻间变成了屠杀场。

代国群龙无首，赵王乘兴伐代，以摧枯拉朽之势迅速占领了代国。

这时，你才知道弟弟找到的“宝符”就是吞并代国，你只是诱饵！

弟弟安排来接你回宫的人是军。

面对军，你表情严肃，没有哭泣。你精心梳洗了一番，从宝箱里翻出成亲时的那身衣服穿上。

歇会吧。飞来峰山道边，你轻声对军说。

此时，你环顾破败的河山、战火焚烧过后的家园，不禁掩面悲泣。军懂你，说，大声哭出来吧。你悄悄拔出头上的发簪，在石头上悄悄地磨砺。

末了，你收泪站起，手握锋利的发簪，以迅雷不及掩耳之势，将发簪猛地扎进自己的喉咙。

军猝不及防，呆若木鸡。

以弟慢夫，非仁也；以夫怨弟，非义也。说罢，你轰然倒地，如倒下一座城墙。

军为这人间悲剧所震撼。军含泪在你的尸首旁默立良久，最后，拔剑在脖颈上使劲一抹，几个踉跄，跌倒在你的身旁。

代人为了纪念你，把飞来峰叫作磨笄山。

原载《微型小说选刊》2021 年第 7 期

泥　塑

孟宪歧

玩泥巴可以玩出名堂来，在小城，也仅此老沈家。

到了沈敬山这一辈，名堂越发大。

沈家先人很早就玩泥巴，俗称捏泥人。捏泥人能养家糊口，便一代一代传下来，沈敬山已经是沈家第 12 代传人了。不过，沈敬山把老祖宗的绝技发扬光大了，不仅仅捏泥人，什么东西都捏，而且，把这手艺称之为泥塑。

最初，沈敬山也只是在街口摆个地摊，上面摆满了或大或小或高或矮或胖或瘦的人物造型、动物造型，还有其他东西的造型。这些小东西涂上油彩后鲜艳夺目，甚是可爱。

因为，这些泥塑的原料都是泥土，油彩也不昂贵，价廉物美，是老百姓能够出钱买得起的。

一般来说，老百姓喜欢的东西，往往不登大雅之堂。

偏偏，沈敬山的泥塑却在一些高雅之所频频现身，令人百思不得其解。

对此，小城治印的老先生秦子鸣莫名其妙；根雕老先生杨涵宾也莫名其妙；就连在官场上游刃有余的文联主席也莫名其妙。

当他们明白的时候，沈敬山已经走向穷途末路。

既然都是沾了文化的光，大家就都彼此熟悉。况且小城又小，低头不见抬头见的，难免有所求。

秦子鸣和沈敬山有交集，是因为沈敬山曾向秦子鸣求印。

沈敬山提着一个装潢精美的礼品盒求见秦子鸣。那会儿，秦子鸣的名气还没有现在那么大，但清高是有了的。因为清高是在骨子里的。

秦子鸣说："请将礼物带回！本人从不喜欢！"

沈敬山没说什么，只是把礼品盒慢慢打开，秦子鸣的眼睛就亮了。

齐刷刷 12 个生肖泥塑映入秦子鸣眼帘，12 个小动物就跟真的一般在秦子鸣面前活灵活现。

秦子鸣一下子就喜欢上了。

沈敬山说：“几个泥玩意，不登大雅之堂的！”

秦子鸣笑：“既然已经入我金石斋了，也算登了大雅之堂啦！”

而后两人哈哈大笑。

沈敬山就提出想请秦子鸣为其治印。

秦子鸣二话没说，当即许诺：“三天后来取！”

秦子鸣的治印，成为沈家泥塑的标志性题字。

可一个偶然的聚会，让秦子鸣小觑了沈敬山。

那回，秦子鸣和几个好友相约去老领导家拜年，恰巧老领导正在写字，一幅“乐山乐水”的隶书已经写毕，老领导把一枚押题印章盖上，印章为昌化鸡血石。秦子鸣咋看咋熟悉，蓦然记起，这枚印章是为沈敬山刻的。当初沈敬山言之凿凿，是他自己收藏，作为泥塑标志的，怎么就跑到领导手中了？

秦子鸣耿直，问老领导：“此章何来？”

老领导微微一笑：“向你求章，你有‘三不刻’，不给我面子呀？只好暗度陈仓了！”

老领导说完，拿起那枚印章来，看了又看，在手里百般摩挲。

秦子鸣心里那滋味难以言表。

在一次聚会上，秦子鸣与沈敬山相遇，大家谈笑风生。

有人说：“呵呵，沈先生手眼通天啊！唐代大诗人刘禹锡作《陋室铭》，‘谈笑有鸿儒，往来无白丁’，沈先生则是谈笑皆政客，往来俱高官啊！”

沈敬山面露得意之色。

秦子鸣说：“大凡治印者，均须有三硬，石硬、刀硬、骨头硬。而沈先生的泥塑呢，应该有三软吧？土软、泥软、骨头软。”

有人则说："秦先生此言差矣。人家沈先生是两软一狠的主儿，土软、泥软、心狠，要钱不要命啊！"

一句话说得大家大笑，笑得前仰后合。

事后，秦子鸣言于杨涵宾："此人不可深交也。"

杨涵宾深以为然。

杨涵宾跟秦子鸣讲起了他和沈敬山的一件事。

杨涵宾的朋友托他向沈敬山要一套泥塑《十二生肖图》。朋友说，不讲价钱，要多少给多少。

杨涵宾就去找沈敬山。

沈敬山为难地说："真是不好意思了，手里刚好断货。"

杨涵宾只好说："那就以后有货再说，不急。"

杨涵宾告辞时，沈敬山突然问："你那座《金陵十二钗》的根雕可还在？"

杨涵宾："在！那是我的镇宅之物呀，岂能不在？"

沈敬山说："不如咱俩换了吧。我的《十二生肖图》也是镇宅之物！"

杨涵宾心里想，我那根雕千载难逢，你那泥塑随手可得，不可同日而语！

后来，杨涵宾外出，在天津买了一套"泥人张"的《十二生肖》作品送给了朋友。"泥人张"的作品，比沈敬山的厚重多了！

沈敬山到底摊上事了，是大事。

近年来，沈敬山的泥塑观音菩萨销售一路飙升，而且都是大价钱交易。其中奥秘被解开那天，沈敬山被公安局带走了。

一高官受贿东窗事发，受贿物为一泥塑观音菩萨。该泥塑高一尺有二，敲碎后真相大白：泥塑只为一层皮，里面均为金子铸就。

追根溯源，就追到了沈敬山，从沈敬山家里搜出了熔金的器具。

原来，沈敬山经常秘密受人之托，暗地制作外表为泥，内里为金的观音菩萨，专门用来行贿。泥塑的大小，根据行贿数额的大小为准，异常隐蔽。

行贿人送受贿者一尊泥塑观音菩萨，没有人会觉得里面有什么名堂。行贿者堂而皇之地送，受贿者光明正大地收，一送一收，里面的乾坤就大了去了。

可怜沈敬山，贪图一点小利，成为阶下囚。

据说，公安局搜查沈敬山家里时，沈敬山就吓得脸色煞白，语无伦次。

问："这熔金器具干什么用的？"

沈敬山："玩。就是玩的。"

又问："这观音菩萨是你塑的？"

沈敬山："这东西是买的！"

再问："谁是掮客？"

沈敬山："政府里的一些人！"

接着问："你一共做了多少这种东西？"

沈敬山哆嗦着翻出一个笔记本递给了公安局的人。

公安局顺藤摸瓜，呵呵，抓了一大串贪官。

沈敬山去了该去的地方。他儿子代他打理着沈家泥塑，生意不冷不热。

原载《当代人》2021年第4期

奇女子十红

汪云飞

一

吴十红是东乡的一位奇女子，她的故事很多，这个故事在东乡流传了许多年。

那时正是夏天晌午，村前小溪里似乎没有了汩汩的声响，村后的风水林里也没有了凉爽的微风，只有回荡在耳边的一声紧似一声，一声比一声闹心的蝉鸣……

十红坐在村西小溪旁的一棵树下，默默地看着脚下的溪水悄无声息地流淌着，溪水里几尾瘦长的小鱼在茫然地游着，自己和树叶的影子在溪水里渐渐地移动着。那一刻，时间似乎变得很慢。那会儿，哥哥嫂嫂他们家可能正在猜拳行令。吵闹声、吆喝声似乎隐隐约约地传到了十红的耳旁。

这天是哥哥九生的五十大寿。十红早早地备了一份礼物送到了哥哥的家中，其中就包括那一双布鞋和几斤鲜枣。那会儿客人大多还没有来，哥哥嫂嫂估计正在厨房里忙碌，屋里空荡荡、静悄悄的。放下篮子，十红便偷偷地离开了。

她没有打算在哥哥家吃饭，编好的理由也因为压根就没有碰到哥哥嫂嫂，就用不着说出来。可是，这会儿时间还早，她知道她不能回去。其实，回去也很简单，顺着这条小溪往上走，翻过一个隘口就到了。可是，这会儿她不能这么早回去。像往常一样，她悄悄地来到了村西这个僻静的角落。在这儿，她可以让时间慢慢地过去，她可以回想一些以前发生的事情。

二

十红九岁的时候，父母同一年因病去世，是十四岁的哥哥把她带大。在若岭村，叔伯、邻里都帮过他们兄妹。兄妹俩日子虽然过得清苦，却并不觉得孤单。

后来，哥哥娶了嫂子后，十红反而没有了以前的快乐。十红的嫂子是村长的女儿，看上九生是因为他人长得帅气。帅气的哥哥和村里人一样总认为嫂子虽长得五大三粗，毕竟脾气还好。可是，进门后才知道，这位嫂子的心肠并不是很好。她常常借故找九生的碴，不仅如此，还对十红横挑鼻子竖挑眼。尽管十红总是忍耐，嫂子对她却似乎是水火不相容，老想着法子要十红嫁人。

就这样，十五岁的十红嫁给了一山之隔的同祥。

三

同祥和十红的家就在枣源。枣源在小溪的上游，中间有一个隘口。之所以嫁到同祥家，是因为他家有一棵枣树。

当年，十红兄妹俩常常吃不饱饭，便四处采野果子充饥。离若岭村几里地的枣源有一棵枣树，每年都结满枣子，惹得路过的兄妹俩垂涎欲滴。在妹妹的请求下，哥哥九生经常与妹妹十红去枣源偷枣子。那时候，哥哥九生总是背着十红蹚过一条小溪。到了隘口有一个坡，十红走得慢，九生干脆背着妹妹。太阳当头，哥哥背上的汗水湿透了妹妹胸前的衣衫。好容易进了村，狗成群地围过来时，哥哥总是蹲下身子护着十红，他的膝盖和胳膊却被群狗咬伤。翻过墙，哥哥很快被一个人逮住了，这个人便是同祥的爹。同祥那时还是一个孩子，他拽着父亲的手说:“爹，放了九生吧，是我叫他来摘枣子的。”

“可这不是第一次了。”父亲说。

“他们兄妹怪可怜的。不就是几个枣子？”同祥把九生的手从父亲宽大的巴掌里拽了出来。院外踮着脚正朝里偷看的十红心里一阵感动。

四

这天一大早，同祥就对十红说:“今天是你哥的生日，我给你摘了几斤鲜枣，买了两斤肉、一斤糖，你送到哥哥家吧！”

“好！你得帮我备好两个红薯，我中午好充饥！”十红出门前还不忘梳梳她那两条黝黑的辫子，“你知道的，我得晚点回来！”

同祥会意地点点头。

一年前，嫂子过生日，十红和同祥早早地去了哥哥家。一进门，嫂子便指桑骂槐，让十红两口子不得安生。老实巴交的九生心中生厌，可又没有办法对付。匆匆地扒了几口饭之后，两口子便提前回家了。

路上，有邻里见了，便问:“屋里都还在热闹，你们俩怎么就要回家？莫非嫂子又发威了？”十红说:“没有。我家有急事，同祥他又不喝酒，就趁早回去。”

这事，十红一直记在心里。可是，又一想，怎么说也得给哥哥面子。

放下鞋子、枣子，十红没有及时回家，而是在村子西侧的小溪里溜达。这里有她童年的故事，有她与哥哥的记忆。

在美好的记忆中，她一脸灿烂的微笑。在灿烂的微笑中，十红正在吃着自家带来的红薯。那是小时候他们兄妹俩吃得最多的东西。

“十红，你果然在这里！”说话的是哥哥九生，“哥对不起你！”

十红一脸的惊奇。

“没事。过会儿，我就回去！”十红说，“我不能过早地离开你家，这样会丢哥哥的脸。可我又不想吃你家的饭，让哥哥你受委屈。我知道，你一直依着嫂子，为了这个家，为了孩子你受了不少委屈！可是，她毕竟是你的老婆。也是我永远的嫂子，再怎么的都是我们吴家人。不是她，哥哥可能要打一辈子光棍！”

哥哥听了心里一阵酸楚：“妹妹，你进屋吧！这回是你嫂子让我来找你的。之前，我去了你家，同祥把你的想法告诉了我，你嫂子听了很负疚，让我四处找你。”

“我错了！对不起你小姑。快一起回家吧，大家还等着你开席呢！”不知什么时候，嫂子出现在哥哥的身后，说这话的时候，她的眼眶已经湿润……

原载《金山》2021 年第 4 期

最美女兵

王培静

在青藏线上的所有军营中，无数次留下过一个女军医的脚印。在每一个青藏线上官兵的心中，也都给她留下了位置，她就是青藏线医疗小分队的女军医鲁一贤。

这不，刚过春节不到一个星期，她带领的医疗小分队又出发了。一路上全是积雪，车开得很慢很慢，就是这样有时车还会打滑，谁也判断不准哪儿的雪下面有冰。

快黑天时，车子向前栽了两下，停了下来。轰了几下油门也不管用，气得司机小李直拍方向盘。鲁队长说：我下车看看。

车外的温度至少有零下四十多度，一开车门，风刮在脸上像小刀在割。风刮起的雪粒和沙土，使人几乎睁不开眼睛。

鲁队长看到，车的多半个右轮陷进了雪下面的一个坑里。鲁队长想了想，脱下自己的皮大衣，抱着向车轮走去。司机小李和两个男兵先后说：鲁队长，你快穿上，用我的。鲁队长说：先用我的，不行你们再脱。

大家都知道鲁队长的性格，平时有什么事找她都行，什么话也可以和她说，但执行任务时她是说一不二。

鲁队长说：小李，你上车准备；小宋、小姜你们俩戴着手套把车轮边的雪扒开一些，把大衣塞到车轮的前面。

等两个兵塞好大衣，小李加大了油门。车屁股冒了好大股浓烟，车才勉强开出了那个深坑。鲁队长的大衣全是雪水不能穿了，几个人都要把自己的大衣脱下来给她。她说：你们都年轻，冻坏了，你们老爸老妈找我算账怎么办，再说，你们将来还要找对象呢，谁愿找个有毛病的人。我这老胳膊老腿了，不怕冷，也冻不坏。

在车上，女护士小慧好奇地问：鲁妈妈，我问你件事，你可不许生气。

保证不生气。你这个小机灵鬼要问什么，随便问。鲁队长笑着说。

听老兵之间说，你年轻时上线，有时会和男兵们一起睡大通铺，这事是不是真的？

鲁队长沉思了一下，回答说：是真的。那时有的兵站条件差，一个班就住一间宿舍。就我一个女的到那儿，不可能让全班人出去站着，我自己在屋里睡。

那得多难为情。小慧红着脸说。

我可不只是在一个兵站和战友们睡过一个屋。还有更不方便的就是上厕所，好多兵站历史上就没来过女人，哪里会有女厕所，都只有一个男厕所。只要我想上厕所，随便拉住一个战士向厕所一指，他就明白我的意思了。先是进去“清场”，然后再叫上一个同伴为我站岗。全国这么多妇女同胞，这“待遇”也只有我独享过。

她的身世每个高原兵都知道，都像对自己的母亲一样了解。

她十二岁时，在高原部队上开车的父亲得病去世了。母亲被生活的重担压得喘不上气来，一年后跟人跑了。祸不单行，又一年后奶奶得病死了。十五岁那年，爷爷也得了重病，临死前拉着她的一双小手，把一个皱巴巴的信封塞到她手里，信上说：一贤，爷爷不能把你养大成人了。这是你爹部队上的地址，你也只有这一条路了，你去找找部队吧，或许部队上能给你口饭吃。

爷爷，我不让你走。她的呼唤最终没有留住爷爷。

乡亲们帮她埋葬了爷爷，她就踏上了来格尔木的行程。

部队接纳了她。先是让她继续念书，后又送她上了军队的医校。她毕业后申请回到了格尔木青藏兵站部。

因为她父亲在这儿。

她父亲死后就埋在了烈士陵园的外边。他是病死的，没有评上烈士，所以也没有资格埋到烈士陵园里去。

从她来到格尔木的第一年，每年的春天，她都会去父亲的墓前种一棵杨树，但从来没有成活过。直到她军校毕业回来的那年，父亲墓前的杨树才终于吐出了绿芽。

她的个子不高，身材瘦小，脸上是大自然恩赐的两片云霞。由于长年奔波在平均海拔 4000 多米的高原上，紫外线照射的脸上黑里透红，里边的条条细血管清晰可见。她脸上写着刚毅和果断，同时也流露出母爱的慈祥。

她五十多岁了，一生未嫁。她把青春和美好的年华都奉献给了青藏线，她是昆仑山的女儿，她有一颗冰清玉洁的心灵。昆仑山会记得她，青藏线会记得她，所有在线上待过的官兵都会记得她。

在线上官兵们的眼里，她是他们心中的女神，是这个世界上最美的女兵。

原载《神剑》2021 年第 1 期

一副腰鼓板

马金章

天空的乌云，像一群群追逐着猎物的饿狼，黑压压地向他们扑来。

茫茫草地，却如打开口的巨大冰窖，升腾起一股股湿冷的寒气。

几个精疲力竭的红军战士，或躺或坐在草坡上休息。

穆迪翻了个身，看到两米多远背对着他的苏红坐在一堆枯草上，她埋着头，两条短辫翘着，右臂一动一动在做着什么。穆迪抬起头，看到了苏红左臂夹着的红腰鼓。他猛然意识到了什么，一个激灵翻身跃起，几步跳到苏红面前。果然，他看到了不愿看到的一幕。

腰鼓一头的鼓皮，已被苏红用刀子撬开了两个铆钉。他一下子夺过腰鼓，生气地质问：

“你怎么这样干？队长怎么交代你的？你知道不知道，这鼓，可是咱宣传队唯一的一面鼓啊。况且，这鼓，还救过你的命。”

苏红看着因发怒涨红了脸的穆迪，没有回话，她将目光投向荒草萋萋、积水乌黑、泥泞不堪的来路……

那是进入草地的第三天。苏红掉了队。

阴沉沉的天筛下小雨，本来就打滑的草甸子像抹了油，她一脚没踩稳摔倒在泥水里。她双手按着一蔸盘根错节、长势旺盛的草甸子，艰难地爬起来，往前一迈脚，腹部抽搐般一疼，随着下部一热，潮湿便在裆部蔓延开来。你咋这时候来？咋这时候来？她懊恼着骂。

苏红感到双腿越来越沉重，每落一下脚，总被一坨坨藏嵩草、乌拉苔牵绊着，强扯硬拽地不让她把脚抬起来。她腿一软，右脚滑脱了草甸，身体不由歪向泥潭。泥浆很快埋没到了膝盖。她明白陷入了沼泽，心中不免一阵惊慌失措。

她手忙脚乱拼命挣扎起来，可双腿却越陷越深。

“苏红，接着，俯上鼓身。拽住草，慢慢往上提劲。”队长一边对她喊，一边将一面腰鼓抛在她面前。

原来，从师政委那里赶来的队长，发现苏红陷进沼泽来施救时，他竟也落进了沼泽。

苏红双手举起腰鼓，反抛过去：“队长，不要管我，你先出来。”

队长又将腰鼓抛过来：“苏红，听话。你身轻，腰鼓托得起你。我身沉，腰鼓不顶事儿。你出来，才能报信求援啊。”

苏红镇定下来。她胸部俯在腰鼓上，双手紧紧抓着草甸子，当她从沼泽里挣脱出来去救队长时，却累得昏倒在草甸子上。

苏红眼里噙着泪，看着穆迪说：“和陕北红军会师后，一定，要敲响咱们的胜利腰鼓。队长是为了救我才牺牲的，我怎能忘记队长临终前这话呢？可是，咱队的人，要是饿死了，走不出草地，到不了陕北，咋敲响胜利的锣鼓呢？”

这几天，他们将皮带、腰鼓皮背带等都煮着、烤着吃了。穆迪站起身，说：“我去找找，看有没有能吃的草根、野菜。”

苏红摇摇头：“我已找了几圈儿，周围没有野菜，草，都是有毒的，不能吃。”她顿了一下：“刚才，我看到受伤的小王，他将伤口结的痂，揭下来，偷偷填到了嘴里。”

苏红说着，噙着的两汪泪水，禁不住涌出了眼角。

穆迪在苏红跟前蹲下来，拿过她手中的刀子，一下一下将腰鼓两头紧绷的牛皮起了下来。

一簇篝火，在茫茫草地的这块高坡上燃烧起来。

噼啪作响的野草火舌，吱吱啦啦舔吻着两块浸湿的鼓皮。

穆迪将腰鼓腔体的十二块红彤彤的鼓叶，收拢在一起，捆成一束，白在内，红朝外。他背起来，走在了这只小小队伍的前面。

队员们跟着前面的腰鼓红。走。

走。走。

他们提前大半天到了吴起镇。

苏红在一个乐器铺找到穆迪时，那个腰鼓板上已蒙上了新的牛皮。

当中央红军和陕北红军会师时，苏红扭着秧歌，擂响了腰间彤红的腰鼓。

原载《小小说选刊》2021年第13期

利　剑

陈振林

秋夜，七十五岁的老将军挥起了手中的利剑。

手中的利剑闪过一道寒光，剑刃像掀起一阵狂风，就要随着主人的命令尽情驰骋。

三十八年前，也是这样的一个秋夜，也是没有月亮的晚上，也是这把利剑，也是将军一个人，冲出了围攻兵士的包围。那一晚，将军正和兄长等着入宫参拜君王的父亲回家。已经夜深了，父亲没有回家，却有人送来了父亲的一封信。父亲在信中说："王急召，兄弟二人速至。"信上插了一根鸡毛，兄弟二人知道这是特别紧急了。兄长建议迅速入宫，就要出发的时刻，一向听从兄长言语的他却停下了脚步，轻声对兄长说：

"莫不是出事了？父亲似有暗示……"

兄长不听。兄弟二人分道扬镳。

正值盛年的将军冲出重围，仓皇逃离，夜行在崎岖小道，跌跌撞撞地前行。黎明时，他已听到消息：父兄二人在王宫内被杀。他也隐约地感觉到，一路的追兵就在自己的身后，随时可能追杀自己。

他没有忘记带上那把利剑，那是自己八岁时父亲递在自己手中的一把宝剑。剑鞘全身古铜色，上边雕着一条龙。那条龙的爪子，张开着，是在天飞舞的样子。他没有工夫看这飞舞着的龙了，只能拼命逃离。虽然被通缉，但逃离的路似乎也算顺畅。要过江了，正愁着没有船只，当时就从芦苇荡里来了一位渔夫。肚子正饿的时候，一个少女送来了饭食。最难的是通过那道关口，那里驻守着重兵。他急啊，居然一夜之间白了头。模样变了，关口也就过了。

一路走着，将军的利剑一直在告诉自己，一定要为父兄报仇。

进入这个陌生的国，他不停地帮助这陌生之国的王，强大着这个陌生的国。第十六个年头，将军带着这陌生之国的兵士，握着那把飞舞着龙的利剑，踏上了父兄被杀的土地。他，终于报仇了。他成为父子兄弟深情的楷模，他成为这块土地上的英雄。

他的利剑，帮助着陌生的王，又伸向了一个又一个国的国土。

他没有想到，他的利剑，终有一天伸向了自己的脖颈。就在昨天，陌生的王更陌生了，他给七十五岁的将军送来了一把剑。老将军知道，这是要将自己赐死的王令。可是，明明自己手中有一把利剑啊。

老将军叫来了儿子，连夜将他送到了邻国友人的身边。匆匆叮嘱几句，他又回到了自己家中。他叫来了最亲信的下人，吩咐道："我死之后，请将我的双眼挂在城门，我将会看到敌国攻破城门的场面……"

秋夜，七十五岁的老将军挥起了手中的利剑。利剑，挥向了自己。

几年之后，有人看到一名威猛的年轻将军在战场上自由驰骋，像极了多年前自杀的老将军的样子。他的手中，正紧握着一把雕刻着飞龙的利剑。人们知道，年轻将军复仇的时刻到来了，他一定可以为自己的父亲报仇的。

几年过去，年轻将军只是训练自己的骑射本领。

又是几年过去，年轻将军仍然只是训练着军队的将士。

有一天，一位长者走近了年轻的将军，说："你是……他的儿子吗？"

"我是。"年轻将军回答。

"你知道你父亲是怎样死去的吗？"问。

"知道。"答。

"他的利剑还在你手上呢。"长者捋了下长须，说。

"在我手上，"年轻将军握了握手中的剑，又说，"当年，父亲也给了我另一把利剑的。"

“哦？什么利剑？”长者来了兴趣。

年轻将军凑近了长者，轻轻地说了四个字：“不要报仇……”

原载《读者》2021 年第 14 期

抉 择

张爱国

客栈的门被轻轻敲了一下。我爷爷大惊，紧捂口鼻，一只眼贴上门缝：外面，除了风雪声，黑灯瞎火的，什么也看不见。

“张老板，在吗？我从城外来。”声音很低也很平静。听到“城外”，我爷爷不知道怎么就拉开了门。来人不高，不胖，很精干，握住我爷爷微微颤抖的手，低声道：“谢谢同志。哦，我可以称你为同志吗？”

我爷爷略显迟疑：“长官……”

“别，我姓范，叫我老范。我还叫你张老板。”老范说话很干脆，“张老板，客栈里没有住客吧？请给我一间房，能容我一人就中。这是房费。”老范将两块大洋塞进我爷爷手里。

“不，不……”

“有住客？”老范立马有了警惕。

“城都被你们围了一个多月，外乡人哪里还住得起店？”我爷爷将两块大洋往老范手里回塞，“这个不要，你们也是为了……”

“所以你更得收下。”老范将大洋摁到我爷爷掌心，“四十八天了，别说外乡人，你们也不好过哦。没办法啊，这么一座千年古城，炮火一开，我们都是历史和民族的罪人。”

“我懂。青沙城的人都懂。”我爷爷将老范领上二楼最东头的房间，两人的脚步都轻得没有一点儿声音。关上门，我爷爷要给老范送瓶开水泡泡脚，被老范制止。“不用，习惯了。”老范拍拍我爷爷后背，“张老板，你能让我进来，就能为我保密，是吧？”

我爷爷木讷地点了头，轻手轻脚地走回楼下，隐隐觉得刚才不该让这个人进来：他此时能从城外进入城内，说明绝非一般人物。他的到来对自己意味着什么？我爷爷不由得害怕。

“铃。”铃声非常低，却惊得我爷爷一大跳，房里哪来的铃声？

“铃，铃。”我爷爷立即知道了铃声的来源，全身的汗毛立马竖立。四五年没用了，那个很难引人注意的铃铛已落满灰尘，那根从楼上穿壁而来的丝线也落满灰尘，正被轻轻牵动着。“他来了！他什么时候来的？”我爷爷紧捂猛烈跳动的胸口，蹑手蹑脚走上三楼最西头那间房前，轻轻触碰门头隐蔽的小钉子。门悄无声息地打开。

房内温暖如春。魏鸣之倚在大床上，手里捧着烟枪——烟枪换了，周身镶嵌着红蓝宝石。“子林兄，外面如何？客栈里如何？有无异样？”魏鸣之吐一口烟圈。

“没，没……”我爷爷知道魏鸣之的厉害，越发紧张。

“咔！”魏鸣之一手继续捏着烟枪，另一只手变魔术一般有了一把手枪，子弹也被推上了膛，枪口对准我爷爷的眉心，“张老板，别和我耍心眼。”

我爷爷反而平静了——与魏鸣之打交道这么多年，受到他不小的影响，越是紧急时刻越能显得平静。“鸣之兄，哦，长官，我可以请你离开这儿吗？这是我的客栈，你的入住经过我的同意吗？按你们的法律，我有权这么做。”

魏鸣之手腕一闪，手枪不见了，坐起，向我爷爷微微一抱拳。“子林兄勿当真，兄弟不过开个玩笑。子林兄，并非兄弟信不过你，实在是兄弟重任在身，不可有丝毫差错。不瞒子林兄，不出三日，兄弟、我们，就大功告成，城外那些……”

“明白。鸣之兄一到，我就知道事关重大。我也明白，鸣之兄一出手，局势就会逆转。”我爷爷淡淡地说。

“张子林，不是你，我早已死于日本人之手，故而你也是抗日英雄。然，此时同样国难当头，你若胆敢有丝毫背叛，我魏鸣之的子弹是不认人的！”魏鸣之说着从保险柜里拿出一根金条，“子林兄，兄弟也只能如此相报了。子林兄放心，青沙城解围后，全国秩序恢复后，兄弟和南京都不会忘记你。”

我爷爷没有推辞，像以前一样，接过金条。

回到楼下，我爷爷愁死了，事情已经很清楚，老范和魏鸣之，一个城外，一个城内，正在主导一场针锋相对的重大行动。论私人感情，我爷爷应该帮魏鸣之。魏鸣之当年孤身潜入被日本人占领的青沙城，与敌人展开殊死较量，身受重伤。我爷爷冒着危险救他，不过是尽了作为一名中国人的本分。即便这样，魏鸣之几年来一直视我爷爷为救命恩人，待他如兄弟，给过他无数帮助和荣耀。

“可是，毕竟是私人感情，我不能成为罪人啊。”我爷爷终于咬了咬牙，走向二楼最东头的房间。他默默念道：“鸣之兄，我并非背叛。我当年救你，是救英雄；现在，我是……”

补记：《青沙志》载，是夜，魏鸣之被捕。次日，解放军挫败青沙城守军一场重大阴谋。旋即，解放军入城，青沙城宣告解放。

原载《上海外滩》2021年第6期

四少奶奶

佟掌柜

石榴本是大少奶奶的陪嫁丫鬟，因怀了罗家少爷的骨肉，被收作四房，成了四少奶奶。

孩子刚满月，罗家老夫人便对她说：“这孩子呢，还是放大少奶奶房里养吧，毕竟她是你的主家，而且能识文断字。孩子由她带着，大家都放心。”

孩子抱走那天，天晌晴晌晴的。

大少奶奶陪着四少奶奶流了半天泪，对她说：“姐姐知道你难受，可是人家罗家有罗家的规矩，我们得嫁鸡随鸡，嫁狗随狗不是？妹妹尽可放心，我待你如亲妹妹一般，自然也不会亏待咱们的孩子。”

无论她怎么说，四少奶奶也不同意离开孩子。她哭得嗓子都哑了，哭累了就睡着了。醒来的时候，见孩子不在身边，又开始哭，哭得实在没了力气，又睡着了。

第二天醒来，她去大少奶奶房里想看孩子，竟发现大少奶奶抱着她的儿子连夜搬出了罗府。

大少奶奶只在罗家少爷回府的时候才回来。可是三年里，罗家少爷只回来过一次，仅仅住了三天。

那次，罗家少爷带着她们给老夫人请安的时候，四少奶奶看到了儿子。她想摸摸他的小脸，捏捏他的鼻子，见老夫人一直盯着她，不敢上前去。孩子在大少奶奶怀里咿咿呀呀地叫着姆妈，一声声揪得她的心很疼。大少奶奶在离开罗府之前，偷偷在她的妆奁里留下几锭银子。

三年里，整日坐在屋子里数着滴漏的四少奶奶，不知做了多少荷包、肚兜、围涎、喜帐，个个上面绣着婴童，有坐着的、站着的、躺着的，有哭着的、笑着的、玩着的，眼睛、鼻子、嘴巴好像会动似的。

三年里，二少奶奶在一个黄昏走出罗府后，再没回来。有家仆说，她和前街的篾匠私奔了。四少奶奶偶尔会羡慕她。

三少奶奶因生的女孩，又不招老夫人待见，在府中几乎无人问津。

下个月就是小少爷三周岁的生日。这天午后，四少奶奶坐在天井的石榴树下，在给儿子做的小裤子上绣红色鲤鱼，府外传来货郎甩惊闺的声音。她看箩筐里的丝线不多了，走出大门，想挑点针头线脑。

货郎的挑子前围了不少大姑娘小媳妇，四少奶奶不愿和她们抢，站在边上，拿着团扇来回扇着。货郎二十五六的年纪，皮肤黝黑，露在袖子外的胳膊汗毛很重。他的嘴像抹了蜜，哄得女人们纷纷往外掏钱。

好半天才轮到四少奶奶买东西。她挑了红、紫、蓝、灰几色丝线，又拿起一面拨浪鼓，摇了两下。

“夫人，您太有眼力了，我的拨浪鼓，可是杭州最有名的手艺人做的。您看看，这鼓面，这木槌，多好看。拿回去给小少爷玩，他一定开心，”货郎突然发现眼前这女人的眼圈红了，知道自己说错了话，立刻拿起一支檀香木盘花发簪，往她的头发上比画，“夫人，看看这簪子，和您最配了。像您这样好看的人儿真不多见。”

四少奶奶接过簪子，只见簪柱有些弧度，簪头镂空，鎏金坠上的石榴花俨然是一对，简直和她当年在丝帕上绣的石榴花一模一样。

天下竟然能有这么巧的事！

货郎看她拿着簪子瞧个没完，说道：“夫人，别犹豫了，这个簪子可是我亲手做的，您打听打听，我在杭州府做簪子可是一流的……”

“这簪子你做的？！”四少奶奶瞪圆了眼睛，问道。

“是我做的啊。”货郎对她的表情很诧异，偷偷又打量她几眼，在她鼓鼓的前胸上停留了下。

四少奶奶并没有注意到货郎的眼神，鬼使神差地问了句：“这个簪子我买了，你能再做个一模一样的簪子给我看吗？”

罗家少爷在儿子生日的前两天回来了。

小少爷生日那天，四少奶奶将两只石榴簪交叉着别在脑后，穿上她最好看的衣服，早早就等在大少奶奶门前。

一家人吃饭的时候，她拿出绣着石榴的荷包，想讨儿子欢心。没想到孩子立刻将小手背到身后，奶声奶气地说：“我娘亲说，不许随便要别人的东西。”

四少奶奶不甘心，又拿出前几日买的拨浪鼓，眼看着儿子的小手要接过去了，大少奶奶赶紧把他抱到怀里，像躲瘟疫一样躲过她的手。

拨浪鼓从她的手里掉了下来，跌跌撞撞地滚到一边。一屋子的空气突然凝固下来。

老夫人斜了她和大少奶奶一眼，将瘪嘴的孩子抱过去，哄了起来。大家看孩子在老夫人怀里撒起娇，又跟没事似的，吃饭的吃饭，喝酒的喝酒。

当天晚上，房里氤氲的水汽还没有完全散去，桌上的煤油灯时不时发出噼噼啪啪的响声，四少奶奶剪碎了为儿子准备的所有衣物，将从柴房偷来的煤油浇遍了屋子的每个角落。

等值夜的仆人发现时，大火已经映红了罗府的半边天空。

四少奶奶蜷曲的遗骸被蒙上白布抬出罗府的时候，货郎正在他落脚的破败宅子里，做着美梦。梦里，他扯下来看他做发簪的女人的小衣，还用她怀里揣着的散碎银子换了酒。

大少奶奶听到四少奶奶的噩耗后，哭得像个泪人。她将三岁的儿子摁到地上，逼着不情愿的孩子磕了三个头。

原载《天池小小说》2021 年第 1 期

上苍的注视

乔正芳

夜降临，团团灰云涌动着，遮蔽了大半个天空。远处的山、河流、村庄都隐藏在黑暗中了……世界，在战争的间隙里暂时处于一种安静的状态。

逶迤的山路上，走来几个模糊的身影。近了，一壮一少两个八路军，手里各牵着一匹战马。

年长的那个，大高个，长方脸，额头上一道伤疤很是显眼——那分明是子弹留下的纪念。身上的土布军褂很旧了，袖口刮开了一个大窟窿，随手朝上挽了两道，人看上去有点疲惫，但一双眼睛却依然坚定、有神。

年轻的那个，清瘦的小脸，耳旁有一道浅浅的刮伤，嘴唇上火了，起了几个小水泡。他觑着眼朝前看了看，露出欣喜的表情，回头朝年龄大的说，团长，翻过前面那个山坡，就是通向青城的大道了，咱们就可以骑马了！

那团长微微一笑，习惯性地朝四周看了看。

刚刚打了一场硬仗，费了很大的劲才把敌人击退了六十里。下一步该如何行动？下午接到师部密令，要团长趁夜返回师部，研究作战方案。战士小丁是本地人，比较熟悉地形，政委特意挑了他来护送。

通向师部的道路就在眼前了——

年轻的警卫雀跃着，团长，咱们上马吧！

团长“嘘”了一声，抬手朝前一指，一团身影蓦然闪入他们的视域——

两个人迅速拔出枪，慢慢靠过去。

土坡后，一个披头散发的妇人，一脸惊恐地望着他们——妇人怀里紧紧抱着一个五六岁的男孩。男孩闭着眼，软塌塌地躺在妇人怀里，鼻翼一张一翕的，呼吸很困难的样子。

妇人看清了他们的打扮，很是惊喜，八路军同志，快救救我们吧！

他们上前问明了情况，原来妇人是山后杨树凹的，男人上山砍柴时被日本鬼子杀死了，女人想带着孩子去桃源镇投奔娘家。可刚走到这里，便遇到几个小鬼子，她拉着孩子拼命跑呀跑，跌下山沟，腿摔断了……

团长默默听着，牙齿咬得咯嘣响，腮帮子凝成两团硬疙瘩。他弯下腰，摸摸孩子滚烫的额头，再将手指轻轻放在孩子的鼻孱边试了试，说这孩子烧得太厉害，只怕引起肺炎了。

团长迟疑了下，俯身抱起孩子，吩咐小丁，快扶这位大嫂上马，咱们先送他们母子到桃源镇看病。

小丁为难地看着他，说，团长，桃源镇离这里三十多里，和咱们要去的青城是背道，咱们要是先送他们的话，夜里十二点前肯定是赶不到师部的。

团长仰头看看天，灰云翻滚，大雨即将来临。他说就按我说的办吧，咱当兵打鬼子为了什么，第一不做亡国奴，第二就是拯救咱们的百姓于水火之中。

看着团长凝重的表情，小丁点点头。

团长解开上衣，将孩子裹在怀里，挥手一甩鞭子，马儿扬起四蹄，朝着桃源镇的方向飞奔而去……

凌晨一点十五分。

当李团长和警卫小丁气喘吁吁赶到师部时，所有人都惊呆了。继而，欢声雷动。

同志们纷纷围上来，抢着和他们握手，拥抱！

师长哈哈大笑着，一拳砸在了团长肩膀上，说老李、小丁呀，你俩的命真大！大家还以为你们光荣了呢！

怎么回事？团长和小丁一脸迷惑。

参谋说，我们刚刚截获了敌人的一份情报，原来我们下午的密令被敌人破译了，在你们回青城的大道上，他们埋下了地雷，设下了重重埋伏，誓要你们插翅难飞！但是他们做梦也没有想到，你们竟似得到了神灵的指引一般，绕道桃源镇安全回来了！

李团长和小丁明白了，他们相视一笑。小丁眼里含泪，激动地说，团长——

李团长也笑了，他说，天意，天意呀！自古得道者多助，失道者寡助，请同志们放心吧，我老李死不了！正义的战争还没打赢呢，上天殷切的目光正注视着我们！

说得好！大家齐声鼓掌。

师长微笑着递过来自己的搪瓷杯，说先喝口水吧，歇一会，马上开会！

夜深沉，他们围坐在地图前，谈着，画着，研究着……

灰云一点点散去，东方，渐渐露出了曙光。

原载《小说月刊》2021年第6期

铃 铛

孙传侠

儿子把母亲从乡下接到城里。儿子说：娘，说啥也不能让你在乡下住了。你在乡下，儿的心就跟着你在乡下。儿干什么都丢三落四的。娘啊，儿子不能丢三落四啊！娘听了点了点头说：好吧。

儿子的房子挺大，装修得很漂亮。母亲七十了，满是皱纹的脸，笑起来满脸都是花瓣。母亲来跟儿子享这样的福，很知足，母亲觉得以前受的那些苦，值，太值了！

母亲的卧室和儿子的卧室对着门，中间隔着挺大的客厅，儿子觉得这客厅就像岸，和母亲隔着，心里不踏实。真不踏实。儿子担心夜里自己睡得沉，母亲若有事叫他听不见，怕误了事，不好。儿子想了一个办法，他专门，买了一个手机。他把自己的号码输进手机，对母亲说：娘呀，夜里你若有事叫我，你一按这个绿色的小钮，我床头上的电话就响，我就立刻到你身边。娘接过手机，在手里翻来覆去看，说：孩啊，我不会用它啊。我的眼早就花了，哪知道什么红什么绿呀！看看母亲常流浊泪的眼睛，儿子的心头说不出的怜惜。

那怎么办呢？儿子看了看手机，把手机丢在了一旁。儿子养成的习惯，不论做什么事，一定要做好。儿子想，我咋能让这点小事难为住了！儿子就在屋里走，走着走着，儿子一拍手，自言道：有了。回身走到衣柜子前，拉开抽屉，从里面拿出六七个拴成一串的小铜铃。母亲看见儿子手里的小铃铛，脸上一惊，接着就笑了，说：孩啊，这不是你小时候我给你钉在虎头帽上的那串小铃铛吗？儿子说：是啊娘，就是那串小铃铛。

娘从儿子手里接过那串小铃铛，仔细端详着，小铃铛已经生出黑色的锈，蕴着尘世的痕迹，但露着碎镜片一样的铜光。说：你真是有心啊，都过去几十年了，你还留着呢。

儿子说：是啊，我把这串铃铛从虎头帽上摘下来，就一直把它搁着。刚离开家那几年，我常想家，想娘，就把这铃铛拿出来，晃晃，丁零零地响，像山歌，好听呀。一听到这声音，我就像回了趟家，回到了娘的身边，我心里就不慌了，就踏实了，好像又找到了自己的根。儿子说完就对娘笑笑，儿子也笑出了一脸的细纹。

母亲看着儿子，是啊，这么长的时间过去了，人哪能不老呀。儿子鬓角已经花白了，看着儿子的华发，娘无限感叹：过得多快呀，一晃几十年过去了。儿子说是啊。母亲问：儿啊，还记得小时候娘给你做的那顶虎头帽吗？儿子说：记得，咋能忘了呢？那是顶红色的虎头帽，是娘用结婚时穿的红缎子褂子改做的。

娘听了点了点头说：是啊，那时你只有五六岁，虎头帽的尾巴上，顶着这串小铃铛。你小时候特调皮，走路不老实，到哪里都是一路小跑，那帽子上的铃铛，就会在你脑后叮叮当当地响。老远，娘就知道你回家来了。那个时候，我找你不用眼睛而是用耳朵啊！一听铃铛响，娘就知你在哪。

看儿子摆弄着小铃铛，娘问：你找出这铃铛做啥用？儿子拿出一根长绳，拴住铃铛，对娘说：我把铃铛挂在我床头，绳的这头系在你床边，你夜里若有事叫我，一拉这绳，铃铛就响，我就会很快到你床前。娘看着儿子笑了，皱纹里满是甜润，满是幸福。

有一天深夜，儿子正在睡梦里，突然被一阵铃声惊醒。儿子折身坐起，下床就往娘的床前跑。看到儿子急慌慌的样子，娘不好意思地说：我儿，你别慌，我没事。儿子不相信，没事是不会拉铃铛的啊！儿子用手拭了拭娘的额头，额头不热啊，娘的脸色红润，神情安然。儿子纳闷了，问：娘，你到底哪儿不舒服？娘说：我没事，我真的啥事也没有。

儿子觉得娘没有给他说真话，就假装生气说：娘啊，你没事咋会拉这铃铛呢？这铃一响，我就知道，你肯定有事。你是不是怕儿子害怕，不愿告诉儿子？母亲看儿子那慌乱的样子，就宽儿子的心说：娘不会有事的，娘还等着抱重孙，给重孙做虎头帽呢！儿子看娘真的安然无恙，悬着的心就放下来了。

可儿子还是有些不放心，就说：娘，你哪儿不舒服，或有什么事，你说就是。娘听儿子这么说，脸红了，说：我还真的有点事。儿子一听母亲这么说，说：娘，是什么事？你尽管说！娘指指窗外说：我看天亮了，是叫你起床呢。儿子一听，哎了一声说：娘，我定好了闹铃，还没到起床时间呢。

娘说：孩啊，以后别叫司机来接你上班了，别坐你局长的专车了。儿子更不解了，问：娘，为什么啊？

母亲说：孩子，娘想以后每天早上就拉铃铛叫你起床。娘想让你早起会，让你走着上班。

儿子笑了，说：娘，你是不是想叫我给公家省油啊？！

娘说：不是的，娘就想让你健健康康的，让你清清白白的。再说了，长脚是干什么的，是为了走路的啊！有很多当官的你知道是从哪儿开始变的吗？

儿子不解：从哪儿啊？

母亲说：是从自己不愿意走路上。所以说他们一步走错就步步都错了。再说了，给公家省油不好吗？

儿子说：好啊，当然好啊！

娘说：就是啊，所以说，人要想不忘本，就得常到地里种种庄稼。可这里是城里，没有地，那你只好走路了。

儿子知道娘想给他说什么，就说：娘说得对，以后就听娘的铜铃起床，走着路上班。

娘开心地笑了，说：孩啊，就是啊，从咱家到你单位一共没有二里路，步行也就十来分钟，你天天让人来接你上班，娘在为你担心啊！

儿子说：娘，你放心，以后，我就每天都步行着上班！

听儿子这么说，娘脸上开出了花一样的笑容。

原载《嘉应文学》2021年10月刊

小丈夫

李占梅

初春的风乍暖还寒，偷摸着吻醒了万物生灵，草丫、榆叶争抢着冒出了头。玉梅的一双杏眼肿成了馒头，泪眼中望向窗外，不由轻叹一声，还不如活成这草叶来得痛快。

鞭炮声一路响来。小丈夫爬上炕，眉眼间的笑带着一股子未成年的青涩味道，潮水般溢了出来。他把手伸向玉梅的腿和腰间，勉强抱起。他太小了，不满十七，就像四五月刚栽下的杨树苗，瘦弱、单薄。一米五的他抱着一米七的玉梅，没走几步，头上就渗出了密密的汗珠，喘出的长气蝇子般飞到玉梅脖颈，玉梅扭动了一下身子，脚被门轩子绊了一下，一个趔趄，两人重重地摔在了正等在门口接亲的有贵身边。

尴尬、哄笑声中，有贵迅速抱起玉梅，说了一句“得罪了”，玉梅就被轻轻放到了马车上。

新婚夜，小丈夫刚挨着玉梅躺下，玉梅猛地坐起，袖口中甩出寸把长的刀子，刀尖直抵小丈夫胸口：最好别碰我，否则我阉了你。小丈夫一言不发地躺下，纹丝不动。过一会听见屋外有动静，小丈夫知道是母亲派来听房的，眼珠子转向玉梅，见玉梅一副沉睡的样，摁住玉梅的胳膊，嘟起的嘴猛啄向玉梅。静夜中，那声音，像铁蛋子砸在了水泥地上。

一晃一年多过去了，玉梅的肚子不见一点动静。公婆着急，话里话外奚落玉梅，说花大价钱买来的母鸡不会下蛋。玉梅装没听见，坐在窗前剪窗花。玉梅一边剪，一边唱：大青山高来乌拉山低，人里就数哥哥美。金花银花铺满地，十顷地里挑中你。对对鸳鸯展翅飞，巧媳妇（该）配个好女婿。歌声带着玉梅不经意的叹息飘到了院子里，飘到了院子里正放羊回来的有贵身上。有贵厚实的大脚板子就不会走路了，两条健硕的大长腿像被寒风刮的树叶，晃了又晃。

有贵是小丈夫母亲的远房侄儿，从小没了爹娘，是小丈夫母亲拉扯大的。

玉梅剪窗花就剪一个颜色，红色。玉梅剪窗花就剪一个花样，一男一女靠在一起的头像，女的是她自己，男的不是小丈夫。剪完了，也不往窗上贴，拿手里看着，看半天，往嘴上一抿，然后填灶膛，灶膛里“轰”地拱起一股焰火，照亮了玉梅红艳艳的唇。

玉梅哀叹自己的命运，要不是赶上灾荒年，又给哥哥娶媳妇，父亲也不会为了几个彩礼，就把自己许给比她小四岁的小丈夫。

每个月玉梅都有几天难受的日子，“来事”时肚子疼得只能像个虾米窝在炕头。婆婆高声喊道：这是女人病，生了孩子就不疼了。你倒是生一个啊，女人没这点本事还叫女人。

小丈夫沏一杯浓浓的红糖水端给玉梅，玉梅正心烦，一挥手打掉，热水溅在玉梅手上，手上立时起了泡。小丈夫慌慌地喊：有贵，快拿獾子油来。有贵跑进来，小丈夫托着玉梅的手，玉梅不再挣扎，看有贵把獾子油抹在手上，小丈夫嘴里一边“嘘嘘”着，一边叮嘱有贵“轻点，轻点”。有贵眼角余光一瞟，玉梅双眼一瞥，两片眼光就像天上的白云粘在了一块。

几天后，小丈夫对爹娘说：爹，我去找镇上的王医生看过，不是玉梅，是我的毛病。你们放心，毛病不大，孩子会有的。你看，这是王医生给我开的药。

那以后，爹娘对玉梅立马换了笑脸，有一次娘还叫了玉梅一声“闺女”。

玉梅牙咬得咯嘣嘣响。夜晚，大通炕上，两套嫣红的铺盖之间依然横放着那把刀子，刀尖依然对着小丈夫。别指着我领你情，我就盼着你家早点休了我。

又是一年过去了，小丈夫毫无征兆地失踪了。爹娘就互相埋怨，都是你着急要孙子把儿子给逼走了。玉梅不难过，反倒有一丝轻松。不久，爹娘病倒，有贵和玉梅倒也伺候得上心，可终归解不了思儿之苦，先后相继离世。

偌大的院落里就剩了玉梅和有贵。玉梅对有贵说：我要等他回来，等他把我休了，我要你光明正大地把我抱上你的马车。

几年后的一天，村里来了一个大个男人找玉梅，说小丈夫在前线和敌人交火时被俘虏了。玉梅咬牙切齿地问：他当了叛徒？！我就知道他不是个爷们。大个男人说：不，他把敌人引入了我们的埋伏圈，他和敌人同归于尽了。玉梅愣了一下，讥笑道：怎么可能是他，他胆子那么小。大个男人从怀里掏出一个布包，说是小丈夫的贴身之物。打开布包是一个纸包，纸包里是一张剪纸，是玉梅剪的一男一女脸挨着脸的头像。

玉梅大病了一场，老觉着心口疼，吃了好多药不管用。有贵伸出手：我给你捂捂吧。玉梅杏眼一瞪，从褥底抽出一把月牙镰刀，镰刀直钩有贵的脖子：别碰我，我是小丈夫的女人。

原载《小小说月刊》2021 年 8 月上半月刊

淘　金

蒋冬梅

来莫力达瓦淘金前，八金没见过金子。摊在掌心里的，都是石子大小的碎银子。他想，金子大概像太阳那样，发着刺眼的光，烘烤着人的眼睛。

从前，他只知道冰底下有陷阱，不知道草底下也有。向导带着淘金人从雪地横穿漠河的密林时，一座座盖着雪的土包像坟丘那样寂静。这样荒无人烟的地方，不可能有这么多死人，那不过是沼泽地里的草墩子，因为形状像塔，当地人都叫塔头墩子。大雁来的时候，冰雪化净，脚下的路也会一起化冻，变成水草甸子，留不下一个脚印。淘金人进一次山，就得待足春夏秋冬一个轮回，再到隆冬时节，草甸子才能再次冻成一条路。

在望不到边的草甸子里，八金突然被什么绊了一下，脚下一块石头不像石头，枯木不像枯木的东西横在那。有人用棉袄袖子给拨拉掉积雪，一张笑脸露了出来，那人冻得硬邦邦的，也不知死了多久，手里的烟袋锅还装着烟。八金说那张脸咋又像笑又像哭呢，向导见怪不怪地说，都冻成鬼脸了，等天暖一化冻，这人就倒了，慢慢地沉到甸子里，一年就烂成泥了。八金听得心里一惊，想到那塔头墩子底下，不定沉了多少个人，他越看越觉得塔头墩子像坟丘。

金场虽然是淘金子的地方，却没有一丝富贵的样子，一溜土房子，顶上盖着烂了的干草。晚上点一盏蒙着羊皮的马灯，屋里暗得像快要灭火的灶坑。吃饱喝足的时候，熏人的脂粉味就飘过来了，有女人站在炕前冲着八哥说："哥，办不办？"八金看出来这是个卖炕的，就问："什么价？"女人倒也痛快："你看着赏。"她背对着灯光，只能大概看清个轮廓，不瘦也不矮，眉眼不妖道。见八金没动弹，女人也不劝，转身上南炕问去了。临出门时，她瞟了八金一眼，虽然看不清眼神，可那意思里有几分怨。八金心里一向防着这些女人，可又让那一眼弄得心痒，夜里他焦躁得睡不着，像一只烧饼似的在炕上翻腾。

每次淘到狗头金，金主就摆流水席，任淘金人敞开了喝酒，喝醉了没处泻火就赌钱。最后，输红了眼的，账算不明白的，一句话呛了人的，全打一块去了。来淘金的人，很多都是亡命徒，或者背着人命，或者欠着赌债，打起架来都是不要命地上。工头调和不了，干脆放一群女人进来，这就像朝旺火里扬了一锹煤，火头暂时压下去了，隔一会儿另一股火头又上来了。

为了抢一个女人，俩淘金人滚一块去了，被争抢的那个女人，反倒抬腿上了炕，扯过酒碗喝上了。八金瞄见她的脸，正是那天他问价的女人，这会桌上的灯正照着她，看着比灯暗的那晚好看。女人一边喝酒一边叫着好说："正好化冻了，打死了就往草甸子里一扔，也不用埋，塔头墩子给你俩当坟头儿。"

金场边的林子里也有好多坟头，有淘金人的，也有那些女人的。八金看到坟前空空的，连块墓碑都没有，就叹了一句："竖块木板写上个名字也行啊。"老淘金人都笑他："要名字干啥呀，野草一样的人，能有人给起个坟头就不错啦。"八金想起草甸子里的那张笑脸了，化冻了，他应该倒下了，沉到土里了。

谁也不知有多少人沉到草甸子里了，都是偷了金子想跑，又没从草甸子里逃出去的人。人穿过草甸子时，像兔子一样在塔头墩子上跳，远远看去像踩着一个个黑色的头颅。夏天，有人在甸子里挖塔头墩子回去垒院墙，挖一锹唱一句："掘一座坟，再掘一座坟……"挖着挖着，就挖出一截人腿骨头。要是赶上哪座塔头墩子塌了，眨眼就会把人吞下去，旁人赶紧手扣着手往外拉，拉不动干脆割开裤带，光不出溜把人拉上来。

淘金人偷金是赌上命的事，可淘金人没有不偷金的，偷了金又都花在女人身上。下工的时候，淘金人脱成光腚往外走，到卡口有人掰开嘴查看，手指伸进屁眼耳眼里搜。八金用线绑着一截羊肠子，装了金砂生生吞下去，只留一段线头压在舌头底下，等回去后假装上茅房再抠嗓子呕出来。一回只偷两指能捏住的金砂，慢慢地攒了一小把，想来想去找不到地方藏，夜里他钻进那片没有墓碑的坟地，把金砂埋在一座坟头前，上面扣一坨塔头墩子。

偷金的下场都是死路一条。有一天，工头掰开八金嘴检查的时候，扯住了那根线，拉着一截羊肠子，把金砂拽了出来。掌柜的也不打，也不骂，反而告诉人给他吃顿好的，再问问他还有什么念想。

八金喝光了送来的酒，醉意上来了，突然想起那个女人来。他们就把那女人叫了来，八金心里又痛又悔，哽咽着问那女人："妹儿，什么价？"那女人怔了一下，突然掉了泪。八金光着身子抱住那女人，像捧着一只没尝过的果子，明明闻着香，却张不开嘴咬了。

八金埋进那片没有墓碑的坟地时，那女人也跟在后面，照着八金的话，她找到了那座坟，坟前真像八金说的那样，扣着一坨塔头墩子。那边人们正忙着给八金挖坟坑，这女人却走过去，捡起那块已经干枯的塔头墩子，用力扔了出去，砸在草甸子里溅起一片水花。她说了一句，都是金子祸害的，然后头也不回地走出了坟地。

原载《北极光》2021 年第 5 期

牛年形象大使

卢　群

为使牛年有个好的运势，虎大王集思广益，决定由牛担任形象大使。

接到通知，牛家庄立刻召开会议，要求大家不辱使命，将最最优秀的牛推举出来。众牛一听，全都陷入了沉思。经过认真思考，投出了庄严而神圣的一票。水牛选的是奶牛，认为奶牛吃的是草，挤出来的是奶，付出要比得到大得多。奶牛选的是黄牛，认为黄牛既能拉车又能犁地，是农民伯伯的好帮手。黄牛选的是牦牛，认为牦牛浑身是宝，藏民的衣食住行离不了。牦牛选的是水牛，认为水牛忠于职守、任劳任怨。

四头牛四张票，不分伯仲没有高下，报谁好呢？牛庄主犯了难。牛夫人建议：“都报上去吧，由虎大王定夺岂不更好？”

“对，还是夫人高明。”牛庄主眉头大展。

“胡闹，我让你们推举形象大使，不是组团旅游，报这么多牛干啥？”虎大王勃然大怒。

“大王，这事交由我办，保管您顺心如意。”一旁的狐狸主动请缨。因为“狐假虎威”的事儿，狐狸一直担心老虎打击报复，做梦都想戴罪立功。

“你？好吧。”虎大王答应了。

狐狸立刻找到蜗牛和天牛：“喂，你们想不想当形象大使？”

“想啊，可是谁会选我们呢？”蜗牛和天牛沮丧地说。

“我有办法。目前黄牛水牛牦牛和奶牛各有一票，以我对他们的了解，一旦认准了的事绝不会轻易更改，要不怎么叫犟牛？你们如想胜出，两张票必须投给一个人。”

“这……”蜗牛和天牛低下了脑袋。

“形象大使有一笔数目可观的奖金，如果蜗牛当形象大使，那么奖金就归天牛所有，这样都不吃亏，怎么样？”

“这……”蜗牛和天牛还是举棋不定。

“不同意拉倒，形象大使本来也没你们的份儿！”狐狸生气了。

“同意，同意！”见狐狸拔脚要走，蜗牛和天牛连忙答应。

“这还差不多。”

当即，狐狸就将蜗牛和天牛带到选举现场，并主持了新一轮的选举。结果如狐狸所料，水牛黄牛牦牛和奶牛仍然各得一票，蜗牛因为有两票入账而高居榜首。

“胡闹，蜗牛怎么能当形象大使？”看到上报的名单，虎大王非常生气。

“大王，请您息怒。”狐狸连忙凑上前去，“大王，明年不是虎年嘛，以您的魅力和威力，形象大使肯定非您莫属。您想啊，如果蜗牛是牛年的形象大使，那么到了虎年，您老人家威风凛凛地一亮相，还不把他比到尘埃里去！”

“嗯，那就这样吧，民意不可违。”狐狸的一席话，说得老虎心花怒放。

原载《杂文月刊》2021年第3期

兄　弟

李海燕

二宝说完，爹看向我，一人要 96 元钱？我看见爹的白眼球上有几条红血丝。对，俩人 192 元。二宝答道。娘的手哆嗦了一下子，手里的水瓢歪了，水洒出来一些。

爹坐在八仙桌前，卷了一根老旱烟，吧嗒吧嗒地抽着，烟灰落在像长了麻子一样的桌面上。

我突然说，我要退学，出去打工挣钱。娘吃惊地看着我，再有一年就高考了，说不念就不念了？

二宝说，大哥退学，我也退。我说咱俩分工，你念书，我挣钱供你。二宝身子一挺，没得商量。

娘对爹说，当家的，你倒说句话呀！爹吼了一句，别起哄，明儿个一块儿上学去。爹说完扔掉烟头，出了家门。

夜像一把锁头，锁住了村子的喧嚣，就连我家爱叫的老黄狗都闭上了嘴巴。爹的鼾声长长短短地响着，二宝的磨牙声此起彼伏，只有娘安静地躺着。我的手心里攥着 96 元钱，怎么也睡不着了。

爹回来时，啥也没说，把手里的钱一分为二交给我和二宝，就躺下了。我和二宝都没问爹的钱是打哪儿借来的，问了爹也不会说。

借着朦胧的月光，我看了一眼北墙上嘀嗒嘀嗒走着的挂钟，已经快凌晨三点了，我悄悄爬起来。娘说，干啥去？我一愣，随口说，上厕所。我抱着衣服溜出房门。月光落满院子，我攀过豁牙一样的矮墙，向东边的山上跑去。跑到半山腰，我停下来，回头望去，那座低矮的土坯房被树木遮挡住了，只露着房顶上那根高高的烟囱。我突然想哭，眼泪在眼眶里撞了几个来回，被我硬生生地憋了回去。我咬咬牙，顺着那条出山的蜿蜒小路，走了。

我每天在脚手架上爬上爬下，每个月把赚的钱寄给爹，后来直接寄给上大学的二宝。二宝每次收到钱都给我写封信，信的末尾总要写上一句，大哥，你的恩情我要用一辈子来报答！

我用自己满是老茧的手给二宝写回信，咱俩孪生，你念书就等于我念书，好好念，将来找个好工作，娶个漂亮媳妇。

二宝的书念得很好，大三那年入了党，当上了学生会主席。每年的暑假，二宝都会来工地看我，并在工地做一个月的临时工，每天我俩挤在一个被窝里，像小时候一样踹着脚丫子。二宝毕业前夕，我接到他的一封信，信里夹着他和一个姑娘的合照。二宝告诉我，他要随女朋友去陕西。不是和我商量，就是把决定告诉我一声，最后说，爹娘就交给你照顾了。我心里别扭了一个晚上，第二天早晨起来，我理解了二宝。

二宝去的是陕西的一个贫困县，他的仕途比较顺畅，当年考上了公务员，在县政府机关做文秘工作，三年后成了办公室主任。二宝决定结婚了，婚礼定在当年的国庆节。我高兴得像自己要娶媳妇似的，把仅有的一万元钱寄给了二宝。二宝把钱退了回来。我又寄过去，我说再退回来，咱俩就不是兄弟了。二宝说，你一定把爹娘带来参加我的婚礼。我说必须的。

结果工地赶工期，我没请下假来，没我领着，一辈子没走出过大山的爹娘，自然也去不成千里迢迢的陕西。那天我约了几个老乡，在一个小饭馆里破天荒地奢侈了一把，我把自己喝得酩酊大醉。

二宝去陕西后，我开始谈恋爱，女友是一个饭店的服务员。我和女友在市区租了一间房，我俩每天早出晚归，拼着我们的未来。有一天我接到家里的来信，信中说爹腰疼，地里的活儿干不了了。我说服女友，在外漂泊十三年后，登上了回家的列车。

我订婚时，选择了“五一”，是因为考虑到二宝有个小长假，那时候二宝已经是副县长了，自从他去了陕西，我们就没见过，弟妹也只在照片上看过。

二宝告诉我，他在一个叫万家沟的乡镇搞扶贫，事儿太多，实在抽不出时间回来。我说，那就等我结婚时回吧。二宝说，一定回！

我结婚那天，二宝也没回来，只给我寄来一床红缎面被子，喜鹊登梅的图案，挂牌上有二宝写的一行字：我实在难以成行。大哥，你一定要幸福！爹气得把烟袋扔了，骂二宝忘恩负义，对不起我这个重情重义的大哥。娘也说，即使官身不由己，也不该这样薄情寡义呀。这次我没替二宝说话，心里结了一个疙瘩。

自从我结婚，和二宝的兄弟情就渐渐地薄了，我俩就像两条平行的铁轨，各行其道。有时候想他，我就把自己灌醉，从不主动联系他。二宝除了一年三节，在电话里问候我和爹娘，平时也很少和我们联系。

有一天晚上，看电视的妻子连声喊道，大宝，你快来，二宝上电视了。我忙跑过去，见二宝正在接受采访，问的答的都是二宝扶贫的事，原来二宝刚刚参加完全国劳动模范表彰大会归来。有几个镜头展示着二宝的生活日常，一双露着几个窟窿的袜子、一双开了胶的胶鞋、一顶破草帽……再看二宝，穿着一件浅灰色的夹克衫，黑瘦黑瘦的，发际线已经退到头顶，这哪儿还像印象中二宝的样子，我的眼泪流了出来。

我让妻子把二宝送给我的那床被子拿出来，我抱着被子，跟电视里的二宝挥着手，二宝，我过得很幸福。

原载《辽宁日报》2021 年 4 月 28 日

银针过穴

魏传军

古薛老街有个回春堂药铺，坐诊的先生姓张，是个老郎中。他有两个徒弟，大山和小山。大山胆大，悟性好，擅长用猛药；小山谨小慎微，方子比较温和。望闻问切，大山凭经验，小山辨证论治。

庚子年的秋天，古薛发生了洪涝灾害，大水过后腹泻蔓延，病人挤满了回春堂。大山和小山接诊，老郎中按方抓药。大山和小山诊断完最后一个病人，天已经黑透了。

打了烊，小山沏了一壶铁观音，老郎中在桌子上码了两摞银圆。大山拿起一摞银圆，走了。小山给师傅敬完茶，拿起银圆，走了。

在来回的路上，小山看见衣衫褴褛的病人，就念叨：药渣。

翌日，来回春堂瞧病的人少了一些。又一天，又少了一半。再一天，更少了。病人在逐日减少，奇怪的一幕发生了，来瞧病的都是穿着讲究的人。他们情愿排号等着让大山开方子，也不愿找小山看病。老郎中照方子抓药，放在戥子里称重，然后包药，嘱咐一下病人。

又一日，打了烊，小山又沏了一壶铁观音，老郎中在桌子上码了两摞银圆。大山拿起银圆，看都没看小山一眼，走了。小山给师傅敬完茶，走了。

连续三天，都是一样。不过后来两天，是老郎中拿起银圆放到小山口袋里的，小山是被动接受的酬劳。这一天，打了烊，大山拿起银圆，掂了掂，说，银圆，银圆啊！我受之有愧。大山是说给小山听的。小山顿时羞红了脸。

在接下来的日子里，这一茬得了腹泻的病人陆续都好了。老郎中想把他的锦囊，传授给其中一个徒弟。大山暗自得意，他想，我的医术比小山师弟略胜一筹，师傅肯定得把锦囊传授给我。

中秋节的晚上，师徒三人，赏月小酌。酒过三巡，菜过五味，肠子烘热了。在酒桌上，老郎中说要把锦囊传授给小山，还有一本他自己编写的《针灸歌诀》。大山傻了，醉眼蒙眬地看着老郎中，说：

师傅，您老人家偏心眼儿。

说说，我怎么偏心眼儿了？

我的医术比师弟高明。

没错，你的医术的确是比你师弟高明，可是你的方子里缺少一味药。

我们俩开的是同样的方子，怎么我的方子里就缺少一味药了呢？

方子是一样的不假，但你师弟的方子，把该熬两泡的，改成了熬一泡。

这说明，师弟不诚实，欺骗患者。

错，这正是你缺少的那味药——仁心。

大山一脸疑惑地看着师傅。

一些抓不起药的病人，捡拾扔到地上的药渣熬，喝了同样病也好了。

大山口服心不服。

我也想施药给病人，可是施了药，我们的药铺就没本钱再买药了。你师弟这样做，也正是我想做的。

因此，大山心生妒忌，明里斗不过，躲在背后钉楔子。这之后，老郎中告老颐养天年，大山与小山另起炉灶，在老街各自开了回春堂药铺。大山的诊费和药费都比小山的贵，药铺门前却停满了车马。小山的药铺，出来进去的大多都是引车卖浆者。

慈禧垂帘听政那会儿，突然有一天，小山被太监传唤进宫。进了皇宫，小山看见齐刷刷跪在地上请罪的御医，才知道自己是来给宠物瞧病的。

来时，城墙上，还挂着几个被砍下的郎中的头颅。

小山艺高人不惧，他抚摸着狗头轻轻地梳理身上的毛发，并在相关的穴位上抓挠、点压按摩，附在小狗的耳朵边好像念咒语，然后从锦囊里拔出银针，照着小狗的人中、内关、后三里、指间、趾间的穴位扎了下去……沉稳娴熟地下针、运针、转针、指捻，等等一连贯的针法，一气呵成，好像琴师弹奏一曲《春江花月夜》，让人听得痴迷，看得眼花缭乱，就在人与狗沉浸在悦耳的琴声里，还没走出来的时候，小山已经收针把银针放回锦囊里了。

慈禧养的宠物狗是花粉过敏导致的暂时性休克。小山用银针过穴之术，治好了狗的病，慈禧“龙颜”大悦，说了一个字：赏。

又到了中秋节，小山音信全无。大山一个人孤独地对月独酌，一壶酒下肚，大山流着泪说，师傅我错了，我不该陷害师弟，向官府举荐小山去皇宫……突然，大门被推开了，小山擎着御赐的金匾闯进来。大山怔怔地看着小山，以为自己在做梦。小山点燃了三炷香，把《针灸歌诀》摆放在师傅的遗像前。大山这才回过神来，二人跪在地上祭拜了师傅，小山搂抱着金匾睡着了。大山趁小山睡着了，拿起放在桌子上的《针灸歌诀》偷学，看着看着上下眼皮一碰，也睡着了。

醒来后，大山受了穿堂风之毒，嘴歪眼斜中风了。

小山从锦囊里拔出了银针。

原载《小小说月刊》2021 年 2 月下半月刊

义　匪

赵明宇

王大榜这辈子命苦，六岁那年拉着母亲的手，随着拥挤的人流逃难，不幸跟母亲失散了，被一个打拳卖艺的江湖人收留，改姓王。虽说跟着江湖人学了一些拳脚功夫，却改变不了饿肚子的现实。民国十三年，他去广府贩卖大蒜被劫，想想自己活得这么窝囊，就从手推车上解下一根麻绳，到路边小树林里上吊。

人倒是没死，被在树林里歇息的拾粪的吴老汉救了。吴老汉把他背到车上，拉到附近的家里，给他灌了一碗姜汤，说，年纪轻轻的，你死了，上对不起老人，下对不起孩子，有能耐就给我活着，活出个人样来。

一句话，刺激了王大榜。王大榜就投奔盘龙寨，做了土匪。依仗着胆大心细，又有武艺在身，王大榜每次出去打劫，都出奇顺利，三年时间就坐上了老大的金交椅。

王大榜打劫方圆百里的富裕人家，但却有一套打劫的规矩，从不竭泽而渔。每次都要给富裕人家留一部分钱财，从不全部取走。王大榜每每得到山珍海味，总忘不掉吴老汉，让喽啰给吴老汉送吃送喝，说没有吴老汉，就没有他王大榜的今天。

元城的富裕人家很是头疼，睡觉都想着除掉王大榜这个心头之患，便集资，把三大筐银圆送给县长马润昌，说我们愿出剿匪之资。马润昌正闲得和三姨太打情骂俏，马上就带人围剿王大榜。

可是王大榜像个泥鳅，几次围剿都扑了空。有一次回来的路上，围剿军反被王大榜袭击，还牺牲了七八个士兵。

就有人给马润昌出主意，说王大榜虽然狡猾，却很讲义气。吴老汉是他的救命恩人，如果抓了吴老汉，自然能引来王大榜，到时候来个守株待兔，岂不妙哉？马润昌听了，抿一下八字胡说，就依你，把吴老汉绑了，押到西城门外砍头。

法场上，吴老汉以通匪罪问斩，围观的人群水泄不通，来看吴老汉人头落地。午时三刻，马润昌和官兵们绷紧了神经，等着王大榜现身。马润昌说，都说王大榜讲义气，我看他讲个屁。

话音刚落，王大榜大喝一声，走向法场，说只要你放了吴老汉，我甘愿伏法。

马润昌来了精神，没想到这么容易就抓住了王大榜。马润昌哈哈大笑，一边让人把王大榜收监，一边放了吴老汉。

马润昌想好了，抓住王大榜，向上级汇报，可是立了大功。

可是做梦也没想到的是，第二天到监牢一看，只剩下一节绳子。这王大榜会土遁？马润昌魂飞天外，差人再去缉拿吴老汉，可吴老汉的大门挂了一把锁。

更没想到的是，这天半夜，马润昌抱着三姨太睡得正香，却被一伙蒙面人绑架了。等他睁开眼睛，已经到了盘龙寨，坐在他面前的，正是王大榜。

王大榜说，马县长，这次绑你，我不撕票，你放心，我只是告诉你，以后不要找我的麻烦。你做你的官，我做我的匪，井水不犯河水。

马润昌说，你说得倒好，你的职责是打劫，我的职责呢，是保一方平安。就像鼠和猫，缉匪是我的职责。我知道你重义气，可是我拿着俸禄，也要尽职尽责。今日被你掳来，我也没脸回去了，只可惜我那老母，年逾八旬，无人奉养。说完，撞柱而死。

王大榜大吃一惊，随即让人厚葬马润昌。

这时，三姨太的热身子贴过来，娇喘着说，爷，既然你把我抢过来，以后我伺候你，是你的人了。王大榜吸吸鼻子，推开三姨太说，你还是走吧。

给了三姨太十块大洋，望着三姨太拧着杨柳细腰出了寨门。

王大榜放心不下的是马润昌的母亲，让喽啰打听到马润昌的老家，亲自登门，送一些银钱。马润昌的母亲瞎了，听得门响，说道，润昌，是不是你回来了？

王大榜拉住马润昌母亲的手，却发现老太太手臂上的银镯子，还有一个熟悉的疤痕。王大榜脑海里想起小时候逃难的那一幕，他拉着母亲的手腕，母亲戴的就是这个银镯子，还有那个疤痕。

王大榜心里咯噔一下，泪眼婆娑，扑跪在老太太面前，扯着嗓子喊了一声娘。

原载《小小说月刊》2021年9月上半月刊

1939年的黑胶绸

汪建波

一群不速之客，走进江州织造。为首者脸宽肩阔，魁梧壮实，头戴毡帽，里着唐装，外套西服，举手投足气度不凡。

兵荒马乱的年月，纺织业概莫如此，广开销路才是王道。金善文在总经理的位上，深谙其理，不敢怠慢。

为首者倒也爽朗，开门见山道："我等自上海来，做国际贸易，尤以绸缎布匹擅长。"说罢，双手奉上名片。金善文接过一看，上书"中华国际株式会社董事长马保国"，迟疑片刻，连忙引至贵宾厅。

用过茶水，马保国直奔主题："贵公司拳头产品黑胶绸，有数百年历史，乃中华之瑰宝，古为皇室贡品，现今南洋人盛崇之至。"

说到黑胶绸，金善文心头咯噔，此乃日本人禁销物资，万不敢私下交易。一阵哈哈后，道："我公司从南海内迁华中，产量走低，库存赤字，在下爱莫能助。"

马保国也是一阵哈哈，递过眼色，随从将精致的密码箱放在金善文跟前，打开，满满一箱黄鱼。

金善文眼花缭乱之际，马保国抿一口茶水，慢腾腾地说："盛世置地，乱世藏金，一点小心意，不成敬意。"

金善文取出一根金条，掂了掂分量，看了看成色，立即吩咐下去："拿样品，让马兄过目。"

样品取至，马保国的另一随从，一手握着放大镜，一手轻抚绸面，细细品鉴，似是自言自语道："珍珠光泽，柔和飘逸，乃上等佳品。"

见对方评价颇高，金善文心里盘算着价位，嘴上补充道："黑胶绸制作工艺极其复杂，需浸染35次薯莨汁，过河泥，摊雾，放置3至6个月洗水而成。”

马保国取出法国雪茄，刚衔上嘴，随从眼疾手快给点上，畅吸几口，说：“不急，我社以声誉立足，得再考察几日。”

接下几天，马保国领一干人遍游江州的名山圣水。唯有眼镜随从成日泡在织造车间，观摩制作流程，考究绸缎质地。

五日后，马保国在宾馆约见金善文：“三月内，能备多少？”

金善文没有正面回答，说：“实不相瞒，我公司乃日寇所控，利润用于皇军开销，只能拿出一半货物交易。”

“一半是多少？”

“20万码，折合约18万米。”

“开个价？”

“每码一百大洋，共计2000万大洋。”

马保国重重地将茶杯搁在茶几上，伸出右手，与金善文握上。“成交，你带领财务随我去上海，款到发货，明晨江边码头会合。”

金善文心里没底，这么大一单生意，不能闪失，更何况，被日本人知道了，可是杀头之罪。沉思片刻，诺诺地说：“容我等商议。”

当晚，金善文与公司心腹商量了半夜。天亮时，带上五名随从，去了江边码头。

上海滩灯红酒绿，马保国安排金善文住进和平饭店，遣专人领着他们看外滩，坐游船，逛城隍庙，进百乐门，只字不提生意的事。

马保国初到上海，玩得尽兴，也将生意抛到了脑后。玩累了，马保国才在中华国际株式会社大厦会见他们。这是一栋法式建筑，整整七层，富丽堂皇。

签完合约，马保国亲自去会社大厦旁的花旗银行，办理了2000万大洋的汇票。

拿着汇票存根，金善文心里悬着的石头落了地，随即去南京路邮电公司发报，令家中留守心腹发货。

生意谈成，马保国盛情，令随从陪同金善文，杭州西湖、姑苏古城、安徽黄山一路游玩，下了黄山才抱拳别过。

金善文回到江州，已是一月后。财务禀报："汇款尚未到账。"

"不急，再等等。"金善文满身疲惫，把汇票存根交给财务，回三姨太处消遣去了。

又是半月，汇款仍然未到，金善文顿觉不妙，遣心腹再去上海。

心腹到了株式大厦，早已人去楼空。拿着汇票存根去花旗银行，哪还有银行的影子。

抗战胜利后，金善文的心腹隐约得知，马保国乃南洋归国华侨，专为八路军筹措军费。

金善文呢，早在1939年立冬那天，被鬼子杀了头。

原载《故事会》2021年第7期

沉重的窗帘

穗　子

回到家时老爸坐在桌边摆开了要跟我喝两口的架势，妈去厨房又炒了一盘花生米，我却没心思，眼前闪来闪去的，都是靳达利。刚才路过步行街，车被堵得死死的，一转头我看见了他，戴着顶白色的棒球帽，蹲在一堆蔬菜后面，旁边还有几只南瓜摞在地上。他看不见我，他的眼睛在帽子底下，帽子还是公司年会时发的呢。摊位前一个胖大妈举起个绿皮南瓜，足球似的转。

客厅的灯在远处发着微光，这明暗度让人嗜睡。

靳达利是我手下的业务经理，挺有才的，我本以为公司有了他会在同行业飞起来。结果呢？糟透了。他拿了七个客户的预付款没有上报平台，这可是做房产分销的大忌，是公司绝不允许的，也是他签劳务合同时的首要条款，入职时上的第一课。他碰了红线，做了不该做的事儿。那时，他老婆刚生了孩子，他在阳光新区买了一套房，月供催得紧。可制度在那里呢，我下狠心开了他。

看来他实在是找不到合适的工作了，竟然去街边练摊。这叫什么事儿呢，我这不是断了人家的光辉前程吗？再招他回公司是不可能了，我寻思着看哪有合适的工作再给他介绍一个，我看不得年纪轻轻的他和遛街的大妈混在一起。

心好烦。我走向阳台，窗帘却拉得死死的，像靳达利遮住一切的帽子。妈喊我吃饭，爸那边儿酒也倒上了，可我一点食欲也没有。哗啦一下拉开窗帘，城市的马路像一条璀璨的河，星星一样的车灯在闪烁在奔流。今夜的星星真多，挤在小区的广场的上空，跟车灯连成一体。

“快拉上！”父亲三步两步冲过来，带倒了一把椅子。他抓住窗帘快速拉上，还检查了下，连中间的一丝缝隙都没放过。

“神经病，一辈子的怪癖！”我妈在桌边骂他。

我惊得半天喘不过气。想起来了，这么多年都是天还没有黑透、星星还没上场我爸就火急火燎地拉窗帘，好像外面有鬼似的。这会儿，他拉上窗帘，扶起椅子，还回头回脑地看。

今晚，我心不顺，不想顺着他。我把窗帘又拉开，直视着父亲，走过去。“好像从我记事，咱家的窗帘总是这样早早就拉上。到底是为啥？”

父亲低头不语。

我坐过去。他叹了口气，似乎在下一个很大的决心。我爸也不瞅我，又端起杯喝了一大口，才把头转向窗外，仿佛他需要这杯酒壮一下胆儿。窗外，天际的星星时隐时现，像做贼人的眼。

“我刚刚退伍分到工厂保卫科，是夜班保卫。印象里，天上的星星很多很亮，仿佛那会儿夜晚的天空更加肥沃。单位盖大楼，巡逻的重点是工地的仓库。每天接班后我就围着厂区和仓库跑圈，一个大圈一个小圈套着跑，边跑边唱，自己觉得是唱给星星听，这么想着，就不寂寞了。我当兵的时候晚上也站岗，习惯了跟星星做伴。等我把所有的军歌唱一遍，夜就深了。我不困，你爷爷奶奶上班都是早上走晚上回，我白天睡得足。前半夜我大张旗鼓地巡逻，目的是造成高压态势，防止有人打歪主意；后半夜时我尽量隐蔽好自己，形成安静氛围，咱是当过兵的人啊，立功的想法一直在骨子里。是第十二夜出的事儿，我清楚地记得。”

“来小偷了？”我为他斟满酒，也为自己满上，神色紧张起来。

“是。小偷一定观察了我很久，摸清了我的巡视路数，在我开始巡大圈时进入仓库，他没想到三分钟不到我就杀了回马枪。我把大圈分割成几段儿，每段结束都再检视一下仓库。”

“厉害。”星光透进来，钻进酒里，酒立刻有了重量，“你认识这个小偷吗？他偷了什么？”

“小偷是工地上的电工，下夜班时见过一两面。偷了两盏灯，会议室用的吸顶灯，是仓库里最贵的东西了。他带了绳子，把两个灯箱连在一起，搭在肩上往外扛，一出门就让我逮个正着。”

“你怎么处置他的？”

“要是你，怎么处置？”父亲举起杯并没打算喝，眼睛却看着我。

我的脑子迅速旋转，想了半天。“我会批评教育他，狠狠地批评，严厉地教育，然后放了他。谁能不犯错误呢，再不偷就行了呗。打工的人，不易。”

他又喝了一大口，把杯重重地放到桌上。“我当时也是这么想的，就放了他。何况他一再哀求，说生活困难，承认自己打错了主意，指着天上的星星发誓说再也不敢了。”

“这不挺好吗？”我瞪大眼睛看着。可他半天不出声，我意识到了不寻常，一定有什么不寻常，于是问道：“后来，是不是又发生了什么？”

父亲不说话了，这样的沉默一定是他内心最艰难的时刻。他慢慢端起酒杯，杯子里的幽暗渐渐变成了眼睛里的混沌。

“仅仅隔了一天，那人在雨天作业时触电身亡。”

“这样啊。”

谁也没再说话。过了好半天，我们碰了一下杯，都默默地喝酒。星星渐渐多了起来，一些亮光从窗户里执着地探进来。

“好在，他不是又去偷盗。”我小声嘟囔了一句。

“即使不是盗窃，我也不能原谅自己。如果我当时按章办事，他一定会受到相应的治安处理，至少不会在工地里干活了，也就不会发生意外。再说，接下来继续干活的那两天，他的心里是怎么活动的，谁能说得清呢？”

原来，那夜的点点星光成了父亲一生的痛。我拍了拍老爸，我们把酒杯一起举向窗子。那刻起，我把靳达利放下了。

原载《天池小小说》2021年第9期

茶　汤

张海英

小满站在家门前的大榆树下，手搭凉棚，望向远方。一个人影在落日余晖中渐渐放大，手拄拐棍，破衣烂衫。那人停下来休息的时候，像极了田里的假人，几片破布挂在嶙峋的骨架上。

拐杖趺趺撞撞，冲撞了桌角。乞丐问，有茶汤卖吗？

小满瞥了一眼茶桌和茶碗，说，有，你看不见呀？

细看，的确看不见。

乞丐灰蒙蒙的脸上，深陷的眼窝子里，能放进去两个鸡蛋。他低下头，双手局促不安，尴尬写满一脸。

更尴尬的是小满。坐下吧，我给你端碗茶汤！小满是个勤快人，话音未落，人已闪进屋，须臾，便捧出一壶茶汤来。小满的茶馆开在自家门口，大榆树底下摆几张桌子，就算是了。

乞丐坐下，立好棍子。鼻子被茶香吸引，顺着小满的手，落到茶碗上。

白茶！乞丐言语里有掩饰不住的激动和喜悦。

小满忍住笑，心想，谁还能要你的，不就是白喝茶嘛。笑归笑，看乞丐闻着茶香，比渴望饭菜更甚的神情，小满感动了。毕竟，他也如她这般爱喝茶。

还有一个极爱喝茶的人叫莺歌。

莺歌是东北人，十八岁那年，随舅舅来南方做茶生意。来的那天，碰巧小满爹帮邻居盖房子，不小心从房上跌落，再也没醒过来。小满娘塌了天，不相信这是真的，抱着小满爹不放，不让办丧事。

舅舅让莺歌带小满去买棺材，等到棺材落地的时候，小满娘才放开小满爹，号啕大哭。办完了丧事，娘的身体就不好了，小满承传了娘的手艺，熬得一手好茶汤。莺歌成了小满家茶馆的常客，说这茶汤真好喝。

茶园越发绿了，两个人也走得近了。莺歌带小满去茶园，给她讲东北老家的故事。一夜大雪，地上便有了动物脚踪，梅花，竹叶，像白纸上的水墨画。没见过雪的小满心生向往，想着有一天，也能亲自画上几笔。小满咯咯笑着，笑出的酒窝里，飘出醉人的香气。莺歌呆住了，小满身后沃野千里，千里沃野上开满桃花。

莺歌有了自己的茶园，管理得越来越勤，他对小满说，我种茶你卖，过几年，把娘的旧房翻新，咱们一起住。

说这话的时候，莺歌偷眼看小满。小满一低头，你说啥呢？只一句，脸上便着了桃花的颜色。

莺歌哈哈大笑，你要给我养两只狗、三只猫，还有一大群小娃娃。

日子流淌着甜蜜的气息，转眼，茶园深绿。

北方传来消息，日本人打过来了。以前莺歌套鸟的院子里，驻满了日本兵。一夜之间，村子烧成火海，莺歌的亲人全没了。莺歌抱着小满哭了一天，从此夜夜噩梦。

县上传来征兵消息，去北方打仗。小满冒雨在茶园里找到莺歌。

莺歌双眼一瞪，回去，报仇！

临走，小满端上一碗热茶汤。听说北方冷，我多放了些老姜。明天就要渡江了，有空来信，惦记着呢。

半个月后，莺歌来信说，到东北了，正在训练，等不及了，真想立马上战场。信的末尾说，很快就有一场硬仗要打，地址不定，不用回信。

茶园在清冷的寒气中日渐消沉，失去往日的光泽。自那封信以后，莺歌就没了消息。小满总是净手焚香，一碗茶汤，一封信，看到天亮。

娘说，打仗呢，兵荒马乱的，邮封信有多难呀！

小满不作声，喂饱了猫和狗，又晒了一些老姜。

夕阳沉落，天色渐暗。乞丐默不作声，小满又添新茶。细细的风里，有小满窸窸窣窣的脚步声，牵绊着白茶素淡的香气，沉静，安详。

小满回屋添第三壶茶的时候，乞丐不见了，桌子上除了茶碗，还有一堆信，写着小满收。

凭空出现这么多信，小满有些心慌，手一抖，差点撕破信纸。

一封信上说，这场仗打得太惨了，只剩下我和团长。又一封信上说，写了几封信都邮不出去，等我回部队休整时，一起邮给你。再一封信上说，小满，我的眼睛不行了，医生说不摘除眼球，性命难保。明天就要手术了，这可能是我给你写的最后一封信。别哭，我的双腿还好好的呢。最后面一封信上写着抚恤金，小满没拆开。

娘！莺歌回来了！

小满抱着信，发疯似的跑回屋，又发疯似的冲出来。

群山起伏的茶园中间，那条大路上，一个小黑点，正慢慢融进夜色里。

原载《百花园》2021 年第 9 期

搭救岳飞

李汤波

出差的路上，脑子闲不住的我思考着一个与工作无关的问题——在温文尔雅的宋朝，岳飞怎么就被害了呢？

我很固执地想，除了岳飞麾下的几个将官劝他效仿宋太祖黄袍加身，一定没有人或者没有几个人替岳飞在皇帝那里说好话。

北宋崇文不尚武，文人多得不能再多了，出现了王安石、欧阳修、苏轼、范仲淹等重量级人物。

南宋也没有违背祖训，自然是文人多武人少，居庙堂之高的是文人，处江湖之远的还是文人。那么多为官的文人怎么就没有人替岳飞说说好话呢？不是说三个臭皮匠还顶个诸葛亮吗，你们那么多文人怎么奈何不了一个秦桧？如果说秦桧位高权重，会杀几个说好话的，而偏偏南宋是没有太多血腥的，包括北宋，也没有在建国之初大肆杀害功臣，顶多太祖赵匡胤来个“杯酒释兵权”，把帮助自己夺得皇位的几个铁哥们儿“哄”回家了事，几乎没有见被诛灭九族或者被砍了头的。我想南宋的文人们是不是太窝囊了一点，金军大举进犯，没有岳飞给你们守边关，你们还写什么狗屁文章，你们……

下意识地摸一下手机，居然在振动，一看是单位综合部打来的电话。一接通，那边就急匆匆地说：“刘总，你总算接电话了，赵总说快把你的手机打爆了，你就是不接，他肯定有急事，你赶紧给他回个电话吧！”

我这才发现，因为脑子思考与工作无关的问题，手机上有十来个未接电话，全是赵总的。于是赶紧回电话。

赵总满含嗔怪：“你小刘做常务副总多年翅膀硬了是吧！我把电话都快打烂了，你就是不接！”

我赶紧对着手机屏幕赔笑："赵总别生气，刚参加了一个洽谈会，手机设静音了，现在又开着车，没有注意到，赵总有什么事请指示！"

说实在的，赵总在我们公司当副总时，我给他当助理，我们相差四五岁，赵总很是照顾我。他文化不深，却有干事创业的闯劲，后来，他成了老总，我成了公司的二把手。

赵总说话还是带点粗鲁："你小子，以后少给我指示指示的，我给你说正经的，刚才开了个班子会，你参加不参加不妨事，反正你和我步调很是一致，我给你传达一下精神。到年底了，我想提拔一批中层，选中的有李振威、岳忠良……这里面岳忠良这小子的呼声还很高，尤其是老董还力荐他，我想听听你的意见……"

从赵总的语意里我听出他对小岳不满，甚至对副总老董也不甚满意。在我看来，小岳的确是个人才，现在的大学生都娇气了，可小岳总是在最累最苦的战线，成绩有目共睹，可以说放哪儿哪儿行，早就该提到中层了。

于是我很真诚地对赵总说："我看小岳可以，不过，赵总您的意思……"

赵总没好气地说："我看不行，你想，他的发展势头咄咄逼人，又有那么一点傲气，比你我当年牛多了，我担心他功高震主啊！"

"赵总，不能完全这样看吧，这样是不是不利于吸收人才……"我还想劝赵总，却被他毫不客气地把话打断了。"三条腿的蛤蟆不好找，两条腿的人到处都是，我不把傲气的小岳开了就已经不错了，他还想进中层？还有老董，总是和我唱反调，如果不是看在我们一起被提拔的分上，我早就找个机会把他开了，好了，就这样吧！"说完挂了电话。

我还在迷惑那么多文人怎么就不劝皇帝呢，怎么就任由秦桧胡作非为搞莫须有呢。现在突然有点豁然开朗了，原来秦桧不是什么好鸟，关键还在皇帝，最起码秦桧还高不过皇帝。皇帝想杀岳飞，只不过借了秦桧的手罢了。

我不甘心成为那些可怜的文人，重新拿起手机给赵总打电话，赵总还是那个态度，并且用跟他步调一致一类的话来堵我。

不知道为什么，我竟突然冒出来一句：“我也没有办法了，还是把岳飞杀了吧！”

赵总很迷茫：“什么？杀岳飞？小刘，你怎么啦？”

我赶紧解释：“赵总，我在听评书《岳飞传》呢！”

原载《河南小小说》2021年8月刊

红锅菜

李义文

红锅菜不是一道菜名，而是指锅烧红了没油放炒出来的菜。

吃红锅菜时间长了，嘴唇会变得干裂，脸色干黄干黄的。爹瞧着我和两个妹妹，叹了一口气说："娃们正在长身体，没点油水怎么行？"爹的眉头拧成了疙瘩，他重重地吸了一口烟，眼睛看向门外。

爹的思绪穿过门前的棉田，跨过富民渠，来到了镇食品站门前。他仿佛瞧见一脸肥肉的刘大麻正给人割着猪肉。刘大麻两手沾满猪油，围兜上也是油光闪闪的。爹每次路过那里，都在想，要是刘大麻洗一把手，不知能洗下来多少猪油。尤其是听说刘大麻天天吃肉，爹感到愤愤不平："不就是有个当大队书记的爹吗？"

刘大麻和爹是小学同学。刘大麻成绩差，又爱欺负人。爹看不惯他。一次他把爹惹怒了，爹不管三七二十一，狠狠揍了他一顿，揍掉他一颗门牙。此后，俩人心里一直存着嫌隙。

爹走到门外，抬头瞧了瞧，日头快到头顶了。他便疾步往门前棉田中间小径走去。走时，他带了几根干稻草，一路走得飞快，五六分钟后就到了食品站。这时，食品站的猪肉已经卖完，门前只留下一个切肉的案板。案板上油乎乎的，残留着几点肉屑，在阳光下闪着油腻的光芒。

爹在案板前停下来，他把草帽前檐往下一拉，然后慢慢矮下身子。这使人觉得他好像在系鞋带似的，实际上他在瞧案板底下是否有扔弃的骨头。

过了一会儿，他慢慢站起来，瞧瞧四周没人过来，便快速地掏出干稻草，在案板上擦过来擦过去，然后将干稻草旋转一下，又擦过来，擦过去，干稻草上便沾上了猪油和肉屑。爹把干稻草紧握着，低着头，像做了贼一样，疾步往回走。

回到家里，爹把锅洗净，把沾着猪油和肉屑的干稻草放进锅里，再加上一大瓢水。水面上便浮着几点油星，像盛开着几朵美丽的花。爹为自己的付出感到一丝得意。中午一顿水煮大白菜竟吃得一家人汗水淋漓。

次日日头快到头顶时，爹又立在了食品站门口切肉的案板前。他把草帽前檐往下拉了拉，然后慢慢矮下身子。突然，爹的眼睛一亮，一个意想不到的收获差点让他叫出声来。只见案板底部一颗突出的钉子上悬挂着一片肥肉。爹想都没想就把肉片抓在手里，好像怕别人争抢似的。抓住手心里柔软的肉片，让爹生出一种滋润感，一种幸福感。

回家后，爹把肉片切碎，放锅里煎。不一会儿，久违的猪油吱吱地冒出来，随之肉片渐渐变得焦黄。爹找出沉寂多时的油壶，用锅铲舀起猪油慢慢注入其中。爹的心情就像热猪油进入油壶时发出的吱吱声一样欢快。

第三天日头快到头顶时，爹又停在食品站门口案板前。他蹲下身子时，瞧见那颗突出的钉子上又挂着一片肥肉。爹伸出的手缩了回来，他意识到这是有人故意放的。这人是谁？是刘大麻吗？他为什么要这样做？

爹一想到刘大麻，仿佛刘大麻此刻正瞧着他，立刻觉得浑身不自在。他站起来向外走，想放弃那片肥肉。可他走了几步又转回去，他最终抵挡不住猪油的诱惑，一咬牙把肉片取了下来。

以后连续几天，爹都收获了一片肥肉。油壶很快装满了。每次炒菜时娘都要用一根筷子伸进油壶，然后快速地在锅里点一点。我上初中在校住读，星期六回家带菜，爹在一旁叮嘱娘：“孩子学习辛苦，正在长身体，给菜里多加点油。”

这年冬至日，家里第一次杀了年猪。爹把刘大麻请来喝酒。此时的刘大麻已从食品站下岗。爹端着酒杯问刘大麻：“你还记得食品站门前案板底下的肉片吗？”

刘大麻露出缺着一颗门牙的牙齿笑着说：“我不知道你在说什么。”

爹的眼里含着泪花说："不管你记不记得，反正我记得，永远都记得。"说着，爹向刘大麻敬了满满的一杯酒。

原载《天池小小说》2021 年第 5 期

署　名

余文飞

柳东青脚步越走越轻快，进县委大院的时候，还朝着平素进出时偶尔点个头的年轻保安微笑了一下，让了一支烟。

眼不生了，保安也没再盘问。

路上每见到人，柳东青总下意识把紧紧捏在手心的《阿旺县风物志》变换着姿势亮一亮，欣喜写在脸上。

《阿旺县风物志》的小样出来了，柳东青多次召集参与编纂的一干文化人，已经审校了六稿，足够精细了。等呈报给马部长审阅一下，最后拍一板，就可印刷出版。

柳东青是书的执行主编，是县委宣传部马部长亲自点将的。柳东青从县文联退休十多年，已经渐渐淡出文化圈，到了含饴弄孙的年龄。这次被请出山，本来十二分不情愿。筹备会上，马部长语重心长，当着全县一干颇有名气的文化人，说，柳老呀，您老是我县德高望重的文坛泰斗，就劳劳心。县委书记、县长都非常重视这本书的编辑出版工作，经费人力都高位保障。您老主持这项工作，众望所归，领导们放心。马部长话音刚落，编纂组的一干人都唯诺恭贺，极力盛情表态。

话说高了，就下不来台了。柳东青只好硬着头皮答应了。

小样总算出来了，柳东青至少读了不下十遍。每一篇文稿的审读，聘请的书籍顾问，编委会每一个领导名字的摆放顺序，每一个参与编纂人员的名字罗列，前言、后记的措辞与谦卑，等等。能想到的，都一一征询了编纂组意见，充分修定。最后，柳东青又慎重地把主编后面自己的名字去掉，换成马部长的名字，单列了一个执行主编的头衔，放上自己的名字……

马部长是事先电话里约好的。柳东青刚要敲敞开的门，马部长看到柳东青，立马站起身，迎了过来，让进办公室，一迭连声叫隔壁办公室的小许赶紧泡茶送来。

分宾主坐下，柳东青把样书毕恭毕敬地呈给马部长，简要地汇报了一下编纂情况。

马部长翻开扉页，仔细看了一遍，堆着笑，道，柳老，您看你们，我啥也没做，还做主编，这不妥吧！

柳东青赶紧躬着身子，说道，妥妥妥，您一直关心支持编纂工作，做了大量协调工作，编纂组一致探讨过的，您任主编当之无愧。

马部长犹豫了一下，笑眯眯地道，哎呀，竟然是大家的意见，我就勉为其难，却之不恭了。

马部长翻开前言，扫了一眼，眉头皱了皱。继续翻了一回，三百多页的小样，两三分钟翻完了，一脸为难的样子。

柳东青的心倏地提到嗓子眼上，赶紧问道，部长，您看文稿是不是有什么不妥当的地方，我们下来赶紧加班加点地修订。

马部长沉吟了一会儿。柳老呀，我粗略看了一下，前言、目录、文稿、后记，都很好，您老做的粑粑，咋会不圆呢。就是前言这里，文末署名编纂小组，是不是改一改，前言下面直接署名县委刘书记呀，扉页聘请刘书记、李县长为顾问，就做得很好嘛。这个，这个，刘书记对这个编纂工作很关心的，可不可以考虑一下。

柳东青心里咯噔一下，他最怕的就是这个事，最早的两稿，前言就是署名刘书记的。后来，大家一商量，一致认为这样的书籍，关键的文稿部分最好不署领导的名字，一旦……书都不好意思分发。

柳东青就把大家商量的想法，全盘告诉马部长。

马部长脸黑了下来。柳老，你好歹是从文联领导岗位上退休的，该讲政治的时候务必要讲政治。我的意见，你们参考一下，小样再拿去斟酌斟酌。最后的小样，我可是还要呈报给刘书记最后审定的。

柳东青闷闷不乐地走出县委大院，他一边走一边绞尽脑汁编好了一肚子的话，准备解释给编纂组同仁听。

《阿旺县风物志》顺利出版了。首发式上，马部长主持仪式，刘书记眉飞色舞地讲话。话还没说完，来了两个穿黑西服的，站在门口候着。刘书记的秘书俯身凑着刘书记耳语了一番。刘书记脸色煞白煞白的，站起身走了出去，秘书拎着包赶紧紧跟着。到了门口，三人小声说了几句，走了。

发行出去的书籍全部被收了回来，首印10000册，9999册全部堆在县委大院的杂物间里，唯一流入市面的一册，据说在刘书记公事包里。

两年后，马部长又亲自登门请柳东青编辑《阿旺县人物志》。柳东青一再推辞，可忍受不住马部长三番五次地软求硬磨，只得出山。

柳东青这次学了乖，第一稿小样就把新来的县委姜书记署好名字，直到最终送审。马部长看了看，叫赶紧把书记的名字去掉，换成编纂小组的。马部长语重心长，柳老，前车之鉴呀，你们文化人看得远，这回该吸取教训了，把我的主编头衔也去掉，署您的吧。柳东青愣了愣，心里随即释然不已，长舒了口气。

《阿旺县人物志》顺利出版了，首印10000册。后来，9999册全部堆在县委大院杂物间里。据说，因为署名的事，马部长被姜书记奚落了一通。唯一流入市面的一册，被姜书记撕了，丢垃圾桶里了。

原载《微型小说选刊》2021年第3期

无中生有

代应坤

蹲在鸡鸣山的树丛中，他想：这六年来，是不是白活了。

他走了五六个地方，换了几十处出租房，就连假身份证也半年一换，唯一换不了的是笼子。那个罩在他头上却压在他心里的笼子，比千钧都重，他被压得快不行了。

开始跑出来那一年，他在大西北。这里人少，没有中部地区人口稠密，也就挣不到他想象中的工资收入。他累成了青春狗，到月底领到手的，只有二十张红颜色大钞。一开始他还问为什么，后来他就不想问了：要饭不嫌稀。一个连家都不敢回的人，还想怎样？

家，多么温暖的一个字。可是，他有家吗？

他 15 岁那年，母亲死了，患心脏病死的。发病时捂着胸口叫了几声，皱着眉，倒下了。

在西北那个偏僻小镇过了十一个月，他就不想待了。这里农民工多，晚上人们聚在一起推牌九，输了就打架，警车拉着警报跑过来。这时，他就光着膀子从出租房伸出头，看警车的去向，浑身筛糠似的。

看到这伙人，他想起了爸，那个见到骰子就丢了魂，不顾一家老少死活的长脖子男人。

下一站往哪儿去？他也不知道。他跟歪嘴表叔学过占卜：三枚硬币握在手心，闭眼，默念，摇晃，突然松开双掌，形成卦象。卦象，指挥着他的腿，他来到了北京。

他住在地下室。租金便宜，也便于躲藏。每天天不亮出门，晚上披着夜幕归来。

他舍不得花钱，一块钱在手里，都会攥出水来。他把钱攒起来，买成金项链，好几条了。他不敢存钱，买项链对他来说就是存款。他想：早晚要找一个英子那样的女人，不挣钱怎么行呢？

金店隔壁的工商银行，灯箱广告“鑫隆理财，让你无中生有”拨亮了他的心。“无中生有”四个字像一支强心剂，将他即将枯萎的灵魂激活。

那一阵子，他只要倒在床上，就会想“无中生有”要是咒语多好！念一遍，魔法就显灵——

我要妈妈复活，她就会出现在床前，笑眯眯地看着我。

我要一套三室一厅的房子，早上一出门，就捡到一本通红的房产证，上面有我的名字……

他在地下室中臆想了几个月，人也精神了许多，想不到，房东开始撵客了。北京市下了红头文件，地下室不准住客。

他拎着蛇皮袋，站在大路上，茫然不知所措。

他掏出三枚硬币，往地上扔，看卦象：南方大吉。

他是坐了几十个小时的汽车来到广州的，下了客车眼瞅着天空的太阳，突然发现太阳的颜色是绿色的，他这才想起，一路上别人鼾声震天，他却一秒都没有入睡，究竟为什么，他也不知道。

广州的活不好找。他骑着三轮车，送三合板，幻想着哪一天开着奔驰轿车，在广州街头闲逛。突然，一名协警对他招招手。他心一虚，调头就走，协警就跺着脚叫喊：“跑什么呀？”越喊，他跑得越快，慌乱中三轮车撞在墙上……

难怪，这些年来，他一直是两点一线，两头不见亮。他怕见光。

他用唾沫洗去额头上的血，晕晕乎乎走到鸡鸣山，这座山，多像老家的灵璧山！

20岁那年，他看上了本庄的英子。就拼命地追，追了半年，两人开始牵手。

英子爸知道这事，鼻孔“哼”了一声，把英子送出大王庄，到县城学电脑。他就撵到县城。那天傍晚，他和英子走进灵璧山，他想要了她，英子不同意：

“这样不行，我要明媒正娶！”他说：“你爸看不上我，只有生米煮成熟饭！”推搡中，英子倒在地上，头落在一块三角尖石头上，一动不动……

他跑着，不断地回头看，哭声和山风搅在一起。

这些年，他无数次想过去自首，也想到英子的坟头偷偷哭一场，但他不敢。人死了，不是杀人犯也是杀人犯，逮住了，就是一粒花生米。

月亮升起来了，如水的月光倾泻在大地上，让万物呈现本来的样子。当然，他例外。他长年戴着墨镜和口罩，白天，黑夜，对他都一样。他没有手机，也没有微信和QQ，他是被现代社会抛弃的人。

他本来还想算一卦的，硬币攥到手心，停住了。想了一会，把三枚硬币狠劲地扔下山坡。

那天，天一擦黑，他来到大王庄，猫腰进了公墓，转了几圈，却找不到英子的墓碑，眼泪一下子就出来了。他捶着胸脯，亮出杀牛一样的声音：“英子，我来了！明天我就去自首，我俩快见面了！”

他喊过一遍，又喊了几遍，沙哑的声音，被初夏的风撕成了碎片。

麦田处，有女子在吆喝乳猪：“小花猪，啰啰啰……”听到男人的喊叫声，她支棱起耳朵，摇摇头，又点点头，心突然狂跳起来。她一路小跑，带着哭腔说：“傻东西，这些年，你死哪里去了？”

这一刻，他蹲下来，哭得更凶了。他想把那颗滚烫的心哭出来，让英子看看，究竟是什么样儿的。

原载《小说月刊》2021年第5期

寻 针

赵悠燕

这天，崖村来了一个人，头戴儒冠，举止文雅，宽大的白色袍袖随风飘动，俨然一副书生模样。该人朝村民拱手施礼，自称姓白，来自南边。因家乡发大水，家人失散，他逃难到此，想找些谋生的路子。他的南方口音很重，有个村民听懂了个大概，手指朝北的几座山，缥缈的云烟似白色的轻纱缠绕着山腰。书生看了一会，点点头，径直朝山上走去。

崖村山多不高，山山相连。村民大多以种烟草为生。白书生在山上转悠一番后，选了块杂草丛生的闲地，开始动手清理。

白书生貌似文雅，干起活来却利落迅速。很快便盖起了一间草屋，屋前屋后开辟出几块地。他用银两换取村民的烟苗，又种下小麦、油菜和蔬果。白书生随身带了一支箫，月朗风清的夜晚，箫声响起，低沉哀伤，慷慨苍凉。村民听了，说，这个白书生，心里藏着大悲呢。

到了6月，烟叶长开了。看过去，郁郁葱葱的烟田，青翠肥大的烟叶，在风的吹拂下掀起层层碧浪。白书生的烟田烟叶肥厚，烟株粗壮，长势非常好。

7月收割季节，一些人上山来采摘，他们把烟叶运向烤房。有人说，白书生种的烟叶加工后色泽金黄、香气浓郁、吸味醇和。渐渐地，很多外地烟商慕名而来，提早预定白书生的烟叶。

白书生性子喜静，除了下山买生活必需品，和村民来往不多，谦和的外表下有种拒人于千里之外的气质。村民眼馋他的烟叶长势，就派了一个懂点文墨的村民上山。他先是向白书生说了一番客气话，白书生微微一笑，说，你是为烟叶一事来的吧？

村民有点尴尬，说，正是。

白书生说，这个忙我可以帮。你先回去，到时你们会看到的。

村民一直未见白书生现身，只在有月亮的夜晚，听见他的箫声一遍遍地响起，直到整个村庄在如水的月光下沉沉入睡。他们的梦里，白书生一袭宽大袍袖，衣袂飘飘地从弥漫着白雾的山上下来，犹如从云端下凡。

心急的村民再次派这个人上山催促。白书生见了他，说，放心，今年的烟叶肯定和我的烟叶一样长得好。

他将信将疑地下了山，把原话告诉村民。不久，他们发现地里的烟秆长得繁茂粗壮，挂着晶莹露珠的肥厚叶片，在早晨阳光的照耀下齐刷刷、绿闪闪，一片生机勃勃的绿色。他们从未见过自己家的烟叶长得这么好，那是上天给咱崖村披上的一件绿衣啊。村民们兴奋地奔走相告，说白书生是崖村的福星。

崖村出名了。这次，有更多的外地烟商来到崖村，烟叶买了好价钱。有村民提议要上山好好感谢白书生，到了山上才发现，人去屋空，白书生不知道去了哪里。

十来天后，一个月光如水的夜晚，山上传来熟悉的箫声。村民们静静地听着，觉得这次的箫声跟以前有点不一样，他们的心里泛起隐隐的不安。

月光下，白书生的草屋前站了一个灰衣人。长身玉立，一动不动，他的身影投到地上，如寒光般凛冽。

白书生并不回头。此时，他的箫声曲调陡然一变，高亢激昂壮烈，似有金戈铁马之声，穿越时光震撼而来。

曲毕，白书生慢慢回过身来，说，你终于来了。

这么多年，找到你，真不容易。

还不是找到了。

来人看了下草屋和简陋的室内，哈哈一笑，想当年，你琼楼玉瓦，锦衣玉食，如今蜗居在此，真是难为你了。都说你心思缜密，还是露了马脚。

白书生微微一笑，我知道，你是寻针而来。今天，我们两个人，只能有一人下得了山。

说话时，两人已打斗起来。一灰一白的身影，在屋前的空地上如两只大鸟翻飞，身影交错，灰衣人招式诡异，出手凌厉。眼看白书生渐落下风，突然，灰衣人只觉脖子一麻，眼前一黑。他指着白书生，你……缸针。

待灰衣人醒过来，见自己被捆翻在地，他不由挣扎了一下。

你运气好，多活一会。缸针毒性不大，否则，你早去见你的主子了。

你这海盗！当年，王爷不明不白死去，是不是你下的毒？

那个老顽固不守信用，答应招安之后封我做统领，后却食言，又命你杀我手下。此仇不报，我怎对得起地下的弟兄们。

我小看你了，你是利用缸针吸引我来。

不错，缸针除了有在海上绑肉票之用，还可以防止烟草蹿秆。崖村的烟叶长不了肥叶，只蹿秆，我就用毒性消减的缸针对烟草茎秆扎一下。这个方法我只对你一人说过，我就知道，你会找到我的。

说话间，白书生已手起刀落。

原载《小说月刊》2021年第3期

仿古赵

吴宝华

清朝乾隆年间，台州府永安县县衙边有一条古玩街。

古玩街中段有一间小门面，门楣上挂着一块金字匾额，上书隶书“仿古赵”三字，店内装饰古朴雅致，古色古香。店主赵友明五十出头，瘦小干练，十指修长，双目有神，日常悠闲地坐在店堂里，照看生意。店里做的是仿制古玩的生意，顾客不多，生意不咸不淡，勉强度日。

这天，店门前人影一闪，进来一个二十来岁的青年，手里抱着一个朱红漆匣子。

青年走到赵友明面前说：“师傅，请您看看我这个铜鼎，您能仿制吗？”说着，他打开匣子，揭开上面盖着的红绸。

赵友明眼前一亮，这是一只春秋时期的小铜鼎，存世不多，价格在一千两白银左右。

赵友明不动声色地说：“这铜鼎仿制难度很大，至少要一个月以上，还不一定能仿制出来。”

青年从怀中掏出二十两银子，说：“麻烦师傅费点心，这二十两银子作为酬劳，不知愿意一试否？”

赵友明点点头说：“我试一试，一个月后你来取货。”

青年答应一声，悄悄地退出店去。

第二天，赵友明就动手制作模具，他用调制好的陶土，在铜鼎上拓下形状和花纹，再把陶土烧制成模具，然后把家里存着的废铜熔化了，灌入模具，冷却后，取掉模具，一只铜鼎就出现在了眼前。

紧接着，他开始做旧，用调制好的酸液一次次泡铜鼎。

二十多天后，铜鼎上出现了铜绿。他仔细观察青年送来的铜鼎，增减仿制铜鼎铜绿的厚薄、明暗。一个月后，一只仿古铜鼎出现在了眼前，简直可以以假乱真。

青年来取货，见到两只一模一样的铜鼎，啧啧称赞，叹为观止。

赵友明微微一笑，指出真假铜鼎，看青年明白无误了，才让他取走。

过了两个月，赵友明去朋友家做客，这位朋友爱好收藏古玩，因家底殷实，家里藏品丰富，琳琅满目。

朋友知道赵友明痴迷古玩，便领他去收藏室观看鉴赏。

赵友明欣赏朋友的藏品，暗暗点头赞叹，忽然看到博古架上有一只铜鼎十分眼熟，他取下一看，分明就是两个月前自己仿制的那只。

朋友见他捧着铜鼎反复看，便得意地说："怎么样？这铜鼎是我花了一千两银子买来的。我在古书中见过，是春秋的铜鼎无疑。"

赵友明笑笑说："可以借我把玩两天吗？"

朋友大度地说："你想玩多久都行，记得还我就行啦。"

赵友明将铜鼎带回店中，他相信那青年尝到甜头，还会来的。

果然不出所料，过了十天，那青年又抱着红匣子来了，也是掏出二十两银子请赵友明仿制，赵友明爽快地答应了下来。

过了一个月，青年来取货，赵友明把两只一模一样的铜鼎交给了他。

次日，赵友明把一只铜鼎送到朋友家里。

过了三天，青年气急败坏地冲进门来，把两只铜鼎摔在地上，大声质问："你为什么给我两只假铜鼎？我要报官抓你！"

原来，当青年再一次卖鼎时，买家拿放大镜一看，在两只鼎内都看到"仿古赵"三个蝇头小字，明白这是仿品，不值钱。

赵友明不动声色地说："你不是两次来我店里仿制吗？我当然做了两只假铜鼎，这没有错啊！"

青年气势汹汹地说："我那只真铜鼎呢？"

赵友明笑道:“你不是卖了吗？卖了一千两银子！”随后报出了朋友的名字。

青年一听，知道自己卖假铜鼎的事败露了，顿时像泄了气的皮球。其实他并没有吃亏，事实上只是把真铜鼎卖掉，再不能投机取巧了，他只好抱着两只仿古铜鼎灰溜溜走了。

从此，赵友明仿制古玩时必得在古玩上刻上“仿古赵”三字，以区分真品和赝品，以免别人上当受骗。

他的仿古技艺逐渐达到炉火纯青之境，店里的生意也蒸蒸日上。

百年之后，他的仿品也成了文物。

原载《小说月刊》2021年第6期

卢易逸事

郭　戈

卢易其人，我确实一次也不曾与之谋面，但祖父在世的时候，经常坐在家里的青石门槛上，跟我讲他的故事："卢瞎子者，卜卦大师也，泛读杂书，尤喜易经，看似文夫子，实则硬汉子……"

从祖父的口里获悉，他和祖父是应城高等小学堂的同窗，读书时关系亲密，志向切近，都爱诗词歌赋，轻体育劳工，笃信"文官一支笔，武官跑死马"。日本鬼子侵略驻扎后，两少年蔽居乡下，再相遇时，卢易的行为举止已与昔日大相径庭。"这卢瞎子本来读书读得近视，我遇到他时他竟然戴大眼镜，穿布鞋长衫，在串乡算命……"祖父大笑，留他吃罢午饭，又在树荫下品茶，本想切磋诗文，不料他情绪不佳，淡然说道："山河破碎，倭寇横行，吟诗作赋有个屁用？"

祖父稍后留意，卢易算命已名闻遐迩。话说西十乡柏树村一姓季的大户人家，良田过百亩，长工数十人，酒肉相伴却嘘叹不断。某日留下行乡的卢易，算了一卦。卢先生两眼于镜片后微闭，低声说道，主人家看似深宅大院，实则子孙凋落，不发人啦！一语破的，直叫老爷即刻问解。"东北有星光，星光照佳丽，你十五去找个填房就有子嗣了。"老爷大喜，不费周折地在东北乡的星光村找到了一个美貌小姐填房，轻而易举就怀上了。小孩三朝日，大宴宾朋时，卢易俨然成了座上宾……

卢易经常在熬盐的棚子中卜卦，也和不少洞商老板成了朋友。有天酒过三巡，祖父倒腾出了他布袋中的《易经》，探询地问这玩意挺深奥吧？不胜酒力的卢易露了底穿了帮。"这个卢瞎子说在季家，进院就看破了端倪：院中成串的樱桃无人抢摘，子孙绕膝之家会是这般境况？老爷肾虚阳衰岂能生养？填房本是一个东食西宿的女子，和贫穷小子越轨又翻盘，恰好季某托媒填房，不正是‘瞌睡遇到枕头’的事吗？”祖父当时异常紧张，一把堵住他的嘴巴：“卢瞎子，莫瞎说。那家伙不是好人，听说准备出任日本人的维持会会长了。”“老子应该叫他断子绝孙的！”卢易义愤大骂道。

祖父抚摸着垂须，娓娓讲述这些过往，还有不尽的感喟和钦佩。“卢瞎子啊，算个高人咧！他不久一箭双雕，借刀杀人，谋划了一桩大事！”

那年日伪“清乡”，季会长到处卖命，有天到盐棚中打听“五师”探子时，刚好新四军一大队长在此开会。为了规避风险，巡游到此的卢易对季会长说：“我实不相瞒，刚卜了一卦，今天贵府有不速之客！”季本来已听到风言风语，有一白面书生常常偷偷攀墙入院，疑是幽会所为，便慌忙从盐棚中拿了一把利斧打道回府。到家方见帐帷晃动，季某怒不可遏，狠狠的三斧砍下便有几注乌血飞溅到帐子上，一个粗壮的日本人滚了下来……闻风赶来的鬼子几句“八嘎呀路”之后，一枪将他们的“铁杆朋友”毙了……

日本人大规模“清乡”的日子，城乡人心惶惶。那天卢易算命来到湾上街，发现早市很萧条，一问才知道街上驻了四个鬼子，专门坐收维持会会长每天送来的“清乡”光洋。卢易走到几个喝早酒的桌位前：“几个先生可否允我凑兴，一起喝两杯？不然明天早上也许无酒可喝了。”“为何？”几人一迭连声地问。“湾上驻了四个日本人，晚上到处闹，中午睡大觉，别人都怕出摊做生意了……”几个人与卢易拱手相别。酒足饭饱的卢瞎子从一卤肉店经过，店主问：“卢先生又算准了哪卦？”卢瞎子仰头朝天，摇头晃脑：“今天一擦黑，你店来神客，八个猪耳朵，卤得卤不得？”看到走远的卢瞎子，店主惊骇得马上关了门熄了炉。次日早上，真有八个耳朵挂在了卤店门口的树枝上，四个鬼子已于昨天一命呜呼。

祖父说，喝早酒的是几个着便衣的新四军，卢瞎子是故意拢去跑漏消息的，料定他们不会善罢甘休，立马要收拾鬼子的。

卢瞎子在世的时候，祖父常找他忆旧，总会刨根究底，哪些事是神算哪些是神探？所以祖父给我讲解时先有悬念后有解，但我都听得津津有味。祖父还说：“这个卢瞎子还信誓旦旦预测——老伙计，这些事不是市井逸事，有朝一日你的孙子再讲时就叫‘红色故事’，你信不信？他们不会忘本的。”

真是奇妙，这一卦好像又算准了……

原载《百花园》2021年第8期

药　品

余清平

井冈山红军医院里，脸色醋黄的张子清师长在等医务主任王云霖。他是边哼着歌边等的。“红米饭，南瓜汤，秋茄子，味道香，餐餐吃得精打光。”这首歌，井冈山红军战士个个耳熟能详。

他是因脚踝受伤，不得不躺在井冈山小井红军医院里。一颗罪恶的子弹“驻扎”在他的踝骨里。红军医院太缺少医疗器材，医务主任王云霖已经给他的脚踝动了五次手术，也没取出弹头。

他的伤口早就化脓了，腐烂的肌肉发出恶臭味。这一躺下，就是大半年，但是，他的指挥才能却没有“躺下”。每隔几天，他都要战士抬着他去巡察各个哨口、关隘。

那是1928年4月27日，他跟着毛委员去迎接朱军长率领的湘南红军上井冈山。他指挥工农革命军第一团，在酃县城外的湘山寺、龙王庙等地，阻击三倍于己的湘敌，激战五小时，歼敌千余人。不幸的是，在追击敌人的时候，他的踝骨中弹。

看着时间到了中午，王云霖主任还没到，他看了看伤口，从床铺下抽出一把小刀，咬着牙，一刀一刀，割去腐肉。疼痛令他的额头淌下豆粒大的汗珠。病房里的战士们看了，也咬紧牙关，在心里给他们的师长鼓劲。战士们的担心是多余的，因为，红军中早就传开了张师长刮骨疗伤的故事。在没有医疗器材和麻醉药的情况下，王云霖主任仅用一把小刀，在火上烤热了，先后五次直接割开他的伤口，用钳子在他的骨头上夹那罪恶的弹头，可是，无法取出弹头。

此后，他不再做手术了，让红军医生将精力放到其他伤员身上。他唯一的最好的消炎镇痛药就是食盐。然而，井冈山的食盐也很紧缺，他就让战士们给他储备了一些金银花等草药。敌人围困得太紧了，食盐、粮食都奇缺，山里的困难，积压在一起发霉了，红军战士不得不节衣缩食。饭虽说是大米煮的，可米少南瓜多，不过，米香味倒是不吝啬，依旧在战士们的鼻端缭绕开，菜是野菜和竹笋，没有食盐的菜很是难以下咽。

他艰难地伸手在床头下摸摸，那里有一小包食盐，是他清洗伤口消炎的"救命灵丹药"。他舍不得用。他想自己是共产党员、红军干部，必须带头廉洁，关心战士。

他曾经也有过两包盐。

第一包，是红小鬼刘小虎带来的。

刘小虎是毛委员派来的联络员。刘小虎没说食盐是谁送的。他自然猜得出赠送者是毛委员。那次，毛委员来探视他，看到他疗伤，痛心地说："张子清是红军的关云长！当年关云长做'刮骨疗毒'的手术，咬得牙关铮铮响。现在张子清切开脚板用钳子夹弹头，痛得昏过去也不说苦，这不是与关云长一样吗？"

井冈山的食盐是珍稀之物，红军干部不搞特殊，他知道肯定是毛委员为了给他清洗伤口舍不得吃节省下来的。

第二包盐是警卫班战士们凑的。警卫班战士省吃俭用，将食盐留下给他们的张师长清洗伤口。可是，这两包食盐，他一点也没用，都暗中给了王云霖主任，用于其他重伤员清洗伤口。

现在，他枕头下又有了一包盐，是炊事班战士们省下给他的。他又在等王云霖主任来。

他用小刀刚刚清理好伤口，刘小虎来了，手里捧着一个黄黑色的土钵，里面盛着米汤，还有一碗南瓜，放在小凳子上，劝说，师长，您不能不吃东西，吃了才有精神养伤。

他努力将嘴角向上拉伸，算是微笑，说小刘，你也得多吃点。

师长，今天的菜好吃，有盐味，是特地多放的。

平时，这些盐是有严格控制的，多数时候，南瓜汤里只有一点盐。他知道，今天是红军前委开会决定，为了粉碎敌人的“围剿”，打破敌人的包围，由毛委员带领部分红军去赣南开辟新的根据地。今天菜里多放盐，是让战士们吃了有精神行军。

他端起土钵，用嘴吹一吹，抿一口，点点头，嗯，好吃。

下午，王云霖主任进来给他检查伤口。他顺势将盐包放在王主任口袋里，嘱咐说，王主任，部队要行动，战士们的伤口得仔细清洗，我这点盐，你看着用。

这怎么行？张师长，您的伤口急需清洗，这是您的救命盐。

别担心我，我留守井冈山，伤口有金银花清洗。他说。

原载《安徽文学》2021年第7期

良　心

梁柏文

朋友来访，我陪他去龙眼基地走走。

一位大婶挑着两半筐龙眼从路旁经过。我示意朋友靠边停车。这年纪的女人比较厚道，我顺便摸摸行情。

“龙眼怎么卖呢？”待大婶走近，我问。

大婶的眼神带着期待，放下担子抹汗：“收购价 5 元。这是剩果。”她果然实在，一般人不会轻易露底。大婶硬朗清瘦，头发白多黑少，有一只眼睛好像不那么利索。“你要吗？价钱好说。”大婶挺诚恳。

龙眼不错，果大，褐色，鸡肾形。“你怎么不挑去收购呢？”我好奇地问。大婶说，这些龙眼熟透了不耐放，又是硬枝果不怎么好看，所以老板挑出来说不收。可我知道，这些正是本地的龙眼极品。

“施农家肥的，又不打药，清甜脆口。”大婶做起广告，“你先吃几颗。”我拿一小串给朋友品尝后，都惊叹不已。

“这些有多少？”我指着两半筐龙眼。“刚收购了 50 斤，现剩 40 斤了。”大婶说。“我全买，按收购价吧。”我实在不忍心压价。

“这是剩果，怎能卖你收购价呢？”大婶虽这样说，但脸上还是荡起欢喜的神情，“你真是好人呀！谢谢了，我正为这些果发愁呢。”

听大婶夸赞，我也蛮开心，放好龙眼，掏钱给大婶。幸亏早上出门时，我还从家里写字台上的那沓钱中，挑了几张新簇簇的 50 元纸钞带上，平时多用微信支付，到乡下还是带点现金。

大婶拿着钱很开心，但好像又有点迟疑。“大婶，要不我微信付钱？”我想打消她的顾虑。

“算了，我没微信。”大婶说。我则说：“这是新版的，不会骗你。”“你是好人，我信！”大婶说着，叠好钱放入裤袋，又用手轻轻按了两下，满意地走了。

送别朋友，我回到家已晚上八点多钟。一进门，老婆就埋怨，说她早上到市场买东西，被骂用假币，太难为情了。

我一听，心里猛地惊了一下：“你拿的是写字台上的钱吗？”

“是呀，就拿了两张 50 元的。”

“不好！我也拿了几张去买龙眼了。”这钱是前两天店家给的货款。我让他微信转账，他说户头没那么多钱，说不定这家伙早有“想法”。

“不行，我要去看看。”想到心地善良的大婶，还有她那信任的眼神。如果我骗了她，就算不是故意的，也没法原谅自己啊。

“这么晚了，明天再说吧，况且你那几张未必就是假的。”老婆安慰道。可我想到大婶那句“你是好人，我信”，实在坐不住，还是抓起车钥匙往外走。

我边开车边辨认，终于找到了白天买龙眼的地方，估计大婶家应该离这儿不远。好不容易有一位后生开摩托车路过，我说找一位眼睛不太利索的大婶。后生一听，笑了：“那是我的邻居单盲婶，我爸正要我去找她，你跟我来吧。”

带到地方，大婶正在家门口给摘下的龙眼剪枝，再整齐地码在筐里。见我走近，她抬起头看看，一脸茫然。我说，是我上午买了你的龙眼。

大婶借着屋里射出的灯光，盯着我又看一眼，有点惊喜：“还要买龙眼吗？这么晚才来。”我刚想说不买，又不忍心让她失望，只好改口：“是呀，想再买点。不过，你先拿上午的钱来，让我看看。”

“算错数了？”大婶说着，进屋拿出一个小布包，层层打开，把上面折叠的 4 张 50 元钱递给我。我边摸着钱，边凑近灯光细看，又用力抖动几下，我终于松了一口气，又叫后生证实。他细心地看后也说，是真的，不错。

“这回我放心了。”我把钱递回给大婶。大婶听我解释来意，连声说，你真是好人呀。又不停地请我吃果。

“那我买你这两筐，也按收购价可以吗？”我想再帮帮大婶。“好呀！不过，我要给你优惠。”大婶真诚地说。

我知道，种龙眼赚点钱不易，从树上摘下，又要卖出去才是钱。我不想贪便宜。“低过收购价我就不买了。”

大婶嘀咕，怎会有这样的人。“我怎能收这么高的价呢！”

还在犹豫中，没想到一旁的后生开声了：“你在城里有门路吧？我家还有100斤，也按这价卖给你吧？”原来，他心里也有个小九九……

100斤？我迟疑了，大婶见我为难，说：“那你买他的吧，能买多少算多少。”

“阿九，搞什么鬼！我是要你看看盲婶要帮什么忙，你怎么……”一声猛喝，一位老人家不知从哪钻出来。

“爸，我是想搭好心人这个顺风车，我们家的果不是也堆起来了吗？”后生怯怯地笑，也不好意思了。“你真是，自己有气有力，不会拉去收购吗？”老伯教训他，“怎么还跟盲婶抢生意，没出息！”

老人转脸望着我，神情变得和善。然后，帮忙将大婶的两大筐龙眼过秤装车。他悄声告诉我，大婶家的男人前年走了，孩子去了外地打工……我按6元1斤算好钱，递给大婶，她还是推辞，最后老伯一把夺过钱塞到大婶手里。

看见大婶的那只好眼闪着泪花，我赶紧转身去了趟洗手间，然后钻进车里，按下窗玻璃跟大婶他们道别。“真是好人呀！”车子马达轰鸣，我隐约听到大婶还在说。

回家打开车门，我愕然了，车上竟又多出了半蛇皮袋龙眼，足足有10公斤。

原载《羊城晚报》2021年8月25日

白日焰火

邢庆杰

一大早，梅正山就开始收拾这座木楼，楼上楼下，桌椅橱柜，门窗屏风，都擦得干干净净，连楼梯都拖得一尘不染。

今天是个重要的日子。中共临城区委每月一次的例会要在这里召开。几天前，区委书记老魏来通知梅正山时，顺便告诉他，他加入组织的事，要在这次会议上研究表决。梅正山听到这个消息，兴奋得一夜没睡。为了这次会议不受干扰，他昨天就让妻子带着孩子回了娘家。

梅正山曾就读于北京高等师范学校，1919 年 5 月参加了轰轰烈烈的五四运动。西方列强对中国人民的欺凌，激起了梅正山的义愤，也激活了他对国家民族的担当意识。正当他重新定义人生价值的时候，父亲病危。作为梅家唯一的男丁，梅正山不得不回到这个千年古镇，从父亲手里接过镇上最大的粮行，还有祖宅里这座已有百年历史的木楼。父亲去世后，梅正山过了近十年悠闲的日子。粮行有掌柜和伙计，根本不用他操太多的心，他每天就待在家里这座木楼上，喝茶，读进步书籍，累了，也喝几杯当地产的烈酒。但他心中的热血，一直在默默地沸腾着。他终于等到了那一天，他在北京读书时的一个同学找上门来，为他的人生打开了另一扇窗子。这个人，就是中共地下交通员老魏，现在的临城区委书记。

一切收拾利索后，梅正山又到地窖里搬上来一坛酒。这是当地产的“小米香”，65 度，一坛足有 20 斤。他想开完会后，留同志们好好吃顿饭，痛痛快快地喝几杯。

楼梯上忽然传来咚咚的脚步声，老魏飞步跨了上来，脸色有些阴沉。

老魏从内线得到消息，昨天，区委交通员小于被捕了，敌人以他妻子和孩子的生命相威胁……小于已经交代出今天区委会议的时间地点，形势已十分危急。今天来开会的除了老魏，还有九位同志，老魏只和其中的四位同志有联系，他启用紧急联系方式连夜通知了他们。其余五位，都是梅正山联系的人。

梅正山看了看怀表，已经快八点了，会议的集合时间是上午十点，逐一通知他们肯定是来不及了，他急得围着屋子直转圈。老魏说，目前办法只有一个，去镇外面的桥头上拦截，那是出入镇子的唯一通道。

梅正山带上驳壳枪，和老魏下了楼就往外走。刚出大门，两人同时退了回来。大门两边的胡同里，各站着四五个黑衣人，腰里都别着家伙。两人情知不妙，互相对望了一眼，又来到后门，发现后门的小巷子，也被黑衣人封锁了。

老魏重重地跺了一下脚，说，坏了，敌人早就盯上这里了，他们是故意把我放进来的，现在出都出不去了！

梅正山压低声音，说，无妨，我们先不动，等到九点半时，我们就不断开枪，向同志们示警。

老魏点了点头，说，目前也只有这一个办法了。

两人上了二楼，沏上茶，刚喝了一杯，前院就传来了杂乱的脚步声。梅正山探头往楼下一看，七八个特务已经冲进了院子。老魏跑到后窗往外瞄了一眼，从后腰拔出手枪，说，事情不妙，敌人从两面夹击，他们是想在集合时间之前解决我们。

梅正山问，那怎么办？

老魏说，打！要节约子弹，尽量拖延时间。

此时，就听见前院一个细嗓门喊，楼上的共党听着，你们被包围了，只要交出武器投降，保你们性命无忧，负隅反抗，只有死路一条！

梅正山隔窗打出一枪，喊话的特务应声栽倒！

刹那间，前院和后院枪声大作，子弹把墙板都击穿了，墙壁上呈现出一个个明亮的弹孔。老魏和梅正山各自躲在子弹打不到的死角，耐心地等待着。

过了一会儿，枪声渐渐停了，楼梯处传来轻轻的脚步声，越来越近。老魏冲梅正山使了个眼色，两人同时冲向楼梯口，两把短枪同时打响，特务们惨叫着滚下了楼梯。

过了一杯茶的工夫，敌人找来了梯子，从前窗、后窗和楼梯三个方向同时进攻，两人只得不断开枪阻击……

他们阻击了一个多小时，子弹全打光了。梅正山看了看怀表，才九点，离集合时间还有一个小时。

梅正山把那坛烈酒打开，倾洒在桌椅上、屏风上、茶几上、墙壁上、窗棂和地板上……

敌人知道他们没有子弹了，大叫着“抓活的”，从楼梯上慢慢逼上来。

梅正山将坛子朝楼梯口砸了过去！在敌人的惊叫声中，他从容地取出火柴，划着一根，扔在地上。一股蓝色的火焰腾起，随即四处蔓延，一股火苗顺着地板上的酒迹，飞快地飘向楼梯，敌人惨叫着连滚带爬地逃了出去。不一会儿，大火冲天而起！

这场大火越烧越旺，干透的木楼在大火中噼啪作响，烟火直冲云霄，在镇子外都看得清清楚楚。

直到傍晚，大火才渐渐熄灭。

原载《安徽文学》2021 年第 8 期

送　饭

陈慧君

1

秋天，天瓦蓝瓦蓝的。

玉米刚刚掰完了，还堆在地头。

父亲就撒上土粪和尿素，准备刨地。家里人口多，劳力少。老的老，小的小。

裹着小脚的奶奶在家里做饭，九岁的姐姐在地里干些力所能及的活，捡玉米叶，砸玉米根。妈妈在地头的坟茔里做监工。

我六岁，啥活也干不了，只好负责送饭。

奶奶摊好了煎饼，炒好了菜。用煎饼卷上菜，一包一包的，用包袱包好，放在提篮里。水是用塑料桶盛的，能盛十斤。

看着这些“粮草”，我着实有些发愁。拿着吃力不说，家离地还有几里路。这几里路全是上坡，还要经过一片棉槐地，棉槐一人多高，漫山遍野密密麻麻，阴森森的。这样的环境，不是野兽出没，就是孤魂野鬼游荡的地方，十分恐怖。

每次我都是屏住气，小跑着快速通过。有时候正跑着，一头撞到同村的运庄稼的人，也会吓一跳。

终于，拐过弯，就远远地看见父亲在地里刨地……

父亲和姐姐吃饭的时候，我就拿起镢头，学着父亲的样子刨地。只刨了两三下，就气喘吁吁了。

父亲边吃边唠叨，你什么时候长大，成了整劳力，我就有盼头了。

2

中午，太阳炙烤着大地，晒得就要着火的样子。

学校门口，车水马龙，放了学的学生像潮水般拥出校园。

我在学校门口拐弯处，在等父亲给我送饭。父亲一周送一次饭。

学校离家 40 里地。父亲骑着他那辆“金鹿”牌大弯把自行车送饭。大弯把后面驮着一个纸箱子，纸箱子里放着我一个星期的饭。父亲一见到我，就开始数落我，说我的衣服脏，也不洗一洗，头发这么乱也不梳。数落过后，我问父亲几时来的，父亲告诉我，九点钟开始走的，十一点到的校。唉，父亲竟在这里等了一个多小时。

父亲说着打开纸箱，开始向我介绍包中的东西。剪饼共六十个，是你姐刚刚摊的，够吃一星期的。蒜和咸鸡蛋，隔三岔五地吃。苹果是我今早到果园里才摘的。稍后，父亲拿出一件背心和裤衩，说你轮换着穿，要勤洗内衣。因为鸡蛋是臭鸡蛋，我怕同学闻不上味来，没有要。最后，父亲指着饭盒里的炒豆腐，你先吃这个，才炒的，这个放不住，容易坏。

上学那几年，也只有送饭时的一两顿，我能吃上我认为最美味的炒豆腐！豆腐是用油炸过，然后再放辣椒、芫荽炒出来的，色香味俱佳，最关键的是有油水。

这时，父亲眼里闪着泪花，动情地说，刚才我在校园里转了转，看到光荣榜了，找了半天，终于找到了你的名字，不错，总算对得起我，没有白给你送饭！

3

父亲老了，身体也被岁月掏空了。

父亲打电话跟我说，他尿血了。村里的赤脚医生让到大医院检查一下。

我骑摩托车把父亲接到了医院，父亲换上了新衣服，看上去很别扭。

挂号，排队，憋尿。

做B超的人满满一屋子。

在等待的时候，我还要到院子里看一眼摩托车，生怕再被贼偷走了。

前几天，我在医院陪护领导时，我的摩托车被贼顺走了。

在看过三次后，父亲终于排上了号。

我回来时，父亲已查完，正在厕所里小解。

就在这间隙，医生把我叫到一边说，你父亲是不好的病，住院做手术吧！

父亲知道后，说啥也不住院。我怎么掩饰，怎么撒谎，父亲都铁了心不做手术。

经过几个月的思想斗争，父亲同意做手术了，而我却有了顾虑。担心一做手术，会加速扩散……

半年后，思想统一，父亲住院做了手术。

妻子在家做好父亲最喜欢吃的菜，我负责送饭。

父亲坐在病床上，吃着我从家里带来的饭，喝着平时不喝的牛奶，看着邻床吃着饭店里难以下咽的饭菜，很欣慰。

4

那天，我正在放风。

父亲来看我来了。

父亲手术后，恢复得不错。灌注几年药后，病情得到控制。

我的工作也顺风顺水，也成了要害部门的头头。单位里大大小小的事都是我一人说了算。每天早晨上班后，我办公室门口就排起了长长的队伍。一个一个等着向我请示汇报。

经过大半年的调教，原来一个很混乱的部门，让我管理得井井有条。

那些不听摆布的，该调走的调走，该下放的下放。听话的提拔的提拔，重用的重用。我身边没有一个跟我唱反调的，我慢慢地就放松了警惕。

晚上回到家，阴暗的角落里，也排起了长长的队伍，拜访者络绎不绝，这位前脚刚走，那位接踵而至，默契得很。先是烟酒、特产，后是金玉古玩、高档房产。我也自认劳苦功高，心安理得。

我正要甩开膀子再干一场，准备向副县级领导冲刺时，监察委在我在台上做报告时，把我带走了……

我被判了六年，妻子携子改嫁，我几次自杀未遂。

那天，父亲带来了一饭盒炒豆腐，一看到炒豆腐，我的口水就流了下来。我在位时，这东西在桌上我是基本不碰的。海参鲍鱼什么的我都吃腻了。这盒炒豆腐，我吃得是那样香，仿佛又回到了上学时代，还是那样有味道！

父亲颤颤巍巍地从口袋里掏出了一盒烟，居然是我平时最喜欢抽的软中华……我已哭成了泪人。

父亲说，跌倒了，没啥，再爬起来，人生的路还长着呢！

原载《鲁中晨报》2021 年 2 月 23 日

唱一个

鞠志杰

李秋收一直怀念十八年前那个夏天的那个下午，那天，李秋收差点没笑破肚皮。

那天是星期六，老局长王光武带着局机关的几个随从到下面的一个县采风，县局领导一班人自然是热情接待。那个县有个著名的风景区，在一条植被茂盛的山谷里，竟然有一条冰川，置身其中，暑气顿消，清爽怡人。刚从山谷爬出来，没想到瞬间便阴云密布，一阵狂风过后，雨便洒落下来。时至正午，索性直接步入景区酒楼，一边听雨，一边饮酒，非常惬意。

以为夏天的雨就是一阵儿，可没想到，这雨却下个没完。酒桌上该玩的令子都玩了，雨也不停。雨不停，就没法出山。这酒楼条件也很简陋，没有啥可供娱乐的设备，比如音响，想唱歌只能清唱。王光武爱好文艺，琴棋书画吹拉弹唱都拿得起来，为了不让县局一班人觉得尴尬，王光武竟然带头清唱了一首流行歌曲《走四方》，博得了在座人员的热烈掌声和喝彩。这个头带得好！大家都放松起来，能唱的唱，会跳的跳，和着雨滴紧密的节奏，人们的情绪都兴奋到了极点。

刘林峰就是在这个时候出场的。当时，大家多少有点累了，又都坐回原位，茫茫然端起酒杯或者茶杯，象征性地找人碰一下，不至于太冷场。刘林峰和李秋收的职位是市局里最低的，都是科员，连个长都不带，自然轮不到他们说话。但县局的人仍然把他们当领导，尽管他们还都很年轻。

刘林峰清了清嗓子说："各位领导前辈们唱得太好了，我也献个丑，给大家唱个陕北民歌，助助酒兴。"老局长王光武听后第一个鼓起掌来，还向刘林峰投来鼓励的目光，刘林峰更有劲头了。把面前一个空碟子翻了过去，一手抓着一根筷子，"当当……"敲着碟子底便高声唱了起来：

我的那个妹妹你真不懒哎摇三摆

头一回我瞧妹妹呀哎嘚哟你呀不在

你妈妈打了我两锅盖哎摇三摆

第二回我瞧妹妹呀哎嘚哟你又不在

你爸爸打了我两烟袋哎摇三摆

……

怎么形容当时的场景呢？细雨唰唰唰在楼外飘落，刘林峰高亢的声音在屋内回响，尤其是几个高音“摇三摆”刘林峰竟然用假音给吊了上去，尖尖的，细细的，如黄鹂啁啾绕梁不绝。这歌词本身就带有一点喜剧色彩，再加上刘林峰俏皮的演绎，那效果真是绝了！一大桌子十五六个人当场便喝了爆彩，特别是王光武，还站起身来给刘林峰鼓掌叫好！他一站起来，别人自然也都跟着站起来，气氛一下子达到了高潮。

王光武坐下后问：“小刘啊，这陕北民歌你是跟谁学的呀？”

刘林峰说：“局长，我大学就在西安上的呀，那两年下乡采风，跟老乡们学的。”

王光武一拍脑门：“是啊，咋把你在陕西上过学这事给忘了呢。还会唱别的不？”大家伙也一致要求刘林峰再唱一个。刘林峰说行，先一块喝杯酒，我就再唱一个。好！那边王光武先把酒倒上，别人也跟着倒酒，大家一齐拿酒杯蹾桌面，然后把酒干下。

这边，刘林峰又敲起碟子底，高声唱了起来：

二不溜溜黄风沿山畔畔灰

心慌眼跳思想谁

朝东来了朝西回

这地方不红火短了个谁

……

陕北民歌有个特色，高亢嘹亮，拐的弯还多，如九曲黄河冲下黄土高坡。这些技巧刘林峰拿捏得非常准确，该喜剧的地方表情也非常到位，比如挑眉毛瞪眼睛，结果把大家逗得前仰后合。刘林峰其实也记不住完整的歌，但基本要领已掌握，便临时自由发挥了几段，反正大家也听不太懂。人们只管笑，笑完了咣咣喝酒，这陕北民歌成了下酒菜。刘林峰差不多唱了有半个小时，已数不清唱了多少段了，但大家的笑声却一直没停过。像李秋收都笑弯了腰，而王光武则笑出了眼泪。

最后，还是王光武提议，说让小刘歇歇吧，大家一块敬小刘一杯，谢谢小刘给大家带来欢乐。可以说，那天刘林峰真是给王光武长了脸。县局那班人纷纷对王光武说：王局，市局藏龙卧虎啊！

一晃，十八年过去了。如今，刘林峰已是市局局长。而李秋收，则是市局的办公室主任。

仍然是夏季，刘林峰带着市局几个随从陪同外省客人到那个县游玩，同样游览了那条有冰川的山谷，同样在景区酒楼躲雨打尖。酒楼还是当年的那个酒楼，内饰却大不一样，各种现代化娱乐设施一应俱全。但是，外省客人们却对这些不感兴趣，吃也吃了，喝也喝了，唱也唱了，一个个蔫头耷脑的不精神。

这时，李秋收也不知道搭错了哪根弦，突然说："要不，请我们刘局给大家唱几段陕北民歌吧！刘局唱得可好了！"

是吗？几个客人都来了兴趣，盯着刘林峰看。

刘林峰白了李秋收一眼，愠怒道："胡闹，我啥时候会唱陕北民歌了！"然后看了看窗外。"雨小多了，咱们回市里吧！"

说着，第一个站起身来，往外走去。

原载《小小说月刊》2021年1月下半月刊

乘风破浪的姐姐

谢素军

大半夜的，一个女人主动上你的车，更何况还是个漂亮女人。

杨二涛使劲地笑话我，她不是想上你的车，多半是想上你的人吧。我争辩，那天晚上，那个女人就说了句去黄花镇，刚好顺路，我便送了她一程。

可我不是滴滴司机，到了地儿，她才知道上错了车，还说要给我钱。我说算了，顺路罢了。她便笑了起来，这世界还有你这种人啊？下次再送我呗！

我说好。没想到，第二天晚上，又碰到了这个女人。女人叫纪晓芙，笑起来就像一朵盛开的芙蓉，她也感到很惊讶，能送我吗？

我说能。临了下车时，她在后座上留下一千元钱，说，大哥，你是个好人，以后能不能每天晚上带我一程，车费我照付。

你还真勾搭上那女人了呀？我看了杨二涛一眼，你觉得我像那种人吗？其实，也就一个星期后，纪晓芙便从后座主动坐到了副驾驶，还说，以后副驾驶的位置就是她的了。

想要这个副驾驶位置的早有其人，她叫周芷若，我的妻子，或者已经算不上妻子，因为就在一个多月前，她跟人跑了。看纪晓芙瞪着大眼睛，露出不解的表情。我耐着性子又说了一遍，一个月前，她，周芷若跟别的男人跑了，还卷走了家里所有的积蓄。

你每天半夜把车停在酒店门口，就是为了捉奸？

算是吧，但奸没捉到，却碰到你这么个蹭车的。我笑了笑，明天晚上我没空，你得自己打车了。

为什么呀？我都习惯坐你的车了，大不了我给你加车费啦！

坦白说，我还真不在乎这点车费，主要是丈母娘，还有那小舅子闹得有点离谱，不仅把我家里的门窗砸了，小舅子还整天拿着把杀猪刀扬言要宰了我。

你们别不信，这世界还真有这种人，甭管是非对错，我刚下车，便被丈母娘拽着衣领，泼妇骂街一样拖着我，你赔我女儿，你这个杀人犯把我女儿藏哪儿去了？小舅子更是直截了当，别废话，赔钱。

说到底，不就是为了钱嘛，我不想把自己老婆和别的男人约会的视频给甩出来，丢人！丈母娘嘴上硬，心里其实比谁都虚，自己女儿干了点什么事，她会不知道？更何况她周芷若可是个性情中人，说她妈都同意了，就等我点头。

这个头我可以点，但理要说清楚。家里的钱你可以拿，但得拿清楚。没错，我这人没啥本事，也不懂什么浪漫，但凭着祖上留着的这几亩地，借着拆迁带来的福利，是有点家底，全镇的人都知道，我就靠收租过着锦衣玉食的生活。

但是，这钱不是谁想拿就可以拿，还有我那几个拆迁分的门面，不是谁想占就可以占。杨二涛终究是出手了，带着几个堂兄弟，一把就将小舅子掀翻在地，要砍人是不是？今天就把你这畜生给剁在这儿。

丈母娘㞞了，一屁股便瘫软在地，一把鼻涕一把泪的只管哭闹，她不敢和我坐下来谈，更不好意思谈。不说别的，这些年，小舅子光从我手上便借走了十几万，说是借去做生意，但从来就没在生意上打个水漂，后来干脆啥也不干了，借了我三间门面房，还是要做生意，结果，人家就是转租出去，收租。

这些天来闹，不就是为了那几间门面房，还有那点欠款吗？我说，我也不是个不讲理的人，只要她周芷若回来，把离婚给办了，把账给算清楚了，该分你们多少一分钱都不会少。但丑话说在前头，她拿了我的钱去养小白脸，她必须得有个交代。

她周芷若交代不了，所以只能在微信发朋友圈：如果你还是个男人，就成全我们。自动显示的位置是县里最豪华的光辉酒店。

我无话可说，把车停在酒店门口，我就不相信，你周芷若能躲一辈子。可纪晓芙却说，你别不信，她这种女人还真能躲一辈子，你呀，能遇见喜欢的人，就过好自己的生活得了。

说这话的时候，纪晓芙把头凑过来，很近，非常近的那种，然后哈哈大笑，今晚不回家，然后从一个帆布袋里拿出几沓现金，今晚我请客。你做的什么工作，这一大袋哪来的啊？

纪晓芙再次凑过来，一字一句地回答，你别想歪了，我是这酒店的正经服务生。不过呢，我跟你一样，老公跟人跑了，说是做服务生太辛苦，结果傍了个富婆，可能是因为内疚吧，经常拿些钱给我用咯。

我“嗯”了一声。其实，我想问的是那个帆布袋，左边的那个吊坠还是我亲手挂上去的，当初，就是为了学一下乘风破浪的姐姐们。

结果，没学会。

原载《读者》2021年第4期

瓷 瓶

杨安中

村头一隅，我碰见挑着菜筐的二愣。“我说二愣啊，上个礼拜五的午休那段时间，你有没有看见贼头贼脑的人溜进我家？”“没有。”二愣问，“出什么事了？”我说:“家里放得好好的一件贵重东西突然间不见了。”“啊！真有这事？”二愣不信，用疑惑的眼光看着我，“光天化日的，借他一百个胆也不敢啊！”“真的，我不骗你。”我欲哭无泪地诉说着，“前一天我还拿出来摸了又摸看了又看，第二天就不见了。那是我花了高价钱买的啊！”“有这事？”二愣在想，会是谁呢？我说:“估计也就是附近村前村后的人。”“那你觉得谁最有可能？”二愣问。我说:“你二愣是不可能的，其他人不好说。”“什么我就不可能，你这看法我不赞成。在没有找到确凿的证据之前谁都有可能。”二愣说，“你买瓷瓶那天，我不也正巧撞进店铺去，还亲眼看见你付完钱之后把瓷瓶抱走，你忘了？”“是呀是呀，你这一说倒让我想起来了。”我说，“你二愣还发我和店老板各一支软中华。”“我就说嘛，若怀疑的话，我二愣是重点对象。你说呢？”“不不不，你怎么这样说呢？”“不是吗？除了店铺的老板，我二愣是第二个知道你不惜重金买走一只瓷瓶的人。”二愣说，“其实我那天也是去买那只碎花瓷瓶，哪想到你杨哥却先我一步买去。你若晚我一步，今天这样不开心的事情或许会发生在我身上。”“那也不一定。”“难说啊！对了。”二愣又问，“你当时怎么不提醒我一下呢？”“提醒你什么？”我问。二愣说:“提醒我不要对任何人说你买了这么一只贵重的瓷瓶。”“对呀！我就是忽略了这件事。”二愣说:“你那天若提醒了我，我是不可能漏嘴说出去的。”我问二愣:“除了当铺的老板、你和我三者，你跟谁说过？”二愣如实说:“我只跟本村的张李说了，至于张李有没有再跟其他人说，我就不知道了。”“这么贵重的东西不见了，真是很倒霉。”“报警没有？”

二愣问。“没有。家里再找找呗。”“嗯？你那只脚怎么啦？”见我右脚不对劲，二愣问。“不小心扭伤了。唉！倒霉的事总是找着我。”说完，我转身高一脚低一脚地走了。

在村尾的一棵榕树下，我遇见赶圩回去的张李：“我说张李啊，上个礼拜五的午休那个时间段，你有没有看见鬼鬼祟祟的人溜进我家？”“没有。”“真的没有？”“没有就是没有。”张李问，“发生什么事啊？”我说：“一件贵重的东西不见了。”“是不是一只碎花瓷瓶不见了？”张李问。“是的，正是它。”我问，“这你知道？”张李说：“听二愣说的。”“他怎么跟你说的？”“他说他看见你在一家当铺花重金买走一只碎花瓷瓶。”“他还说了什么？”“没了。”“我买走瓷瓶这件事你又跟谁说了？”张李如实说：“我只跟村东的德叔、村西的福伯，还有就是村前的孙二嫂和村后的快嘴刘……”“什么只跟的，这些还不够吗？”我用手指点了点，说，“你们啊，你们这些人也真是，让我说你们什么好呢？我买一件东西的消息就凭你们几张嘴一传十、十传百，风一样传得人尽皆知，难怪我的瓷瓶会丢失，都是你们那些嘴给出卖的。”“对不起啊！杨哥。”“现在跟我说这个有用吗？真是。”“那报……报警没有？”张李很关心的样子。“没报。”我手一扬，“不报它了。”张李不解地问：“你就心甘情愿让它石沉大海？”“那又能怎样？家里再找找看呗。”说完，我转身深一脚浅一脚地回去。

一路上我在想：这样一折腾，家里那只瓷瓶就安全多了。

原载《金山》2021 年第 5 期

放　心

欧阳华丽

李丽十六岁那年，她妈妈重病一场，出院后一直在家养病。读高中的李丽每到周末都想回去看看妈妈，可来回得五块钱的车费。家里为妈妈治病已经欠了不少的债，省下五块钱给妈妈买点营养品补补身子也好，就想干脆一个月回一次家算了。

一连几个星期不回家，父母觉得很是奇怪。再回来时妈妈问她怎么回事。她敷衍几句后眼圈一红说："我想把路费省下来。"李丽再去学校时，她爸爸叫住她说："下周回来时把车票带回来，爸给你报销。你就安心回来看妈妈吧。"李丽眼睛一亮问："真的可以报销？"她爸爸说："我是单位会计，报销几块钱的车票，这是小事。"李丽高兴得跳了起来。

李丽考上大学后，为减轻家里负担，业余时间就去花店打工。每次寒暑假回家，她仍把车票贴在报销凭证上给爸爸报销。她爸爸也常叮嘱她，要安心读书，不要太省，特别是晚上从花店回宿舍一定要打车，把车票寄回来他想办法报销。这天李丽打电话回家，父亲刚接电话她就哭出了声，她说："骑着店里的摩托车送花，不小心剐了人家的车，要出喷漆的钱。"父亲说："你别急，人没事就好。先报警，修车费你让修理厂开好发票，爸给你报销！"李丽止住泪："一千多块钱也能报吗？这可不是几十块钱的车费。"父亲说："我手里有权，能报。你把发票寄回来给我就行。但你得答应我，以后一定要谨慎再谨慎，不能再出这样的事了。"

一晃四年，李丽大学毕业分配到金融部门工作，后来还当了副科长。

李丽爸爸退休后，对李丽说："趁你妈身子还行，我带她去旅游，你有空就陪我们一起去吧。"李丽一口答应。陪着父母去了北京、上海、西安，逛遍各处名胜景点，尝遍各种美食。妈妈嗔怪她乱花钱，李丽说："妈，别担心钱的事，我有办法在单位处理掉。"

回到家，爸爸把她叫到身边问："我看你这次旅游的花费都让人开了发票，你们单位都能报销吗？"李丽笑着说："爸，放心吧，我有办法变通的。"父亲叹息一声，从抽屉里拿出一个文件袋，示意女儿打开。她打开一看，怔住了。袋子里装的全是她的各种报销凭证。

父亲语重心长地说："你是家里的独生女，爸妈疼你，家里虽紧巴可舍不得你受委屈。如今看到你有出息爸很高兴，希望你争气。有些话我得嘱咐嘱咐你，不然我不放心。我们都是天天跟钱打交道的人，要做到两手干干净净。"

李丽调皮地噘嘴道："我知道，这个袋子是放在你的那些'先进工作者'奖状下面的。"

这下轮到父亲目瞪口呆了："你什么时候看到的？"

"我参加工作那一年，你高兴得喝多了，我给你找解酒药时发现的。那时我就下定决心，要像你一样做一名严格遵守财务管理制度的'先进工作者'。"

"那你这几天的发票……"爸爸问。

"妈妈这些年身子不好，一直觉得自己是累赘，拖累了家里，我是想让妈妈开心地玩嘛。"

原载《红豆》2021年第3期

雨　夜

蓝　月

大雨滂沱，砸得窗玻璃啪啪响。

张卫民一下子惊醒过来，汗珠子从额头滚下来，确切地说，他是被剧烈的胃疼疼醒的。

张卫民得胃病很多年了，下基层的时候工作忙顾不上治，到镇里当纪委书记后更是忙得脚不点地，胃疼起来就吃几片药片对付。

张卫民坐起来，用拳头顶着胃部，打开抽屉找药片，眼睛看了看黑漆漆的窗外。

床头柜上手机响了。

“什么？猫岩村发生山洪险情？立马通知疏散村民，我马上到！”

挂掉电话，张卫民通知镇里组织车辆，前去猫岩村救援村民，他骑上摩托车直奔猫岩村。

猫岩村他熟悉，曾经蹲过点。

山路崎岖，风大雨急，张卫民的衣服全湿透了，他恨不得腋下长出翅膀。

赶到村口的时候，洪水已经齐小腿肚了，摩托车不能开了。

村民们正在往外拥，他们背着老的，抱着小的，一脸的惊慌和悲伤。

“乡亲们不要慌，往镇子方向跑，镇上有车来接你们！”张卫民大声喊着，从人群中逆流而进，直奔村里。

张卫民让村干部分头行动，一家家敲门查看。“一定要确保村民一个不漏撤出村子。村民安全了，干部才能撤离。”

半小时后，洪水更加湍急，走路都有点困难了，好在村民们已经离开得差不多了。

张卫民刚想喘一口气，突然听到断断续续的呼救声，从村子最里面靠近山体的地方传来。

“不好，是王强家……”张卫民撒腿就往王强家跑。

王强是村里面最不受待见的人，整天游手好闲，不务正业，家里有个瞎眼患病的老娘。

此时，王强家的破房子摇摇欲坠，岌岌可危。

张卫民刚一推门，一个年轻人跑了过来，是王强。

“王强，你去哪了？快进屋救你妈！”张卫民一声大吼，把王强吓了一哆嗦。

“我……”王强嗫嚅着。

“你什么你，快，不然要来不及了！”张卫民说着，头也不回地冲进了屋里面。

王强也紧跟着冲了进去。

张卫民背起床上的老人，身体晃了几晃。

“张书记，我来……您赶紧先出去，房子要塌了！”王强接过了他的老娘，背在了背上。

“有我在，房子塌不了，快走！”张卫民鼓励着王强。

“嗯。”王强的眼泪流了下来。

两人快速往屋外冲去。

房子颤抖着，似乎也在做最后的坚持。

刚冲出屋子，房子轰隆一声塌了。

好险！

王强背着他娘，张卫民在后边帮忙，深一脚浅一脚终于赶到了村子外边。

突然间，张卫民感觉到眼前一黑，什么也不知道了。

张卫民醒来的时候，看到村干部都在跟前。

“村民们都没事吧？”张卫民赶紧问。

“张书记，村民们都没事，您放心吧！”村干部红着眼睛回答。

“没事就好，没事就好……你们都回去忙你们的，我这里没事。”张卫民露出了笑意，闭上眼睛休息。

张卫民感觉到村干部都站起身离开了病房，他闭着眼睛不想睁开，他实在太累了。

朦胧中，他感觉有人给他掖了掖被子。

“不是叫你们都忙自己的去吗……”张卫民微微皱起了眉头。

“张书记，是我，王强……”

“哦，王强啊，你扶我起来靠一会。”张卫民睁开眼睛，床边果然是王强。

王强扶起张卫民，往他后背垫了一个枕头。

“你妈挺好的吧？”

“我妈没事……张书记，我……谢谢您……”

王强的泪涌了出来，扑通跪下了。

“王强，你这是干啥？”张卫民赶紧伸手扶王强。

“张书记，我不是人……”王强哽咽了。

“好好做人，好好孝顺你妈。”张卫民握住王强的手，拍了拍他的手背。

“我保证，一定好好做人！张书记，我扶您休息吧。”

王强扶张卫民躺下，盖好被子，走出了病房。

雨还在下，但小了不少。

第二天，张卫民接到了派出所季所长打来的电话，说王强主动自首，交出了暴雨夜他浑水摸鱼偷来的村民家的钱物。

“这小子，这回真醒悟了！”

张卫民扬起嘴角，欣慰地笑了。

原载《金山》2021年第5期

风谷峪

王　鼎

风谷峪的风像大战前的军人，冷峻、肃穆。

中条山横岭关最险要的峪口就是风谷峪。连队里的笔杆子说，汉代大将军周勃父子在此驻守，因其颇有风骨，老百姓那时叫这里“风骨峪”，只是千年过后，被不懂历史粗通文墨的某个文人，因了这里四季常刮的冷风，写成“风谷峪”。

张世贵带领一个班，不，准确地说，应当叫加强班，坚守阵地。为了护送军工厂重要设备、物资安全转移，连长排长豁了老本，把三挺马克沁重机枪和大量弹药交给他。

张世贵很清楚紧紧“咬住”物资转移队伍的是曾经并肩作战的国民党军那支连队，也惦记着当年被自己从日寇飞机大炮轰炸下救出的国军中尉刘老闷，他兴许还在这支部队里。直到三挺重机枪打退了敌人第一波进攻的间隙，从对面的喊话中，才确定了这家伙果然还在，而且实实在在成了刀枪相向的敌人。

刘老闷压根没想到能在这里再次遇上他的救命恩人世贵哥，只是他们各为其主，这让刘老闷心如刀绞。

五年前，国共军队在此并肩阻击日寇。鬼子的机枪、迫击炮火力贼猛。国共友军起初按照分工各把守一个山头，鬼子几番攻击下来，双方伤亡很大。不知啥时候，八路军和友军被打红了眼，不约而同会聚在风谷峪口，不顾一切向鬼子迎头痛击。鬼子丢下大批尸体，向后退去。恼羞成怒的犬养，从运城调来了轰炸机，向峪口阵地狂轰滥炸。张世贵瞬间被爆炸的气浪掀出战壕失去知觉，刘老闷被弹片击中大腿，鲜血直流，不省人事。

醒过来的张世贵抖落脸上的泥土，揉揉眼，发现受伤昏迷的刘老闷，几步爬过去，拆掉自己的绑腿布带，给刘老闷做了简单的止血捆扎，一把将他背起，踉踉跄跄向后山走去……

胸膛紧贴着张世贵厚实的肩背，刘老闷在颠簸中，渐渐苏醒过来。

“世贵兄，打走了鬼子，你将来打算做啥？”

“老闷，俺首长说了，到那时候，咱穷苦人，都能分得田地。俺想，凭咱这身力气，将来一定要回家乡种田，孝敬父母，再讨个俊俏婆姨，生一堆娃儿，整天闹哄哄的，老美了！”

“哈哈，世贵兄，咋跟俺想的一样？！”老闷拍了拍张世贵胸膛。

那一刻，风谷峪的风，竟然有了暖意。

可眼下，就在这里，双方互不相让，张世贵的机枪，打退了刘老闷一次又一次的进攻。

双方休整中，峡谷一时安静了。

刘老闷冲着峪口方向突然睁大双眼，对面的张世贵竟然走出掩体。

张世贵装了一锅烟，对着冒青烟的枪管把火点上，坐在那里吸着。“老闷儿兄弟，你还活着吗？”

刘老闷心想，世贵哥，你这是干啥？等着俺打冷枪吗？！

刘老闷立刻回头对着身边的士兵吼道：“都给老子听着，没有命令，谁都不准开枪！”

“世贵哥，俺还有三十来个人，等你抽完这袋烟，俺再来一次冲锋。”

刘老闷等张世贵抽完烟走进战壕，再次发起冲锋，这次冲锋最为猛烈，刘老闷的士兵边冲锋边投掷手榴弹，或是抢点还击，坚守峪口的三挺马克沁机枪很快被打哑了两挺，只剩下了张世贵这一挺，并且全班也只剩下了张世贵一人。其实，张世贵也负了重伤。

张世贵知道，此时对面留下来的都是当年跟鬼子拼过大刀片子的老兵了，只有这些老兵才有这样的战斗力。他装满子弹喊道：“老闷儿兄弟，你还活着吗？”

“世贵哥，俺活着呢。”

张世贵望着阵前满地的尸体，握着马克沁重机枪的手颤抖着，强忍着伤痛。“老闷儿兄弟，俺知道你还活着，当年俺救你，是让你好好活下去，不是让你跟俺来拼命，你老家解放了，听哥的话，回家好好过日子吧。”

其实，战前刘老闷就接到了家乡父母的来信：“我儿，咱家乡解放了，分到了几亩田地！”

家书抵万金。这是国共双方在抗战中保留下来的奇迹，头可断，血可流，但是传递家书的邮路，邮递人员一茬接一茬前赴后继地接力着，从未断过。

接到来信，刘老闷就释然了，不再为父母的养老生计担心了。他由衷地对领导友军的共党感到敬佩，但是在一次次战场前的歃血宣誓中，却又坚定了军人冷冰冰的意志。祖祖辈辈就是这样教育的，从小看《三国演义》《水浒传》《岳飞传》，得出的信条就是：军人哪怕是死了，也要让杀死你的对手敬重你。

张世贵为什么会突然从战壕中走出，将自己暴露在敌军射程内抽烟，是因为信任，还是想干什么？那一刻，就连张世贵也说不清，面对过命之交，自己怎会有那样的举动？！

满身血污的刘老闷从堆积的尸体中爬了出来，喊道：“世贵哥，俺知道你枪下有神，不想杀俺，但俺也是军人！感谢世贵哥当年救命之恩啦，俺把这条命还给你。”

刘老闷带着仅剩的几名士兵，手握着斯登冲锋枪冲了上去。

张世贵再次扣响马克沁重机枪。一阵弹雨过后，风谷峪静了，只能听到呼呼的风声。

“老天啊——”张世贵艰难地爬出掩体，找到刘老闷尚有余温的尸体，紧紧抱在怀里，用尽最后的力气撕心裂肺地喊着，一腔热血从口中喷涌而出……

风谷峪的风，瘦冷凄厉，裹挟着硝烟，还有浓烈的血腥味，在阵地上呼啸……

原载《微型小说月报》2021 年第 6 期

别让父亲失落

林万华

父亲在德阳饭店当了三十多年厨师，做得一手好饭菜，老城东南一带的居民，提起德阳饭店，少不了说到父亲——林师傅。后来征地拆迁，德阳饭店停业，父亲也到了退休年龄。

从小，我就喜欢吃父亲做的饭菜，但只有父亲每周休息那天，我才能如愿以偿，随后便是漫长的等待，一直等到父亲下个休息日。其实，父亲在家做的饭菜，远没有在德阳饭店做的花样多。那时，家里没啥好吃的。主食一半米面，一半杂粮；菜嘛，冬天白菜、土豆、萝卜、豆腐，夏天黄瓜、豆角、西红柿。鸡蛋、鱼肉个把月也难见一面。父亲在饭店做糖醋鲤鱼、四喜丸子、红烧肉、熘肝尖、炒腰花，我只听说，从未尝过。但父亲在家炒的醋熘土豆丝，炖的砂锅老豆腐，煮的疙瘩汤，烙的千层饼，却是我们一家人的最爱。大院里的男女老幼，都尝过父亲做的饭菜，众口一词：老店的厨师，手艺就是不一般。每次父亲炒菜，满院飘香，出来进去的人，无不羡慕，都扭头朝我家厨房里望，有爱说笑的老邻居，隔窗冲父亲亮开嗓门：林师傅，又炒啥好菜啦？父亲呵呵一笑，故意把炒菜的铁铲在锅沿磕两下，发出“当当”的响声，隔窗应道：来尝尝就知道喽。我在屋里听着，心里美滋滋的。

父亲退休时，我已参加工作，每天下班回家吃父亲做的饭菜，心里特满足。

结婚后，我搬出大院居住，离家远，不再每天回家吃饭。姐姐早已出嫁，家里只剩父母。我和妻周日来看他们，这一天，家里犹如过节。父亲一早儿就去市场买新鲜的蔬菜、鱼肉，到家一头扎进厨房：择、洗、切，蒸、煮、炖，食材经他过手，很快就变成一道道我和妻爱吃的珍馐佳肴。母亲站在一旁打下手，老两口边忙乎边唠家常，一上午没闲着，竟不觉得累。我和妻进屋时，父亲微笑着走出厨房说：就等你们啦。不经意间他将一只手拄在腰上，我察觉到父亲笑容后面掩饰着疲惫，不由得心生愧疚，我说：爸，您腰又痛了，快歇会儿吧，我们自己做。妻忙洗手，准备下厨。父亲却拦住我们说：一周才吃一次我做的饭菜，你们陪你妈说话，四口人的饭，比在饭店做十几桌酒席简单多了。说着，父亲已转身走回厨房，不一会，饭菜出锅，满屋飘香。

吃饭时，父亲坐在我身旁，见我和妻吃得有滋有味，他脸上的皱纹始终舒展着。我说：爸，您吃啊。父亲说：你们吃。我知道父亲累了。我和妻吃完，父亲才拿起筷子，那顿饭他吃得很慢，吃得很香。

回自己家的路上，我对妻说，往后，咱们吃完午饭再来，还要多带些菜，免得爸为咱们买菜做饭，看他累的，腰又疼了。妻点点头。

此后，尽管我和妻很想吃父亲做的饭菜，但我们还是坚持午后才回父母家，并带来新鲜蔬菜、水果、鱼、肉、蛋。可每次回到家，饭桌上依然摆满饭菜，父亲说咱们一起吃。我和妻只好坐在饭桌旁，胃里满满的，实在吃不下多少。父亲望着一桌饭菜，几次欲言又止，虽然他依旧面带微笑，但我已感受到他心中的失落。

去年，母亲病逝，父亲一下苍老了许多。每到周末，他都打电话，问我和妻周日回不回家吃午饭。我说，您别忙乎了，午饭我们自己做。头晌午，我和妻赶到家，父亲早把午饭做好了，我埋怨道：您再这样，我们以后不来了。父亲望着我，呵呵一笑，说：你们不是爱吃我做的饭菜吗。

晚饭虽简单，父亲还是不让我们动手，他说，就当我活动筋骨了。

那天，我和妻离开时，在大院门口，遇上邻居冯婶，她悄悄对我说：平时你们不来，你爸吃饭总对付，院子里也闻不到他炒菜的香味啦。他做了一辈子饭，如今没人吃，做饭的心气也没了。我心里一沉，想说什么却说不出。

沉思一路，到家，我对妻说：从明天开始，咱俩下班去爸那儿吃晚饭。妻一脸茫然地望着我。我说：父亲喜欢做饭，他心里高兴，不失落，身体才会硬朗。妻恍然大悟：那我帮爸做饭，既学厨艺，又不让爸累着。

我笑了，妻也笑了。

原载作家网 2021 年 6 月 20 日

拜 年

张建忠

临近年关，生病的老娘又在我面前念叨："二旦，德福来拜年了吗？记得要还他两个苹果……"

二旦是我的乳名。

娘生病这几年，总是念念不忘许多年前的那两个苹果。

娘到底咋啦？

这还得从三十年前说起——

那时，从大年初一直到初三，我们小孩子总是要到邻居家拜年。哪家来拜年的孩子多，哪家就觉得脸上有光。为了表示心意，主人家往往倾尽全力准备零食，可是由于穷，一般只能准备些瓜子花生。

我们小孩子吃腻了瓜子花生，就打听着哪家有更好吃的，就集中到哪家。分到好吃的东西不舍得吃就拿回家，一是显摆，二是告诉大人不能失礼。几天下来，全村都知道今年哪家又有什么好东西了。在一起叙话的时候，有好东西的人家，就会获得一片恭维："你家今年不错！"说的人满脸虔诚，听的人嘴上说"不行，不行"，脸上却堆满了笑。

我们的伙伴德福家条件好点儿，他爸爸是一名工人，平常吃穿都比我们强。因此，他家门口就挤满了我们这群孩子，虽然，德福娘和我娘吵过架，但是我们小孩子不记仇，继续来往。我们像小燕子一样在德福家门口叽叽喳喳，很是热闹。娘有时探出头来看，德福娘见了，发糖的声音就格外响亮。虽然一人只能分一块，大家还是很高兴的。

那两天，德福娘说话的嗓门很大，大到在村尾都能听得到。回到家，娘拽着我和弟弟的耳朵说，长点儿记性，明天别去德福家拜年了。我们嘴上答应着，可是第二天又去了，谁叫他家有好东西吃呢？那一年，数来德福家拜年的孩子多。

“我一定要让来我家拜年的孩子不比德福家少！”娘经常念叨着。可一旦到年初一，家中拿不出像样的食品给来拜年的伙伴们吃，不仅扫他们的兴，还影响下一年来拜年的人数。我们都替娘担心。可娘似乎有办法，她让我提前告诉小伙伴，到时候，她会弄出他们没吃过的东西。话放出去了，小伙伴都急切地问我到底有啥好吃的呢。我说，你们去了不就知道了吗？说着，我故意挺了挺胸膛，一副胸有成竹的样子。

年初一到了，小伙伴们第一个聚集在我家门口，娘变戏法一样端出油炸的年糕来，圆圆的焦黄油嫩的年糕，让小伙伴们祝福声一浪高过一浪。娘满脸堆笑，说趁热吃吧。我们可舍不得吃呢，我和小伙伴一人拿着一块年糕，就急忙向德福家去了。德福家是一人一个苹果。苹果当时可是稀罕物了。小伙伴们拿着苹果，祝福声比在我家喊得都响。小伙伴们都夸德福家的苹果好，拿着苹果吆喝着“红苹果，红苹果”往家跑。我看看红红的圆圆的苹果和因冷却而软不拉耷的年糕，心里很难过，觉得让小伙伴失望了，于是，我拉着弟弟回了家。

弟弟到家就举着苹果向娘炫耀：“娘！德福家给的苹果。”

娘看了看苹果，没有吱声，伸头往外看了看，转过头来说：“你们是好孩子，苹果给娘吧。”

我爽快地把苹果递给了娘，弟弟拿着苹果往身后藏。

“拿出来！”娘呵斥。

弟弟噙着眼泪，把苹果攥得紧紧的，把拳头搋过去，娘一把夺过苹果。之后，娘附在我耳边交代了一番，我心领神会地出去了。

第二天，第一个到我家拜年的狗蛋得到了两个苹果。他拿着苹果，乐颠颠地喊着“二旦家发两个苹果”往回跑。我拉着弟弟的手紧随其后，一会儿，我和弟弟一人拿着一个苹果，喊着“狗蛋家发两个苹果”跑回家。不大会儿，李胜从我家喊着“二旦家发两个苹果”跑出，我和弟弟又紧随其后。又一会儿，我和弟弟一人拿着一个苹果，喊着“李胜家发两个苹果”跑回家。一整天，“二旦家发两个苹果”的声音响了十多遍，其他家“× × 家发两个苹果”的声音各响了一遍。

年初三，拜年的最后一天，两个蔫蔫的苹果回到了我们手中。弟弟准备啃一口，娘急忙拦住，摩挲着弟弟的头说：“乖孩子，等到晚上没人来拜年了再吃，好吗？”弟弟盯着苹果，不情愿地点了点头。

天黑了，正当我们准备关门时，德福来拜年了：“大娘！恭喜发财！”德福拱了拱手。

娘看看我和弟弟，又看看苹果，赶忙把那两个苹果塞进了德福的口袋里，德福喊着“二旦家发两个苹果”跑回家。

那一夜，弟弟没能吃上苹果，睡梦中还哽咽着。

娘叹了一夜的气。

第二天，娘一打开门，就见两个新鲜的苹果放在门边，阳光照着，红光闪闪。

第二年，德福家搬到城里去了。我们小伙伴拜年再也吃不到苹果了。多年以后，我们生活好转了，每家每户都准备了丰富的食品，等着前来拜年的人，可是来拜年的人越来越少了，娘年年都惦记着还少德福家两个苹果呢。渐渐地，网络拜年已成为一种趋势。

有一年，德福通过视频来给娘拜年。

娘说，德福，大娘还欠你家两个苹果呢！

德福说，大娘，别提了，俺娘知道你用俺家的两个苹果重复送人的事，就装作不知道让我到你家拜年，可你却把俺娘给的苹果又给了我，二旦哥他们没有苹果吃了，娘就让我悄悄地在你家门边放两个新鲜苹果。

孩子，你娘还好吗？娘问德福。

我娘因病去世了几个月了，德福哽咽着说。

娘一听，哭着说，大妹子，我还欠你两个苹果呢……

今天，患阿尔茨海默病的老娘又在念叨着那两个苹果。

原载《安徽文学》2021 年第 5 期

守　望

秦兴江

初冬时节，天变得越来越短，眼看太阳就要下山了，马大爷抚摸着身边的墓碑，还没有要走的意思。今天是来滩涂边的第三天了，这三天陪伴他的只有身边马老太的墓碑，马大爷还没有看见一只天鹅的影子。

“会等到的，会等到的。”马大爷一边自言自语，一边像是安慰着墓碑里的人。

“比十年前整整晚了三天啊。”

马大爷不由想起十年前的那个下午，那个黄昏。

那天下午，马大爷和马老太在自家那块自留地里收拾秋后没来得及收拾的玉米秆和残枝败叶，看看天色不早了。“咱回家弄饭吃吧。”马大爷说饿了。马老太一边应声起身，可她突然指着远处的水边问：“那是什么？”

“像两只鹅，奇怪，这是谁家的鹅啊……”马大爷看着不远处的两只大白鹅说，“天都黑了，谁家的鹅跑这么远哩。”

也许是那两只鹅发现了他们的议论，突然一声长鸣，展翅飞远了。

“天哪，不会是天鹅吧！你看你看，都怪你，说话不能小声点？一辈子急吼吼的，像放炮仗似的！”

马老太开始大声埋怨起来。马老太一般是不埋怨他的，她是一个好媳妇，历来和声细语，可是这次却大声埋怨起他来。

第二天下午，他们又来到了滩涂自留地。当然，跟他们一起来的还有很多白天鹅。

第三天也是，从第二天的十二只，变成了十六只。马老太数了半天终于数清了是十六只。

那一年，是白天鹅来的第一年，虽然还不足二十只。但是第二年，第三年，每到那个时节，马大爷和马老太都会去那个滩涂等候。白天鹅也会如约而来，一年比一年多。特别是经历了三年以后，他们更加坚信，白天鹅会不请自来。

马大爷和马老太逢人便讲那些白天鹅的故事，言语中不无自豪，那是他们的滩涂，那是他们的白天鹅。

知道白天鹅的人越来越多。后来，每到白天鹅快来的日子了，滩涂上不知从哪里就会突然冒出好多好多奇怪的人，他们带着长枪短炮，穿着奇装异服，像当年的外国鬼子长驱直入，如入无人之境。

“你们……你们……你们是干啥的？不要吓跑了我的……白天鹅！”

马老太挺身而出，声色俱厉。

“又不是你家的白天鹅！”有一个人撇着嘴巴，他们就像听不见马老太的声音，看见白天鹅飞来了，就恣意地踏过马老太家的自留地，举起手中的长枪短炮，瞄向水边的白天鹅……

马老太气急之下，一病不起。

第四年，不，是第五年。那一片片滩涂和碧波荡漾的水面上，数百只白天鹅仿佛水中的雪莲，又宛若快乐的天使，时而悠然自得地引吭高歌，时而踏着水花婉转低鸣，时而凌空亮翅，时而翩翩起舞……

那一片水域和滩涂，变成了美丽的“天鹅湖”。

而马老太却变成了天鹅湖畔的一块墓碑……

“不，你没走，我要陪着你，年年都来看白天鹅……”

马大爷从遥远的思绪中回到现实。天就要黑了，他依依不舍地抚摸着身边的墓碑。马老太去世后，她的坟就埋葬在自家的滩涂，这里是最先看见白天鹅的地方。

可是后来由于政府拦河扩建，天鹅湖的水深达几米，很多沿河滩涂湿地都被淹没了。天鹅来的时候找不到吃的，天鹅的数量越来越少……这两年冬天，每到天鹅来的时候，马大爷和村里的老人们没少带着自家的大豆、玉米，撒向白天鹅活动的河岸滩涂。马大爷想，如果马老太在的话，她肯定也会支持自己这样做的。不然，河水上冻的时候，那些天鹅去哪里找食吃呢。

天真的要黑了。马大爷再次抚摸着身边的墓碑，恋恋不舍地说：“算了，明天我再来陪你吧！”

他擦拭着眼角的一滴泪水，缓缓地转过身。这时，在夕阳落山的天空中，突然传来了一声久违的鸣叫……

“来了！来了！”马大爷激动地大声嚷嚷着，一边使劲凝望着天空，去搜寻那熟悉的身影，一边习惯性地向后伸出一只手，去搀扶马老太……

原载《嘉应文学》2021年2月刊

兔

戴春兰

当奶奶老成老奶奶，她跟家里养的兔子越来越像。

奶奶去世前几年，患上老年痴呆，她说母亲偷家里的东西去卖，她天天到外面游逛，把看到的木柴、衣物甚至垃圾全当宝贝捡回家……我怀疑她的灵魂早已脱离身体，到达未知的彼岸。

只有面对兔子，奶奶才表现出前所未有的清醒与耐心。她在堂屋天井边，用砖垒起一溜儿兔舍，隔了五六间，垫上稻草，满满当当几代兔，其乐融融。上面用木板严实盖好，压数块砖，特别防范老鼠偷食幼兔。隔两三天，她就把垫的稻草换了，让兔子睡得香，也不会脏。喂食时，她放入草料，伸出细瘦的手轻轻抚摩兔子，张开干瘪的嘴喃喃道："快长快大啊，一只五斤，只只五斤……"大小兔子围成一圈吃草，嘴一动一动地嚼，闭着眼享受她的抚摩。金黄的阳光倾泻而下，打在她和兔子的侧影上，镀上一层圣洁的光芒。那个瞬间，我恍然觉得，奶奶就是一只老兔子，长年吃素，全心全意护着兔子，绝不让旁人沾手，兔子都听她的，狠命生了长，长了生。

没有孩子不喜欢兔子。这些白的黑的灰的精灵，绒毛细腻，耳朵柔软，眼睛清亮无邪，三角小嘴动个不停，蜷着小腿蹦蹦跶跶，着实可爱。它们性子和顺，任人爱抚，即使被提着耳朵抓起，只踢腾几下小短腿，绝不像鸡鸭那般撒泼似的胡抓乱喊。从不挑食，老菜叶啦，青草啦，嚼巴嚼巴就咽下去。繁殖快，长得快，一对兔子一年到头能生养二十几只兔子，转手就是针头线脑的钱，深得全家人欢心。

我刚伸出手想摸摸兔子，便被奶奶喝止："你别动兔子，你的手没洗！"见我扁了嘴想哭，奶奶又哄我："小孩子家屁股上有三把火，兔子不喜欢！"你怎么就能随便摸兔子？我噘着嘴抓过奶奶的手，干瘦，冰凉，皮松松地覆在骨头上，这样的手兔子就喜欢吗？

乡人极爱食兔，做法繁复。满月小兔配点红枣茯苓党参清蒸，最能给婴幼儿滋补脾胃。红烧大兔子，皮红皱肥厚，肉紧实入味。和香藤子或“猴仙丹”等草药清蒸，肉细嫩顺滑，汤清甜可口，有滋阴补阳、清凉解毒之功效。整只放入水中煮，可插筷子即捞起，斩块，装盘，汤可用煮粥或粉、面，鲜香浓郁，肉蘸了姜、葱、薄荷捣成的盐汤吃，格外细腻入味，佐餐配酒，可再添一大碗。逢年过节，四邻的餐桌上必有一道兔菜，极受欢迎。

吃兔子像摘果子，养兔可辛苦得很。乡人常把爱吃零嘴儿的人叫作“兔子嘴”，那兔子的嘴一天到晚不停地吃，好像多少东西都喂不饱它似的。每到课余放假，我必定要先拔满整整两畚箕的兔子草才能出去玩。小伙伴们欢笑声尖叫声撩拨得我两眼冒火。我长叹口气，认命地挑起畚箕往村外挪。油菜田里的草最是鲜嫩，“黄瓜子草”“白头公草”，一抓一大把，在菜花下钻进钻出，沾染一身花香。倘若遇上乡邻正拔菜，可再好不过，丢弃的红萝卜白萝卜缨子老菜叶等，一装就是一畚箕，小半天工夫即可回转家。

到家后，奶奶可要一一翻拣过，嘴里还不忘叨叨：

这草有露水，要先拿到坪上晾干！

怎么混进茇茇草？兔子吃了可要拉肚子的，你要挑干净来！

今天的草怎么跟我一样老？要到圳沟边、菜地里挑最嫩的拔，兔子爱吃，也长肉……

“奶奶！您对兔子可比对我好！”我心急火燎想冲出去玩，累了半天也落不下一句好，委屈得鼻音都出来了。

其实，奶奶早对我们讲过兔子的往事——

那几年，举国上下都陷入饥饿的泥淖，地里能吃的全被捋了好几遍，都往四围的山里采蘑菇、笋，也打鸟雀。奶奶上有年迈公婆，下有四个半大孩子，想尽办法，全家人还是半饥不饱，一年到头见不到荤腥。幸好奶奶在后门屋檐下养的兔子因为不吵不叫，居然躲过一劫。亏得这三对可爱的兔子啊，把大家伙儿不吃的野草全转化为肥美的肉，基本上一个月能杀上一只，变着花样滋润一家子干涸的身体。

许是肉香太过浓郁，常有左邻右舍偷偷摸摸提着些地瓜米谷之类的前来换肉吃。大家都困难，提什么来，提多少来，奶奶从不计较，只要有合适的兔子，笑着照给，远亲不如近邻呢，能帮衬多少算多少。倒是对那些实在拿不出东西来的邻舍，奶奶往往用手帕一包，趁天黑送去一两对满月的兔子，嘱咐他们好好喂养，等一窝窝长大后就有肉吃了……

奶奶不吃肉。杀兔子时，她就跪在佛前轻声诵经忏悔，饿得再狠也不尝一口。在她心目中，兔子是大恩人，理应好好护着它。到后来，奶奶越来越上心，除了她，谁也不准动兔子一下。妈妈只好趁她外出游逛的时候，叫我放哨，去偷抓兔子，然后小心地把木板砖头原样盖好。幸好奶奶不会点数，但如果让她发觉哪儿不对，她就会像孩子似的又哭又闹，甚至绝食，谁劝都不听。只有我鬼灵精，在奶奶面前大喊："奶奶，这只花兔子像是要生啦！"奶奶立马颤巍巍起身，径往兔巢走去，全忘了正在赌气。

过两天就是奶奶百岁大寿了，全家都在忙活为她庆寿。奶奶照例一大早来到天井边喂兔子。头天下了一晚的雨，天井里积了水，青苔格外滑，奶奶往后一倒，扑在兔窝边，再也没起来……

办完奶奶的丧事，母亲接管了家里的兔子。她照样一早一晚喂，接过我拔的兔草也不看，随意往各窝撒点，还常常要我提醒盖砖头。半个月不到，几窝兔子有的拉稀，有的被老鼠咬了，接二连三死了，最后竟只剩下两对大兔子。

"快拿到圩上卖了！奇了怪了，老的死了，把兔子魂也勾走了！"母亲愤愤地把兔子抓出来，扔到笼子里。

我看着摔了跟头的兔子，想对母亲说：奶奶抓兔子时，会一只手提着兔子，另一只托着兔子的屁股，轻轻放下；奶奶喂兔子时，会好好拣草，会抚摩兔子，会和兔子说话……

可是，盯着空空的潮湿的兔舍，泪水突然漫上眼眶，我一句话也说不出来……

原载《黄海文学》2021年第3期

坐着班车去上学

曾利华

三十多年前，我在距家二十公里开外的镇中学上初中。

我上的是寄学，每周回家一次。返校时，必须带足在校要吃的咸菜，否则还不到周六，自带的咸菜就可能吃完，这时我只能跟同学蹭菜。如果同学们的也不够，那多半就要吃白米饭。

除了每周带一两罐咸菜，我还时常要挑上几十斤大米去学校，以换取饭票，用于日常就餐。每一次去学校，对我来说都是一次负重的长途跋涉。

从我家到学校，山路崎岖，中途还要穿过几处人迹罕至的荒山野岭，经常有野兔、毒蛇出没，一个人经过时总会毛骨悚然。每次上学，我们村里在小镇上学的四五个校友，都会事先约好时间，结伴而行。有时，我们会走在僻静的山沟，临小溪而行；有时我们会爬上突兀的山顶，沿幽深的丛林穿行。路途坎坷，翻山越岭，我们返校往往要花三个多小时。

其实，在沿途的山坳上，也有两三个供路人休息的凉亭，但我们却很少停留，除非突遇大雨，为避免淋湿大米，才不得不驻足在凉亭小憩一会儿。这倒不是我们不累不想休息，而实在是时间不允许。因为我们老是惦记着不要误了学校的晚自习，行走的脚步才那样匆匆。就这样每次赶到学校时，我们都会累得全身像散了架，贴身的衣服也湿得可以拧出汗水来。

在距我家三公里的地方，有一条凹凸不平的沙石公路。这条公路虽然有点远，但换乘一趟班车，就可以直达学校。如果我们有足够的钱，完全可以选择坐车上学。只是，那时我家里穷得叮当响，坐车于我而言是一件十分奢侈的事情。虽然父母偶尔也会给我两到五元钱，但那是让我去学校的小吃店买一毛二左右的餐票，或晚自习后饥饿难耐时吃米豆腐的。如果我拿着钱坐车去上学，父母多半是不会同意的。

有一个周末，我挑着三十多斤父亲刚碾好的大米去学校。快走到通乡公路时，同行五人中上高三的那个校友提议：“不如奢侈一回，坐班车去学校？”

这个提议一说出，大家就沉默了。

上高三的校友继续说：“大家都挑着几十斤米，坐车要轻松不少！”

还是没有人说话。

“如果没带钱，我可以借！”上高三的校友干脆停了下来。

于是，有两个人就赞同了。凑巧，那次我刚好也带了两元钱，但我并不想坐班车。我在心里盘算：我还欠着一个同学的一元钱，另一元我得用来晚自习后去学校小吃店吃米豆腐。如果坐班车，至少得花一元五角，那所剩无几怎么还同学的账？

见我还没赞同，那人就对我说：“你也别犹豫了，就坐这一回吧？”

我掏了掏裤袋里的两元钱，想起挑着担子翻山越岭的劳累，终于禁不住鼓动，和他们来到了公路旁。十多分钟后，我们顺利搭上了班车。

车内人声鼎沸，窗外群山逶迤。虽然站在拥挤的车厢里晃来晃去，但较之挑着几十斤的担子在山路行走，已不知幸福了多少倍。

班车很快就到了我们需要换乘去学校的那条马路，我们就喊司机停车。下车后，我们就站在马路边，眼睛直勾勾地望着往学校方向开的每一辆车。

然而，路过的车辆不少，却没有一辆是直达学校所在的小镇的。

眼看天色就要暗下来，还是没有等到去学校的车，我们开始焦急起来。我把目光投向那个高三的校友。那个校友自然知道我的意思，安慰我说：“别急，会有车来的！”

很快，事实就证明，那个校友的话就像飘在空中的泡沫，随着黑夜的帷幕一搭上，泡沫就破了。

去学校的班车，一直没有来。

我们只好挑着担子，沿着马路，步行去学校。

好在是夏夜，短暂的黑暗过后，升上天空的月亮和探出头的星星，便为我们照亮了行程。

一路上，大家都沉默不语。伴随我们的，只有急促的脚步声和旷野里如潮的蛙声。

就这样憋着一股子气，不知走了多久，我们终于到达了距离学校仅有七公里的另一个小镇。

身心俱疲的我再也走不动了，看到镇上居民家透出的灯光，我说："到镇上找个地方住一晚，明天再乘车去学校吧！"

高三的校友还想动员我继续前行，同行的另三个校友则赞成我的提议。看到意见一边倒，那校友便领着我们来到镇上的一家小旅馆。好说歹说，老板答应，按每人八毛钱的标准，给我们三间房。

那一晚，我没有洗漱，直接往床上一倒，便沉沉地进入了梦乡。

第二天醒来，太阳已有一竿高。我们匆匆用完早餐，就站到马路边，一字排开，等候上午最早那一趟去学校的班车。

终于盼来了车子，我们使劲地挥手，示意司机停车。没想到，司机慢慢停下来瞄了我们一眼，发现我们还挑着担子，就果断腾出右手摆了摆，表示车厢里已挤满了人，然后加大油门，班车扬起一阵灰尘跑远了。

沮丧的我们，你看着我，我看着你，再一次陷入了沉默。

这一次打破沉默的是上初三的那个校友，他说："看来，并不是我们运气差，而是我们昨天下午的选择错了。我们根本不必畏惧那几十里的山路而老想着坐车！"

我心里也很窝火，本以为坐班车去学校走了捷径，减轻了负担，不想却是这等遭遇。

"咱们走路去学校！"抱怨一阵子后，我们咬紧牙关，挑起担子，顶着明晃晃的太阳，向学校走去。

那天上午，当我们汗流浃背筋疲力尽到达学校时，已旷了两节课，而我身上的那件白色衬衣如染色一般，变成了黄黄的，头发也蒙上了一层厚厚的灰，用手一拂，便扬起一片灰尘来……

时光如水，岁月如梭，转眼三十多年过去了。但我对于那次坐着班车去上学的记忆，却清澈得如大山深处的溪水一样，能看见水底的一切。那次所经受的焦虑和磨难，也成了盛开在我青春路上的一朵花，虽然有着苦难的底色，却散发着哲思的芬芳。

原载《小小说月刊》2021 年 7 月上半月刊

一个春情荡漾的晚上

郑武文

在这样一个夜晚，那个叫春的女孩。当然，不是你想的那样，女孩只是名字叫春。当初她父亲给她取名字的时候就说，就叫春吧，万物复苏，百花盛开，一叫心里就暖洋洋的。

可是叫春的女孩并不幸福。怀胎十月产下的宝贝女儿，却有先天性的自闭症，这种被称作来自火星的孩子不屑于与地球人交流。这让她的父亲崩溃了，于是在一个大雨滂沱的夜晚不辞而别，再也没有回来。春一个人照顾女儿，连工作也干不了。而女儿无缘无故的抓狂常常让她感觉濒临崩溃边缘。

春知道只有让女儿有所寄托，才能慢慢回归正常。一个偶然的机会，春发现女儿特别喜欢家里一幅花鸟画，并经常比着画。原来女儿喜欢画画！可是自己只是初中毕业，对绘画艺术也从无涉猎，无法给孩子一点帮助。好在有一个同厂的工友，在工厂破产以后开了一家画室，晚上授课，教孩子们画画。女儿是去不了，春就自己去学习，回来再教给女儿。

这是一个春情荡漾的夜晚，春风抚在脸上有一股暖融融的感觉，路边的樱花正在绚烂开放，那些隐藏的花花草草也在偷偷伸展着腰肢。

刚刚经历过一次全国性的防疫隔离，人们待在家里一两个月，那些好动的人群几乎被逼疯，即使像春一样喜静的人也有一种劫后余生的感觉。口罩还要戴在脸上，两个多月养成的习惯，尽管天已经变热，可是摘下来还是有一种没穿衣服的裸奔感觉。没穿衣服，又偷窥着花香——春眯了眼睛，这种感觉让人心醉。

春的老师叫徐进，原先在工厂的时候他们一个车间，工厂垮台以后，徐进开了这间画室，买卖一些别人的字画，同时自己也收徒教画卖作品。从刚开始几年全国书画热，到后来逐渐冷下来，徐进却一直不温不火，既没有发大财，也没把一些名贵字画砸手里举步维艰。究其原因，徐进还是比较清高，人家那些几万几十万一尺的书画他也看不上眼，不存货，只买卖一些他认为有潜力又便宜的，发不了财也赔不了大钱。

夜色已浓，路灯烁烁，徐进的画馆里却冷冷清清。本来学员就不多，况且疫情尚未完全过去，大家还是尽量不出门的。

徐进早已经泡好了一壶茶，伏在案子上独自作画。春开门，叫一声徐老师，带着扎成马尾的头发一跳一跳进来。三十多岁的春依旧青春勃发，况且正沐浴着盎然春意。相比之下，两鬓斑白的徐进就有点苍老了。徐进抬眼，看到进来的春，眼睛亮了一下。

徐进正在创作的正是一幅花鸟图。徐进的花鸟构图太过满了，有点密不透风。春学画一年，已经掌握一些基本技法，懂得密不透风、疏可跑马，可是没有跑马的地方，全不透风就显得太过压抑。春是一个文学青年，曾经婉转地跟徐进提过，可是徐进认为中国的书画历史高于文学，甚至高过文字的历史，拘泥于旧法不求创新，永无出头之日。性格决定一切，同时技法也展现性格，一个人太满，也就很难吸收新的东西，这也许是他不温不火的主要原因。

春舒展开一张四尺斗方，继续她上一次的作业。徐进给她倒了一杯茶端过来，站在她身后，指点着她的用墨、构图。就这样一个男人的气息，带一点烟味，带一点酒味，在她耳边轻轻吹拂……丈夫不辞而别已经快一年了，这种久违的异性气息让春心旌摇荡，又是这样一个春风荡漾的夜晚，然后她感觉一只胳膊缠绕到她的腰际，男人的坚硬身体贴过来，春忍不住叫了一声，或者是呻吟了一声。

手里的笔却没有停下，在构图的右下角横着画出一笔。职业的习惯，徐进忍不住说，构图留白，要给整幅画面留一个气孔，画才有灵气……

春忍住颤抖的声音，缓缓说，嫂子在家等你呢。我们都知道当初她是舍却多少好男人义无反顾嫁给你，这么多年来又是不离不弃。我这样的情况，不想给女儿增加不幸了。我们都给爱一个留白，给生命一个气孔，好好珍惜我对你的尊敬可以吗？

浓重的鼻息慢慢变得舒缓，环绕在腰际的手也松开了，两人各自作画……

过了一会儿，春把画拿给徐进看，徐进说，气孔小了些，但是还在。春也看老师的画，说老师今晚的画留白大了，不那么满了。其实空一空，反而感觉装的东西更多了。

原载《九江日报》2021 年 2 月 28 日

锔　匠

曾宪涛

锔匠还有吗？现在已见不着了，我们那小时候常见，他们挑担走街串巷，口里吆喝着，钯碗钯盆喽——所以我们叫钯碗钯盆的。

那时家里碗盆打破了，舍不得扔，叫锔匠锔好再用。

小时候爱围着看钯碗钯盆，锔匠先把打破的器皿拼好扎牢，拿出金刚钻，拉胡琴一样拉动着缠在金刚钻上的弓弦，钻好孔，钉上钯钉，抹上白色灰膏，就成了。那句“没有金刚钻，别揽瓷器活”说的就是这个。

胜利爷爷就是锔匠，他从老家来后，邻居们有活就交给他干了。

钯碗钯盆是不被人瞧起的，胜利爷爷也就不被瞧起。

胜利父亲下井，自认为是国家职工，也瞧不起钯碗钯盆。胜利倒是喜欢，爷爷干活就爱在旁边看，还想学，父亲就训他，就揪他耳朵提溜到一边去。父亲不在，爷爷才教他。爷爷农村来的，活漂亮，从不糊弄人，没钱也给锔。

我们瞧不起胜利，不光是因他爷爷，还嫌他笨，流鼻涕，穿得脏破。特别是国庆，最好欺负他，两人妈吵过架，国庆从不跟他玩，也叫大家都不跟他玩，还撵他，钯碗钯盆去吧！

我们煤矿子弟刚工作都下井，后来都陆续通过关系上了井，唯有胜利在井下直干到煤矿破产。

矿破产后各找各的门路。国庆早就辞职下海，生意都做到了海外，回来请我们吃饭，从不叫胜利。

胜利只会挖煤，又没门路，啥活也找不到。

女儿倒是学习好，都说能考上重点大学。老婆提起这就抹眼泪，数落胜利无能，没钱咋上大学。胜利蹲地上一声不吭，忽见床底爷爷留下的工具，拽出来，冒出一句，我钯碗钯盆。老婆抹泪扑哧一声，你傻！胜利没理，收拾好工具，还真在院门口路边钯起碗来。

围了不少人看，孩子最多，没见过，好玩。

当然没生意，胜利从小喜欢，就当玩。城管见了，也当他玩，还看会儿。

这天来了个人，车上抱下个陶瓷鱼缸，画面游鱼生动，非常漂亮，只是有几道裂纹。

能修吗？最喜欢这鱼缸，舍不得扔。

还真来了活。胜利连说，能能。

头件活一定要干漂亮些，他想起爷爷讲过的锔活秀。过去有那独具匠心的锔匠，利用名贵紫砂壶上裂纹的走向，将钯钉锔出花枝图案来，修好后反倒比原来更具身价，后来就有人故意将紫砂壶装黄豆注水撑裂，再请高明的锔匠锔成花纹图案，锔活成了艺术。

胜利有了想法，便根据鱼缸的裂纹，把钯钉锔成水草的样子，配上原来的游鱼，画面竟有了立体感。

鱼缸修好，周围发出赞叹，那人问价，胜利说，随便给。那人竟掏出二百元，胜利嫌多，留下一百。

回家给老婆钱，老婆不信，在场邻居做证，老婆才笑了。

往后还真有了活。锔工艺品，锔敝帚自珍的老器皿，还有故意打破瓷器，带孩子来看锔活玩的。

女儿考上了重点大学，两口子又喜又忧，就在为孩子筹借上学费用时，一个陌生人带了件唐代青花瓷瓶找上门来。

没见你出摊，就找来了。陌生人说，这是我们公司的稀世珍宝，裂纹本来有，越来越严重，听说你能修，还不影响美观。

一句稀世珍宝把胜利吓住，他不敢接招。

你慢慢来，修得好，公司会给你很高的报酬。

想到女儿要用钱，胜利接下了。他认得，这叫青花瓷，别的就不懂了。瓶上绘的是王维那句“明月松间照，清泉石上流”的诗境山水。胜利看过松泉石上的裂纹，有了设计，钯钉锔在松针、树干和岩石边的草丛里，分别构成松枝、树干疤痕和草茎，钯钉与画面天衣无缝。

陌生人取货来了，看罢拿出张支票道，这是公司给你的报酬。

支票是十万元，胜利惊呆了，连连摆手，竟话也说不出。对方把支票放在桌上，瓷瓶经你这一修，真是无价了，十万也不多，少了，传出去，宝贝掉价，公司名誉也受影响，你必须收下。

瓷瓶取走了，支票留在桌上。

老婆没见过支票，问发呆的胜利，这钱能取出来吗？不是骗咱的吧？

这事很快传遍了全城。

这是座煤城，早年过度开采，煤矿都已破产，留下大片塌陷区。市里决定把塌陷区建成湿地公园。因为是古城，公园中建一个仿古水镇，设些怀旧摊点，吹糖葫芦、捏面人、抢菜刀磨剪子等，有关部门就找到了锔匠胜利。

胜利有了固定工作和收入，游览者锔器皿，还另有提成。都说胜利老了，转运了。胜利说，托爷爷的福。

湿地公园全部完工剪彩的日子，市领导和各投资商都来了。一投资商驻足胜利摊前。

胜利抬起头，竟是国庆。

多年没见了，那年他在国外，母亲生病，是胜利用平车连夜把他母亲送到医院，还帮着照料到出院。国庆回来，对胜利几乎是感激涕零，请是请不动，想酬谢门也没有。胜利记仇。

以前是父母不愿离开老邻居，这一回国庆坚决把二老接走了，从那以后他们就再没见过。

胜利问罢国庆父母，便埋头继续做自己的事。国庆见他不想理自己，便随来宾走了。

庆典过后，水镇展厅多了件青花瓷瓶，胜利认得这是他锔的那件稀世珍宝。

馆长说，瓷瓶不值钱，是仿品，有价值的是这锔匠的工。

馆长不知锔匠就是胜利，还对胜利说，瓷瓶就是那天跟你说话的投资商捐送的。

原载《小说月刊》2021 年第 8 期

还　债

肖曙光

驴蹄声由远及近响起，常公子知道宁掌柜来了，他心里一阵发慌，连忙迎出门去。矮瘦的宁掌柜撇脚从草驴上下来，定定地看着常公子，看得他面红耳赤。

宁掌柜，能不能再宽恕几天?

你说，几天?

哎，最近手气背。

又去赌了？有钱赌博，无钱还债?

常公子低着头，一脸窘态。

常家先前是大户人家，在都梁城里有十余间绸缎铺。常公子参加过几次乡试，都名落孙山，就淡了心，不再考取功名。无所事事的常公子爱上了赌博。常老爷多次劝说无效，一怒之下把他从赌场绑回来，吊在屋梁上一顿毒打。伤好之后，常公子又偷偷去赌博。常老爷悲愤交加，一病不起，不久就去世了，家道从此败落。

船漏偏遇顶头风，宁掌柜偏偏在这时候上门讨债。虽说宁掌柜在都梁城开了几间饭铺，但比起常家还是小生意人，常家何曾欠他的银子？宁掌柜拿出张字据晃了晃，说是常老爷欠下的。常公子想起父亲临终前，交代他要还宁掌柜的银子，那这就是千真万确的事。常公子认了，父债子还，天经地义。一百两银子搁过去根本不算事儿，但现在就像座山，压得他喘不过气来。

常公子昨晚又去赌了一把，把家里仅有的十两银子输光了。面对宁掌柜，他的头摇得像拨浪鼓，没有了，都没有了，连买米的钱也没有了。

也罢，再宽恕你几天。宁掌柜说完，掏出几枚铜钱撒在地上，拿去，免得饿死没人还债。

嫌少？看着像木桩样戳在那里的常公子，宁掌柜阴着脸呵斥道。常公子按捺住心里的怒火，蹲下身子，将铜钱一枚枚捡起。一枚铜钱滚到宁掌柜脚边，常公子想上去捡，宁掌柜一脚把铜钱踩住。常公子想捡又捡不了。常公子被戏弄了一番，灰头土脸地蹲在那里。街坊们指指点点，常公子的颜面丢尽了。

常公子一咬牙，不再去赌博。他脱了长衫，换上短褂，当了家里仅有的一根银簪子，在十字街头开了家烧饼铺。生意不温不火，常公子焦灼不已。

一天，驴蹄声再次响起，宁掌柜又来了。

宁掌柜不说话，径直走进铺子。拿起一个烧饼，闻了闻，说，香。又撕下一块，送进嘴里，慢慢细嚼起来。然后，冲常公子微微一笑，还挺酥脆，只是……他扭头看了看四周，说，为何这般冷清？

常公子低着头，长叹一声。

你这生意……啥时候能还上我的债？宁掌柜摇摇头，撇脚上了草驴，驴蹄声声像是踏在了常公子心里。

烧饼铺的生意一直不见起色。这天，常公子烤了两笼烧饼。一直到下午，只卖出了三个。

他心灰意冷，心里盘算着明天不开市了。

正要离开铺子，几个人一边走过来，一边嚷嚷道，买烧饼！买烧饼！

不卖！不卖！常公子冲他们回道。

一个人拉住他，说，我们要买你的烧饼，去饭铺喝羊汤。宁掌柜说了，汤不单独卖，必须拿上烧饼，才能买羊汤。

另一个人说，你的烧饼酥脆，饭铺的羊汤鲜香，吃烧饼喝羊汤，绝配！

还有这等事？常公子不敢相信。

烧饼铺的生意一天一天兴旺。

烧饼铺外，又响起了驴蹄声，常公子知道宁掌柜讨债来了。

不过，这次常公子不再慌张，他把早已准备好的银票递给宁掌柜。宁掌柜捋着胡须，冲他微微一笑，却不接银票，而是掏出一张字据给他。字据上写道：宁三坤借常云恺白银一百两。

趁着常公子发愣的当口，宁掌柜道出了事情原委。那年，宁掌柜家遭遇劫匪，常老爷慷慨解囊，借给宁掌柜一百两银子，让他重整家业。后来，宁掌柜要还银子，常老爷不仅不要，还把借据还给了他。

银子你想要，随时可以来拿。宁掌柜对常公子说，又递给他一张纸，这是羊汤的配方。以后你卖羊汤配烧饼，鲜汤酥饼不分家。

宁掌柜撇脚上了草驴，瞥见常公子眼中的感激，宁掌柜一阵感慨：常老爷，您生前托付的事总算完成了，没辜负您呀。

原载《小小说月刊》2021年3月上半月刊

竹枝词社的崔副社长

刘怀远

竹枝词，由唐朝诗人刘禹锡始创，到清代中后期，汉口竹枝词在叶调元笔下异军突起，跻身“中华四大竹枝词”之列。民国时期，汉口民间竹枝词依然兴盛，汉江沿岸就有多个竹枝词社。

莲田词社的社长老向是一家小学的校长，悠闲多雅，词社成员以中老年人居多，人员涉及五行八作。逢了节气或节日，词友们邀约着出来，聚在汉江堤畔，摆几张桌子，铺下宣纸，有时也放一些瓜子糖果烟茶，少时五六十人，多时百余人。江畔处处是美景，大家见景生情，吟哦词句，上乘的竹枝词作品，由书法高手即兴挥毫写就，供大家学习品评。

竹枝词易懂好学，参与者众，每次活动都规模庞大，引得一些人驻足围观。

有一次，大家正在江边作词，看热闹的人群中一个大脸大眼的中年男子，几经打听，终于站到了老向跟前。

男子对老向说：“社长您好，我姓崔，想加入竹枝词社。”

老向说：“把你的作品给我看看。”

老崔说：“我还不会写，是来学习的。”

老向说：“哎呀，我们不是培训班，你一点基础都没有，怎么加入啊？”

老崔说：“我认真学，您多教导，不就成了？我真心想学，您就多费点心吧。”

说着从口袋里掏出两包哈德门香烟，递到老向面前。

老向不抽烟，摆手不收，但老崔这点头哈腰的一递烟，心里还是怪舒服的。老向就说：“既然你真心想学，那下次活动就来吧。”

“谢谢您了，谢谢您了！”老崔连连鞠躬，左右看看，见没人注意，硬是把两盒香烟塞进老向的衣袋。

老向没再推辞，转而说到词上来："竹枝词比格律诗好学，你记住了三平韵七绝的体式，就算会了一大半。"

下次活动，老崔拿来自己的十几首词，让大家评点。都是大白话，韵也不讲究，更谈不上什么水平了。但他眼珠儿活，嘴巴甜，他不抽烟，口袋里装着哈德门的香烟，看到可能对自己有影响的人就要递上一根。

活动结束，大家都认识了他。他也热心，每次都早来晚走，在几位社长副社长面前跑前跑后地跟着张罗。有一次搞完了活动天色还早，他拦住就要散去的几位社长说："今天我做东，大家一起喝几杯。"

词社里都是以词会友，清淡如水的君子之交，还从来没有谁请过客。几位社长连客气话都不会说了。

酒过三巡，大家才算深度了解老崔，原来他在国民政府县公署上班。

"你是什么高官？"老向问。

"我呀，嗨，别提了，惭愧得很，干了十多年，还是个打杂的。"老崔说完，把一杯酒倒进喉咙，"您几位看我为咱词社的办事能力还行吗？行就提拔我当个组长什么的。"

哦，原来请客是为这个呀！大家明白了。

词社人多，为便于管理，就分成了若干创作小组，每组十人左右。这么个组长当着有意思吗？

就这样，不大会写词的老崔当上了组长。

老崔隔三岔五就给老向弄点小礼品，送一把香妃竹的折扇啊，送一把手捧的宜兴紫砂壶啊。没过多久，老崔又被提拔成词社的理事。

词社的王副社长颇有微词："他这个词写得不怎么样，当组长已是破例，怎么好再提拔成理事呢？"

老向说："我们词社总需要有几个跑前跑后的热心人吧，他愿意为这个词社服务，我们就应该鼓励，他对你不好吗？那天他不是也给了你一包碧螺春？"

是的，平心说起来，大家都得到过老崔好处的。

老崔听说老向喜欢吃鱼后，就三天两头地给老向送汉江里的野生鱼。老向推辞不要，老崔说这是在江边钓的。后来有人跟老向说，这鱼是汉江鱼不假，是钓的也不假，但是，是别人钓的，老崔拿钱买来的。

老向很感动，和老崔谈了一次心，之后就按老崔的意思，让他当上了词社排名最后的副社长。

老崔又在镇上档次最高的四通酒楼摆了一桌，酒到酣处，老崔大着舌头说："我在县公署待了半辈子，连顶芝麻大的乌纱帽都没混上，这回在咱词社总算走上了领导岗位，谢谢大家啊！"

整个一个官迷呀，民间词社的副社长算什么官啊？

算也好，不算也好，老崔成了社长老向的心腹之人，虽然在诗词上没进步，但慢慢坐上了词社的第二把交椅，他除了对老向依然毕恭毕敬，对其他人，则开始指手画脚耍起了官威。

有人想不通："老崔这么钻营的人，在衙门多年怎么就没混出来呢？"

有人说："国民政府县公署明镜高悬清风正气，老崔这一套，肯定行不通！"

有人不以为然："在衙门里，他阿谀逢迎溜须拍马的这套功夫肯定施展了，没能得到升迁，不是上级廉洁正气，就是县公署里的水更深啊！他背后无大树，家中无万贯，靠耍小恩小惠的小把戏，没人看到眼里的！"

"那他来咱这混的什么劲儿呢，就为过个官瘾？"

还是从词社坐第二把交椅变成坐第三把交椅的王副社长那打听清楚了：县公署新来的主管领导喜欢舞文弄墨，老崔把自己包装成文化人，想靠"竹枝词社副社长"的招牌引起领导重视呢！

原载《小说月刊》2021 年第 8 期

父亲和鸭贩子

赵文辉

一九八四年的初夏，十点钟的天空像牵牛花一样发蓝。父亲的作坊门口，猫高高地蹦起来进攻尺蛾，一对来杭母鸡在原色的柳圈椅扶手上打盹，喉咙发出咕咕的叫声。那时那刻，我的“嘉陵100”梦已经破碎，断了三根肋骨的父亲正躺在床上呻吟。

几日前，父亲还蹲在这把柳圈椅上，手里端着一只漆皮剥落的搪瓷茶缸，笑意盈然地看着一簸箕又一簸箕破壳而出的鸡崽从作坊端出来。十里八村捉小鸡的大婶大妈围了一圈，每人胳膊上都挎着一只竹篮，里面提前铺好了麦秸。一只只鸡崽被她们捧在手里端详，遇见特别漂亮的，会忍不住亲一口鸡崽的小嘴嘴。最后，她们将挑好的鸡崽小心翼翼地放进竹篮，用带来的小棉被盖住，仰起头问父亲：

“赵师傅，小鸡捉回家咋喂呀？”

父亲不厌其烦地一一回答：小米先用温水泡软了，一次少喂点，勤饮水……其实她们都知道怎么喂，但还是觉得问一问父亲心里踏实，仿佛只有听了父亲的交代这些鸡崽才肯长大似的。

那一年，极度厌学的我任凭父亲用鞋底抽打，就是不肯拿起书本，最后，无奈的父亲只好收留他的儿子做了一名学徒。其实我的理想是养长毛兔，要么学无线电修理，没敢说出来，怕父亲揍我。父亲开始手把手教我孵小鸡技术，最先学的是照蛋：一只空纸箱两边各挖一个小孔，里面悬一只60瓦的电灯泡。作坊的灯全关掉，红色的光从两只小孔射出来。已经孵化了七天的鸡蛋需要全部在小孔里照一遍，我跟着父亲学习识别已经开始发育的胚胎，无精蛋被筛了出来。无精蛋被做成松花变蛋出售，我经常被派去赵家祠堂折松树枝，扔进熬料的大锅里。我一直认为变蛋上的松花就是这样修炼而成的。

我学艺很上心，专门买了一个笔记本，将松花蛋配方、鸡的发育过程一一记在上面。父亲早已从当初的不快解脱出来，对我疼爱有加，郑重其事地告诉我：攒够了钱给你买一辆摩托车。“真的？”我都不敢相信我的耳朵，问父亲，“‘建设 50’还是‘嘉陵 100’？”父亲一撇嘴，“建设 50”算个球，连个挡位都没有。我差点蹦起来。要知道，当年看过《人生》之后的我一直以高加林自许，在悄悄寻访身边的刘巧珍。我相信，一辆“嘉陵 100”，肯定会缩短我与“刘巧珍”之间的距离。

不只孵小鸡，父亲的作坊也孵鸭子。母鸭崽值钱，公鸭崽不值钱，那时候，豫北一带不兴吃鸭肉。但是公鸭崽从没积压过，每次都被鸭贩子趸光。有一个叫江山的鸭贩子，是我一个远门表哥，老是抱怨给他留得少。起初我很纳闷，当地人都不稀罕的公鸭崽为什么到他们手里这么受欢迎。直到有一天，姥姥被二舅用手推车推着闯进我家，气冲冲给了父亲一巴掌，还把我家熬稀饭的牛蛋锅掷到地上，我才知道了事情的原委。

父亲和我当初一样，都以为江山他们能耐大——他们往南到过南阳，往西到过山西，一定是找到了公鸭的大买主。我们错了。他们只要一出方圆二十里就开始他们的买卖：把公鸭崽的生殖器掐掉当母鸭卖，早在两年前就开始了。捉鸭人醒悟后采取了措施，不再付全款，只付三分之一。鸭贩子的坏主意也跟着来了：给公鸭崽灌石灰水，赊给人家不到七天，肠子烧坏全死掉。三分之一鸭款到手，他们已经赚了——趸我们的价钱很低很低。

他们打一枪换一个地方，手段也在不断升级。江山居然带着两大笼子公鸭崽去了我姥姥那个村，在我姥姥的帮助下全赊了出去。姥姥中午还管了他一顿鸡蛋卤捞面，半斤烧酒。没几日，江山又来了，头戴孝帽脚穿白鞋，去赊过他鸭子的人家挨个叩头，鼻涕一把泪一把，说他娘倒头了没钱埋葬……不到半天，赊出的鸭账收回七八成，不少好心人家甚至一分不差给他清了。又过几天，这些鸭子全蹬腿儿了。大家觉得不对劲，找村里的兽医解剖后，真相大白。又有人打听到，江山的娘几年前就已经去世了。捉鸭人愤怒了，寻上门来，把姥姥家的门框都快挤崩了，还有人用石头把姥姥过年给我们蒸“十大碗”的一口20印铁锅砸了个大窟窿。

父亲涨红着脸，二话不说，找出存折去村里的信贷员家把钱全取出来，骑上车就出了门。他沿着江山他们行骗的足迹，走村串户，赔礼退钱。父亲一天走了方圆几十里的十几个村庄，返回时天已经彻底黑了，加上两顿饭没吃，精疲力尽的父亲一不小心栽进了路边的深沟，车把狠狠戳住了胸脯，当场就晕了过去。我们找到他时已是后半夜，那天晚上天色凝重，一片漆黑，黑得可以用小刀一块一块切下来。

来年春天，我们家的作坊又开工了。鸭贩子来我家趸鸭崽都小心翼翼——父亲的脾气变坏了，一句话不顺，就把他们撵出门外。公鸭崽一个都不卖，倒入村西的黄水河里。我记得那时候的黄水河水深流急，在石头上翻卷着白色的浪花，公鸭崽被岸两边茂盛的灯芯草收留，生死未卜。

原载《微型小说选刊》2021年第6期

与狼重逢

孔立文

天空刚刚闪过一场暴雨，空气中飘散着淡淡的苇香味。女兵唐素英摘下迷彩帽，甩掉发梢上的水珠。一阵轻风拂过，芦苇荡轻轻晃动，这使她产生一种不好的感觉。这种感觉随风舞动，恐怖弥漫开来。

果然，一只狼不声不响地出现在唐素英眼前。那只湿漉漉的狼轻仰着头，漠然地注视着她。那个样子，根本没把她放在眼底。

路两旁苇丛里蛙声响成一片。

这是唐素英头一次单独遇到狼。她脸上的汗刹那间冒了出来，犹如串珠般往下滚落。片刻之后，她冷静下来，用一种近乎相同的目光，注视着那狼。

狼可能被她的从容给镇住了，只冲她走了几步，便停了下来。它摇了几下尾巴，开始和她无声对峙。

滚！唐素英突然发出声嘶力竭的一声吼，那吼声几乎能劈开一条道路。狼惊得抖了一下身子。第二声吼比第一声更响亮，但狼的身子没有动。第三声吼过之后，狼竟大摇大摆向她逼过来。

这里距团直属队驻训点差不多还有一公里，看来只能赤手空拳来一场肉搏战了。

唐素英摸索着打开药箱，抽出里面的溶药注射器，攥在了手上。她紧紧地握着，就像握着一把匕首。右臂的红十字袖章格外醒目。

注射器针头闪着炫目的光，狼再一次止住了脚步。

她的镇定自若再次压住了狼的杀气。狼的眼神里掠过一丝迷茫，发狠地冲她嗥叫了两声，慢悠悠钻进芦苇荡去了。

这反倒让唐素英有点不知所措。狼通人性，那只狡猾的狼，保不准会跑到身后突袭她呢。

唐素英上午随军医到三营巡诊，本来下午她是跟军医一同返营的，谁知一个战士突发急性阑尾炎，军医临时过去处理，因为还要值班，唐素英一个人先行离开，没想到竟碰到了狼。

微风掠过，芦苇荡又晃动起来，路两边仿佛到处晃动着狼的影子。

唐素英的衣服湿透了，可她步伐坚定，不时摆出决斗的架势。当一排排帐篷终于出现的时候，她再一回头，哪里还有狼的踪影。

唐素英及时向队里做了汇报，队里又跟机关报告了情况。团里还专门下发了通知，野外驻训期间，严防野狼袭击，严禁单兵行动。

下午，卫生队进行卫勤保障训练，唐素英轮守值班。不知为什么，她有些心神不定，那只狼的影子不时冒出来，漠然地跟她对视，挥之不去。

她撩开卫生所的帐篷帘子，却见几个兵抬着担架向这边走过来。

她赶紧迎了上去，发现单架上侧躺着的，是一只浑身血迹斑斑的狼。那狼微闭着双眼，一副痛苦万状的无助。

她一眼就认出来了，就是中午遇见的那只狼。狼的全身被捆着，一只前腿已经支出了骨碴，泥血模糊。

怎么回事，你们抓到的？她问。

狼也听到了声音，猛地睁大眼睛。它也认出了她。霎时间的对视过后，狼蠕动着，嗷嗷叫了起来。气势丝毫未减。

一个下士吼向那狼，狼盯着唐素英看了一眼，才算安静下来。

下士说，这狼被夹子夹了，是当地的猎人干的，狼被发现时，正拖着夹子逃呢。

一个战士扬扬手上的捕猎夹子说，就是这个东西。

可不，好大的夹子，钢丝上还浸着鲜血。

猎人不知道吗，放这东西是违法的。唐素英啧啧地说。

下士说，我们已经报了警。

卫生所值班的张军医也闻讯赶来。一行人把狼抬进治疗帐篷。

狼的其他部位没伤，就是一只前腿断了。

张军医是接骨的高手，可狼毕竟是狼，明显排斥治疗。张军医一靠近，它就哀嚎不绝，声音近乎嘶哑。

唐素英凑过来，轻轻地说，让我来试试。

她蹲下来，缓缓地靠近狼，目光温存。她轻轻说，别害怕，我们不伤你，是你的腿折了，我们帮你接上，你不要乱动好吗？

奇迹真的就出现了。那狼跟听懂了似的，不但停止了嚎叫，眼神也由开始的疑惑，渐渐变得柔和起来。

唐素英拿过消毒棉，用镊子轻轻除去狼腿伤口边上的泥渍。她动作轻柔，一只手温和地抚在狼背上。那狼虽然被捆着，但已经放松下来。

张军医顺利完成接骨手术，然后上夹板做了固定。唐素英给狼打了消炎针。在此期间狼基本没做大的抵触，只是偶尔呜呜低嚎两声，目光始终是温顺的。

黄昏时分，驻地森林公安局的民警赶了过来。他们要把狼送到野生动物救助站做进一步救护，说待其伤情痊愈后再放归大自然。

狼被放进笼子里，抬上了一辆轻卡的车厢。这时候狼的嚎叫野性十足，声音响彻营地。只是，它的脑袋和目光，始终对着唐素英。这个细节，所有的人都注意到了。

她也看着它，竟多了几分不舍。在车后盖即将关上的时刻，她向它挥了挥手。

它眨着眼睛，目光柔软，不停地颔首。车子缓缓启动，狼的嚎叫声响成一片。

原载《兵团日报》2021 年 3 月 19 日

鱼儿慢慢游

张雪芳

玉山镇上有多个花鸟市场，日子富裕了，摆弄花花草草的人也多了起来。节日里，我也喜欢去那里，常常会在一个固定的路口看到卖金鱼的小摊，他们好像是说好的，不管能卖出多少，就在那边摆放一个上午。

我偶尔会上去凑个热闹，看着鱼缸里那些五颜六色的金鱼游来游去的样子，觉得特别有趣。但，这天，我竟连续两次在那个路口逗留，看着眼前的小金鱼，同时，也看着那个卖金鱼的小女孩，比起金鱼，我感觉她更可爱或者说更有意思。

小女孩也就八九岁的样子，坐在那儿，像个小大人似的，一本正经地、近乎有点严肃地坐着，眼睛飘忽不定地注视着来往的行人，隔一会儿，望一眼她面前的两个鱼缸。鱼缸里养着金鱼，五条大金鱼养在一个大鱼缸里，另外一个小鱼缸里只剩下三条小金鱼了。这些金鱼已经在大庭广众之下游了快整整一上午了，它们游得越来越无聊，即使有行人停下脚步来看上它们一会儿，它们也已不再激动。不过，它们的小主人依旧会客气地对客人说，大的八元钱一条，小的三条十二元，叔叔、阿姨，你们要买吗？客人一般会好奇地看上一会，然后决定要不要。

快到中午了，小女孩隔壁的两个摊主都相继收摊了。小女孩却依旧静静地坐着，她，没有想收摊的意思。我问小女孩，你不收摊吗？她向远处望了望，说，我等我妈妈来，她让我看着摊子的。我又问，卖不出金鱼妈妈不会怪你吧？小女孩嘟了嘟小嘴，说，最好能卖出去。我笑了，多会说话的女孩呀。我说，可惜我不会养金鱼，不然就跟你买几条了。我以为小女孩会说，买回去试着养养之类的话。没料，她竟格外认真地说，那可不能买，回去养一两天就死了，多可怜哪。小女孩的话让我愣了会儿，事情好像不应该是这样的，她至少应该劝我买才对嘛，我想，她若让我买，我一定会买的。

这时候，一个男人走了过来，他问小女孩，这小金鱼怎么卖？小女孩说，三条十二元。男人说，我只要两条，那就是八元了。小女孩说，两条不行，三条十二元。男人说，这孩子，那好吧，我出十元，就买你两条吧，你还多赚了呢。小女孩固执地说，不行，要么就三条，十二元，妈妈说再低就不能卖了。男人说，哪有这样卖金鱼的？说着，嘟哝着走了。

男人才走，小女孩的妈妈就来了，她是来收摊的。旁边有个看热闹的人向小女孩的妈妈诉说了刚才的事，还说，做生意卖出一条是一条嘛，你不该让孩子看摊的，太死板了。妈妈一听，虎起了脸，对小女孩说，这点都不会算吗？笨死了。说着，收摊回去了。一路上，我听到妈妈还在不停地埋怨女儿，那小女孩呢，紧闭着嘴巴，可怜兮兮地跟在妈妈的后面，任她骂着。

后来，我也试着养起了金鱼。不敢买多，更不敢怠慢它，小心翼翼地养着，因为一直深深记着小女孩的话，死了多可怜哪。每次，当我看着小金鱼在水里快活地游动，便会很自然地想起那个小女孩。

我知道只要我愿意，一定会再次见到那个小女孩的。果不其然，到了节日，我又在那个路口看到了她，这回，她坐在妈妈的身边。我跟她们买了几条金鱼，并告诉小女孩，我会小心照顾它们的。小女孩很高兴，帮我挑了几条好看的。她妈妈听着迷糊，我也没解释，只是对她说，你的女儿很懂事。

临走时，我突然想到那十二元三条的小金鱼，就趁着小女孩妈妈跟别人说话的时候，悄悄地问她，上次人家十元钱买两条你为啥不卖呀？小女孩躲着妈妈，轻轻对我说，卖了两条还有一条怎么办呢？没有了伙伴它多寂寞呀。我轻轻“哦”了一声，不知该说啥好。望着那些在鱼缸里快活游动着的小金鱼，小女孩的眼睛是发亮的怜惜的让人尊重的，我的心暖暖地紧了紧。也许疼爱生命，从来不需要理由，更与年龄无关。

这个城镇越发让我喜欢。

原载《微型小说选刊》2021年第7期

永远的老兵

徐明卉

肖老大的儿子智勇在新疆边境服役，驻守在边境线上，原本八月要回家探亲。当地天气预报说今年雨季天气反常，部队把探亲假一律推迟到秋季。肖老大打电话问儿子，天气反常，为啥要推迟探亲假啊？儿子回答，按国境线划定规定，国境线以河流划定的，一律以河道为国界。通俗说法就是，凡以界河为国境线的，河水流到哪里，就以哪里划分国境线。所以两国都在界河两岸修筑堤坝，防止界河移动位置，使国境线发生变化。今年天气反常，怕发大洪水引起溃坝导致界河流向改变，所以部队要严阵以待。

知道了儿子不能回家探亲的原因，老两口放心不下。商量了一下，肖老大决定去看看儿子。害怕儿子反对，也没跟他打招呼就上路了。

到了部队，果然让儿子智勇好一顿埋怨。大老远跑来干什么？看到我就行了，都挺好的，收拾收拾赶紧回家。团长通情达理，说老人既然已经来了，就多待上几天，转一转看一看，回去就放心了。

这天上午，肖老大走过连队厨房，看到炊事班的战士正在忙活炒菜蒸馒头，鼓风机呼呼地往炉灶里送风。忽然，没电了。炊事班班长赶紧叫营部后勤派人来修。肖老大说，我是老电工，给我找电工工具来，能帮着看看是怎么回事。

炊事班班长急忙叫人找来电工工具兜，肖老大开始检查。老电工有经验，很快找到停电原因：有段线路经过院子里的几棵大树，电线常年与树枝摩擦，破皮露出铝线，与树枝接触漏电造成短路。肖老大把漏电的电线进行更换，马上来电了。炊事班班长笑得合不拢嘴，竖起大拇指一个劲儿地夸……

第二天，肖老大和连长说，我闲着也是闲着，把营房里的线路啊，用电设备啊，都好好检查一遍，免得再出用电故障。连长连连点头，让智勇给肖老大打下手。肖老大一边干活一边揶揄儿子，你还叫我赶紧回家呢，你老爸的技术是不是也有点用啊！智勇只是笑，不说话……

这天半夜，肖老大在睡梦中听到紧急集合的号声，急忙穿好衣服跑出来看是怎么回事。原来界河上游连续下大暴雨，冰山雪峰突然断裂引发大洪水。界河中国一侧堤坝在大洪水突然冲击下溃口，河水向中国境内漫延。如不能及时堵住溃口，造成界河改道，国境线势必向中国一侧移动，形势危急！

部队紧急动员，全力以赴堵住溃口。肖老大看着儿子和战士们登上卡车，急忙大喊，千万小心啊！

肖老大担心不已，正好遇到炊事班给堵溃口的部队送饭。肖老大说，我也帮忙送饭，一起去看看。炊事班班长理解他的心情，让他上了送饭的卡车。

送饭的卡车开到大坝堵溃口地点，天还没亮。战士们在冰冷的河水里奋战，哪还顾得上吃饭。大坝溃口在一点一点向里收缩，但还有十几米就是堵不住。因为从溃口里涌出来的河水湍急，沙包和石头扔下去马上就被咆哮的河水冲走……

肖老大在老家参加过堵溃口会战，知道在这种情形下该怎么办。天色黑咕隆咚的，周围景象看不大清楚。肖老大什么也顾不得了，抱住一个大沙包，扑通一声跳进溃口，大声喊，赶紧下来人啊！手挽手筑成人坝！

负责指挥的团长还以为是自己的战士跳下去了，挥手喊，赶紧跳！说着，自己先跳下去。战士们一个跟着一个抱着沙包扑通扑通跳进溃口处，在洪水中紧紧挽住胳膊，抵挡河水奔涌。其他战士把沙包和绳索树枝石块做成的滚笼不断抛进人坝前面，筑起一条新水坝……

在冰冷的河水里，肖老大有点支持不住了，他拼命咬牙坚持。心里只有一个念头，一定要堵住溃口，不能让国境线因界河而改变！

大坝溃口一点一点缩小，最后终于合拢。营长赶紧指挥站在水里的战士们上岸，肖老大突发心脏病，一头栽倒在地上……

驻守国境线官兵的英勇表现受到上级通令嘉奖。营长把嘉奖令放到肖老大墓前，眼含热泪说，你是我们部队永远不退伍的老兵……

老战士退伍了，几个新来的战士走进士兵宿舍，发现墙角 12 号床没有人住。全班只有 11 人，这张床是怎么回事呢？床上放着一个电工工具兜，里面装着扳手、钳子、验电笔、电工刀……

班长告诉几个新兵，这是给一位老兵留的，只要部队驻守在这里，这位老兵就不会退伍。几个新兵热泪盈眶，举手敬礼……

原载《群众文艺》2021 年第 4 期

一张特殊的结婚证

黄元标

老张头都已经安葬好了，客人也都散了，热闹了好几天的张家按说应该恢复平静。可是，这些天却为老张头的遗产闹得不可开交。

加入这场纠纷的就是老张头的儿女和保姆。

老张头膝下一儿一女，都早已成家立业，在外地工作。这个保姆姓李，老张头的儿女们都管她叫李阿姨。她在老张头身边做了近二十年的保姆，老张头自己请的，退休后身体不好，儿女们又都在外地工作，有个头疼脑热的，远水解不了近渴，所以他就通过职介所，请了这位保姆。

老张头的儿子叫大强，女儿叫小娴，他这一双儿女做梦都没有想到，一个七十多岁的保姆竟然和他们争起遗产来了，真是笑话，天大的笑话！

可是，保姆却没有讲笑话，她一本正经且郑重其事地告诉这对兄妹，她不是保姆，她是老张头的妻子！

“后妈？！”兄妹俩大吃一惊，保姆咋就变成了后妈呢？大强首先开口问：“你说你是我爸的妻子，可不能瞎说，拿出证据来吧！”

“证据？当然有！”她说完转身从房间里面端出一个相框拿给大强，说：“这就是证据！”

兄妹俩一看，是老爸和保姆的合影。大强问保姆：“这是什么意思？”

保姆回答：“我和你爸的结婚照！”

“一张合影也是证据？狗屁证据！”大强气得把相框使劲往地上一摔。“啪”的一声响，保姆的心随着相框的玻璃被摔碎了，脸色煞白，手脚似乎在颤抖，泪水破闸似的涌了出来！

小娴生怕发生意外，赶紧过去扶住保姆，她嗔怪大强说：“哥，你咋这样冲动呢？这是爸的相框。”大强没有吭声，双手抱着头蹲在地上。

过了一会儿，保姆蹲下身子，用发抖的双手去捡起地上被摔烂的相框，一不小心，碎玻璃刺破了一个手指头，鲜血一滴一滴落在地上。小娴见状，急忙抽张面巾纸过去，要帮她捂住伤口。保姆说：“不用，一会就好了！”她说完，把受伤的手指头伸进嘴里，吮了吮血，吐掉，然后，拿掉相框背面的木板，从里面取出来一张信纸，交给小娴，说：“小娴，这是你爸留下的字条，你念给大强听听！”

小娴接过信纸，先看了一下，真是爸爸的笔迹，便果真读了起来：

强儿、娴儿，你俩看见这张纸时，犹如看见老爸站在你们身边。有一件事我要告诉你们，你李阿姨开始是我请的保姆，但后来相处时间一长，我们就相爱了，而且成了真正的夫妻。此事以前我也和你们说过，强儿坚决反对，娴儿始终没有表态，出于这种情况，我怕强儿强行辞退你李阿姨，所以，就没有去民政局领结婚证。我们像过去做地下工作一样，对外她仍然是保姆，对内我们是夫妻。你李阿姨无儿无女，孤身一人，我死后，我的所有财产做三股分，强儿一股，娴儿一股，你李阿姨一股，这栋老屋留给你李阿姨居住。切记！这是我的遗嘱，也是我和你李阿姨的结婚证书。

小娴念完后，又把信纸还给了保姆。

听了爸爸的遗嘱，见了这份爸爸所说的结婚证，大强沉闷了许久，最后在小娴的催促下，极不情愿地表态：“既然老爸这样说了，那就按他说的办吧！他可能还在怪我没有经常回家看他！”

小娴说：“哥，你心里还是在责怪老爸！至于遗产吧，老爸生前也对我说过，他除了这栋老房子，还有就是存在银行的30万块钱。我看这样，老爸分给我的那一股我不要。按照咱们村里的传统老规矩，嫁出去的女，泼出去的水，是不能在娘家分父母财产的。所以，我的这一股全给哥了！”

大强听了，为妹妹的举动大吃一惊：“小娴，你……”

小娴正欲解释，保姆接过话茬说：“大强，这栋老屋阿姨就先住着，钱嘛，我也分文不要，因为你爸为我买了社保，月月都有养老金，够活命的！”

“李阿姨，你……”大强愧疚得不知说什么好。

“好吧！就这样定了！明天我还要坐火车赶回去。”小娴说。

“等一等，我还有事。”保姆说完，又转身从房间里面拿出一个小包。她拉开拉链，从包里面拿出一个金戒指，往大强手里塞，说：“大强，这个戒指是和你爸结婚那天，你爸送我的。你小儿子要结婚了，这个就送给你小儿子吧！也算你爸和我的一点心意！”说着，又从包里掏出一条金项链，递给小娴，对小娴说：“这条项链是我六十岁生日，你爸送的。你儿子就要出国留学了，送给他，要他好好学习，将来肯定有大出息的！”

“李阿姨，还是你自己留着吧，怕以后有用！”小娴推让再三，不肯接受。

“没有以后！我都这把年纪，黄土都埋到脖子上了，你还是收好，这叫物归原主！”

小娴接过金项链，热泪盈眶，一把紧紧地拥抱住保姆。

大强也饱含热泪，对保姆说：“李阿姨，你多多保重，我们兄妹会经常来看你的！”

原载《长江丛刊》2021 年第 7 期

最好的礼物

厉剑童

早晨，我刚走到教室门口，班长曹婷婷就报告说：老师，咱班的好人好事登记本不见了，肯定是被谁拿去扔了！太可恶了！

什么？谁干的？我一听顿时很恼火，这个好人好事登记本可谓是我的一大“发明”，自从设立以来，班风有了很大好转，做好事的明显多了。校长还专门把这作为一条班级管理经验在全校推广。

我三步并作两步走进教室，往后一看，可不是吗？黑板旁那个悬挂好人好事登记本的地方如今空荡荡的，只剩下一个长长的钉子孤零零立在那里，显得那么孤独无奈。

十有八九是那些没上好人好事登记本的捣蛋鬼们干的！曹婷婷说。

这不是歪风邪气吗？是可忍，孰不可忍！不行，一定要查出来！我一字一顿地说，谁做的给站起来！我一连说了好几次都没人承认。我脸色铁青，像随时就要点燃的爆竹。

也许这个同学不好意思，这样吧，谁干的课间操到我办公室去说明一下，我既往不咎，不然投票查出来严肃处理。我一字一顿地说着，眼睛像探照灯一样，目光威严地在每一个学生的脸上一一扫过。

课间操时间早已到了，可迟迟没见有学生过来。我正想去教室，却怎么也没想到，这时牛小胖来了。他红着脸，低着头，局促不安地站在办公室门口。会是他吗？不可能，绝对不可能！

在我的印象中，他可是个老实孩子，虽然学习不怎么样，可从没给我惹过任何麻烦。不仅如此，他还多次主动做好事，好人好事登记本上几乎天天都有他的名字。要不是他，怎么会这个时候到我的办公室？难道他有别的事情？我且沉住气再说。

牛小胖，你有什么事？我温和地说。

老师，对不起……登记本是我……我拿的。他嗫嚅着，不敢看我。

你拿的？我很诧异。说说，为什么？

老师，我天天都上登记本，有几个同学取笑我，说我装好人，讨好老师。牛小胖说着，眼圈红了。老帅我真的没这些想法，粉笔掉地上，我只是拾起来，真的没别的意思。老师，您一定要相信我。

是这么回事。做了好事却遭取笑，这不是歪风邪气吗？我一定要好好教育教育，让学生知道什么是荣辱。

别急，老师相信你。我站起来，拍拍牛小胖的肩膀说，登记本在哪？

在这。牛小胖说着，从口袋里掏出那本被揉搓得有些皱巴的本子。

老师，能不告诉同学们吗？牛小胖哀求说。

可以。

牛小胖长舒一口气，说，老师，千万不要告诉我妈妈行吗？妈妈下岗了，心情很不好，明天是她的生日。我不知道送什么礼物安慰她，我不想这时候惹她生气……说到这里，这个十四五岁的少年现出一脸愁苦的神情。

好的，不要担心，回教室吧，好好学习。

谢谢老师。他一鞠躬，很开心地走了，看着他的背影，我心里很不是滋味。

绝不能让牛小胖这样做好事的学生有任何思想包袱。

在下午的主题班会上，学生围绕“做好事可耻吗”为主题，展开了热烈讨论。我看到，那几个嘲笑牛小胖的同学不好意思地低下头。牛小胖感激地看着我。

我觉得有必要帮帮牛小胖这个老实孩子。忽然，想起明天是他母亲的生日，我决定进行一次家访。

第二天是星期六，一大早我就去了牛小胖家。牛小胖刚好出去了。

他一回来，看到我又惊又喜。可当看到他妈妈手里拿着那本好人好事登记本时，他的脸色倏地红了，局促地站着，眉头一皱，一丝不满从他脸上闪过。我知道此刻他心里想什么。

孩子，过来。牛小胖母亲满脸笑容地说。他犹豫着不肯上前。过来呀孩子。他这才不情愿地走过来。

妈妈，对不起，今天是您的生日，我没有什么礼物送您，还惹您生气。他说着，看着那本登记本，眼圈一红，大颗大颗的眼泪吧嗒吧嗒掉下来，重重地砸在地上，很快就浸湿了一大片。

孩子，说啥呢？知道吗？你已经送我礼物了，而且是最好最珍贵的礼物。牛小胖妈妈微笑着说。

什么？我没送什么礼物？牛小胖吃惊地说。

你看，礼物就在这里。牛小胖的妈妈指着手里的那个本子，十分高兴地说。

牛小胖越发愕然了。脸更红了。

你做的那些好事，刚才老师都一条一条念给我听了。孩子，你做得很对，做人就要做好人……妈妈为有你这么懂事的孩子感到骄傲。牛小胖妈妈说着，轻轻抚摸着儿子的头，一脸的幸福。

牛小胖看看妈妈，又看着我，含着眼泪，不好意思地笑了。

从牛小胖家回来，我的心头仿佛有春风吹拂，舒服而惬意。我的脚步迈得很轻松很轻松。

原载《简妙作文》2021 年第 10 期

爷爷的借条

周建新

陈启明老总是赣东人，那天出差路过浙赣交界的S县。早就听父亲说爷爷曾在S县打过游击，早想去S县走走看看了，可一直未如愿。此次他打算在S县逗留两天，以了却一桩心愿。

听他父亲讲，他爷爷陈子林与奶奶成亲不到一个月就参加了红军。两年后随红军挺进师C纵队来到浙赣交界的S县打游击。那时他爷爷负责纵队的后勤保障工作。他爷爷在S县战斗了三个月后随部队北上抗日，然后是八年抗战，抗战胜利后又参加了解放战争，这时他爷爷已当了团长，但在攻打上海时不幸牺牲了，他儿子也就是陈启明的父亲刚满14岁，不顾奶奶劝阻跑去找爷爷……陈启明没见过爷爷，却从小就从父亲口中知道爷爷很了不起，是大英雄，感到特别自豪。长大后也参了军，退伍回来先打工后办企业，现在成了当地响当当的餐饮老板。

到了S县，陈启明通过百度和高德地图导航找到一个小镇上的中国工农红军挺进师C纵队纪念馆。馆很小，陈列的东西不多，墙上贴着有关C纵队的战斗经历、场景、标语和军民鱼水情的故事等的介绍和照片；柜子上摆放着红军用过的草鞋、五星八角帽、马灯、驳壳枪等遗物。介绍的人物都是像刘英、粟裕这样的大人物，爷爷当时是无名小卒，名不见经传。陈列的红军遗物中是否有爷爷曾用过，或与他有关联的东西，他不得而知。但他在遗憾中仍瞪大眼睛一字一句地读墙上的文字，仔细看柜子里的各种遗物，试图从中发现有关爷爷的蛛丝马迹。

蓦然，一只镶着玻璃的柜子里，一张发黄的纸条把他吸引住了。纸条上的毛笔字歪歪扭扭，但仍清晰可辨，他扫了一眼，突然兴奋地读起来：

借　据

今借到周村大户廖金富先生谷子贰佰担。

立此为据。

立据人：中国工农红军挺进师C纵队陈子林

一九三六年四月廿日

天哪，这不就是爷爷的名字吗？！“是我爷爷，没错，就是我爷爷！”如获至宝如中巨奖，陈启明狂喜地大喊起来，把身边的几个参观者和管理员老郭吓了一跳。

老郭疑惑地盯着他问：“老总，谁是你爷爷？”

陈启明指着玻璃柜里的那张纸条说：“这上面的名字就是我爷爷的。”脸上满是惊喜和自豪。

老郭问：“你是说廖金富是你爷爷？”

“不，”陈启明认真地说，“我爷爷是陈子林！”

老郭不信似的把他打量一番，说：“陈子林是赣东人，你也是？”

“对呀，我就是赣东人。当年我爷爷在红军挺进师C纵队管后勤……没想到我爷爷还借了廖金富这么多粮食。你知道廖金富这个人吗？”

老郭点点头，然后把知道的情况都告诉了他：八十四年前，战斗在S县周村洪岩顶一带山区的红军C纵队陷入弹尽粮绝的境地，陈子林悄悄找周村大户廖金富借粮，没想到廖金富爽快答应借给红军200担谷子，为掩人耳目让红军连夜挑走。于是陈子林给他写了这张借据，作为往后红军归还的凭证。可哪知，红军走后不久国民党反动派就来收拾廖金富了，逼他交出红军的借据，廖金富坚决拒交，最后被折磨至死；到了“文革”，大地主廖金富的儿孙因“窝藏”红军借据被污为想伺机向共产党清算……

“唉，”老郭感慨道，“风风雨雨几十年，就因为这张借据，廖家可受了不少罪啊。但这张借据还是被廖家保存下来了。十年前镇里建这个纪念馆，廖金富的孙子廖山虎主动把它捐出来。”

听完这个故事，陈启明眼含热泪，心里像塞进一把茅草似的难受。他问他现在廖家的情况。老郭摇摇头叹息道：“好像老天老和廖家过不去，倒霉的事总让他们遇上，几十年了一直没走好运。十几年前廖山虎因挖草药摔断了腿，老婆丢下他和儿子跟人私奔了，他只好拐着脚帮人打理茶山，靠微薄收入维持生活和负担儿子大学费用，眼下儿子大学毕业也没找到像样的工作……”

陈启明心里像有一只兔子要冲出来，他恳求老郭带他去廖家看看。老郭和他约好明天去。

第二天，陈启明随老郭去了周村找到了廖山虎，见到听到的情况和老郭说的完全一样，更体会到廖山虎生活的艰辛和苦涩。告辞时，陈启明把身上所有的现金都给了廖山虎，握着廖山虎的手说：“以前我爷爷借了你爷爷的粮食，现在该让我这做孙子的来还了。”

廖山虎以为陈启明说的让他来还，仅仅是指给的这一万五千现金。

可是不久之后，陈启明特地来 S 县，在城里给廖山虎父子买了一套房子，还在 S 县开了一家餐饮连锁店，把它交给廖山虎父子经营。

原载《衢州日报》2021 年 5 月 31 日

天　书

杨　力

郑卉最近心情很糟，她经营多年的影楼，本来生意很火，手下的摄影师却突然跳槽。这跳槽的摄影师又不是别人，正是郑卉的亲表弟郑路。

当初郑卉开影楼时，郑路刚刚从一家技校毕业。看到为找不到工作焦头烂额的表弟，郑卉花钱送他去学习摄影，郑路天资聪颖，很快就成了摄影方面的行家里手，许多顾客进店都指名道姓要找他，郑路在圈子里迅速走红。

走红的郑路被别家影楼高薪挖走，对此郑卉虽然难受，但也勉强能够接受，毕竟人往高处走嘛。但她担心的是，影楼的客户资料、管理流程等也会随之流失，对于一个企业来说，这可是生存之本啊。

偏偏这个时候，一个噩耗又从老家传来，郑卉的父亲因为脑溢血撒手人寰，急等她回去奔丧。郑卉强忍悲痛，带着装有保密资料的手提电脑上路了。

坐在火车上，郑卉思绪万千，对父亲的许多回忆涌了上来。小时候，她对父亲非常崇拜。父亲曾当了多年的村支书，但因为读书不多，许多字写不来，每一次去上面开会，父亲都会在笔记本上涂满各种圈圈或符号，回去后父亲就按照圈圈或符号代表的意思传达给乡亲们听，居然从没出过差错。

随着年龄渐长，郑卉对父亲的崇拜变成了羞愧，许多同学嘲笑她，说她父亲是文盲，不配坐村支书的位置。所以从小，郑卉学习就很用功。

读大学时，有一年父亲来看她，恰好郑卉又去了外地见习，于是父亲从笔记本上扯下一页纸，给她留了一封信。几天后郑卉回来，全寝室的女生都在笑她，因为那页信纸，留下的全是看不懂的圈圈或符号，形同天书。当然郑卉是懂的，从小耳濡目染，她几乎懂得父亲笔下每个字符的意义，包括这封信，字字句句透露出父亲的关心。但这一次，郑卉却很伤心，她觉得大家在嘲笑她，她恨不得马上找条地缝钻进去。

不过，对父亲的所有抱怨，都随着老人家的猝然离世而消散了。当郑卉站在父亲的遗容前，看着那张饱经沧桑的脸，想到自己再没有机会报答父亲的养育之恩时，郑卉还是没能忍住，潸然泪下。

郑卉没想到，她会遇到郑路。在吊唁现场，郑路的表情也很悲伤，当郑路含泪向老人鞠躬时，郑卉忽地觉得，她已经原谅了郑路，在亲情面前，任何利益之争都显得渺小。

接下来的几天，郑卉留在家里，为父亲处理后事。郑路也主动留下来帮忙。由于连日操劳，身心憔悴，郑卉在硬挺了两天后，终于昏倒。她被郑路坚持送进了医院，郑路叮嘱她好好休息，家里一切由他代劳。那一刻，郑卉感动得泪眼蒙眬。

一周后，办完丧事的郑卉回到了城里，她很快恢复了状态，重新聘请了摄影师，影楼的生意又重新红火起来。

一个月后，郑卉的影楼里走进来一个神情萎靡的年轻人，他是郑路。在办公室里，郑路扑通一下跪在了郑卉面前，他涕泪交流地说："姐，我错了，不该为了钱鬼迷心窍！那家挖我的影楼，出高价让我窃取你电脑里的资料，上次我趁你昏倒进医院期间下了手，但拿回去后没一个人看得懂，他们以为被我耍了，就把我开掉了！"

郑卉看着郑路，百感交集。一个月前她回老家奔丧，坐在火车上，出于本能，她把手提电脑里的所有资料用父亲传下的"天书"做了保密。办理后事那几天她故意昏倒，把手提留给了郑路，也是想掂掂亲情的分量，利诱和良心，究竟孰轻孰重。

郑卉拉开抽屉，取出一部相机，动情地说："我相信你会回来，你用过的相机，我一直为你留着，经过这番挫折，你会更加成熟！"

看着喜出望外的郑路，郑卉脑海里忽地又蹦出父亲的影子，没想到那曾经让她自卑的“天书”，不但挽救了她的影楼，还挽回了一段亲情。

原载《南方农村报》2021年7月17日

颜　值

王维新

兰花和刘玲自小在一个大杂院里长大，关系一直很好，大家都认为她们两姐妹是最要好的伙伴和闺蜜。

小时候，人们没有注意她们的长相，到了18岁以后，变化很大，两个人面貌上的差异明显显露出来。兰花身材苗条，皮肤细白润嫩，非常漂亮；刘玲则五官错了位，两个眼睛之间的距离很大，鼻子很塌，颧骨突出，显然是个丑陋的女孩。她们两个经常走在一块，对比更加鲜明。刘玲的丑更加衬托出兰花的美，兰花的美更显现出刘玲的丑。虽然她们彼此倒没有感觉到什么，但是，旁人在背后总是议论不断。

两人相约要做一辈子的好友，一起走上工作岗位。一家名为威力公司的国企招聘工作人员，她们都去报名应聘。笔试成绩出来了，刘玲考了83分，兰花考了72分，两人都在录取线以内，她们非常高兴。但是面试结果公布以后，让她们感到非常诧异：作为第一名的刘玲落选了，第三名的兰花却被录取了。

这件事情让刘玲想不通，她感到非常委屈，于是通过一个同学找人打听原因。公司人力资源部的一个名叫杨立文的主管说，她主要是在颜值上被扣了分。刘玲不明白什么是颜值，那人说就是长相。如此说来，长相漂亮就值钱，长得丑就要被淘汰？主管强调说："我们是国企，员工的颜值非常重要，代表公司的形象，不能把什么歪瓜裂枣都招进来吧！"

刘玲没有想到，走出校门的第一步就遭受如此挫折，她不服输，她想我不能就这样败在自己的长相上，她要改变自己的容貌。好在家庭条件好，父亲是贩煤的，家里很有钱，她又是父亲的宝贝疙瘩。她带上巨资到韩国去整容，走的时候，给家里人交代，就说她出国留学去了，新的手机号也不要告诉兰花。

虽然兰花因为自己的漂亮被录取不是她的错，但是，刘玲总觉得是兰花顶了自己的工作，心里非常纠结，不打算和她再有过密的交往了。

从韩国回来，刘玲面貌大变，和原来大不一样了，鼻子隆起来了，双眼皮也割好了，整个像换了一个人。本来，她没有打算改名换姓，可是，她出去办事，说自己是刘玲，人家都不相信，说她是冒充的，处处碰壁。她索性改了自己的名字，叫鲁冰花，简历也修改了。她准备到社会上去创业。

大概过了三年，威力公司又招聘人员，刘玲去应聘，这时候的兰花已经升为主管，杨立文成了部门副经理。他们两人负责接待她。

兰花问她："鲁冰花，你是哪里人，怎么长得这么漂亮？"

刘玲说："我老家在山东蓬莱，祖辈到北京落脚，住在前马厂胡同60号院，位于后海深处，你知道吧。我自小生活在沂蒙山区，那里空气好，所以人都很漂亮。"

兰花说："欢迎你到我们公司工作，今后你就在人力资源部上班，主要负责外联事务。"

刘玲说："你认识我吗？"

兰花说："我以前不认识你，现在不是认识了。我家也在北京，西斜街42号。以后我们就是同事了。你这么漂亮，真让我羡慕和嫉妒。"

刘玲说："你不是也很漂亮吗？"

兰花谦虚地说："比起你来就差远了。"

从此，刘玲就和兰花一起上班了。

俗话说，山水易改，本性难移。时间一长，兰花总觉得鲁冰花的生活习惯、说话的语气、习惯动作都和她过去的一个朋友刘玲非常相似。有一天，两人去三里屯喝咖啡，兰花说："鲁冰花，我看你像我过去的朋友刘玲，除了面貌不像，其他都很像。"

刘玲不想捅破这层窗户纸，说："世上相像的人多了去了，我怎么会像她呢。"

她们就这样心照不宣地在一块工作，各有各的心思。

杨立文两年前离了婚，他对兰花有点意思，平时对她非常照顾和体贴。但是，自从刘玲来了以后，他感到她比兰花还漂亮，就有点移情别恋了。尽管这是一个二婚男人，可是，两个黄花闺女却为他明争暗斗，他们之间的关系也微妙起来。

三八节前，公司下发通知，安排各部门以适当的方式慰问女职工。杨立文经过一番思索，给兰花买了一套化妆品，又偷偷买了两张电影票，打算领上刘玲去看《泰坦尼克号》。他买了刘玲喜欢吃的爆米花，双双来到电影院，没有想到，与兰花碰在了当面。杨立文立刻做解释，他说他和刘玲是在门口碰上的，不是一块来的。

兰花嫣然一笑，拿出一个袖珍仪器，把探头按在杨立文的胸脯，摁了开关，她说："这是国外进口的测谎仪，你说的是真话还是假话，我一测便知。"

测完之后，她收起了那玩意儿，也没有说出结果。只是瞟了一眼杨立文："你撒谎脸不变色，心不跳！"

刘玲看到杨立文有些尴尬，出来圆场，她说："爱美之心人人有之，杨经理也是一片苦心。既然你也来了，咱们一块看吧？"

兰花突然说："你也别装好人，君子不夺人之爱……"

刘玲脾气突然发作了："这都是你们逼的，我也要让你尝尝被人顶替的滋味！"

"你终于露出了狐狸尾巴！"兰花说，"你以为你把脸面和名字换了，我就认不出你吗？我早就看出来了，你骨子里还是刘玲，什么鲁冰花，倒想蒙我这个闺蜜，你的虚荣心太强了！"

刘玲说："我有点虚荣心无碍大局，你们二位都是公司的要员，如果一个企业把人的面貌作为价值取向，那么，依靠什么去增强企业的创造力和竞争力，难道智慧和知识没有脸面值钱？"

三人在这里争吵，电影已经开映，其他观众站起来制止，他们之间的战争才停息了。

事后不久，刘玲辞去公司的工作，恢复了原来的姓名和个人信息，自己注册了一家公司，店名是：颜值美容谷。她和杨立文并没有走进婚姻殿堂，兰花最终也没有嫁给杨立文，听说，她和一位中学的英语教师结了婚。

三十年后，在一次同学聚会上，兰花和刘玲自分别后第一次相见，两人已经成为典型的黄脸婆，青春不再，风韵不存，两人相对无语。

原载《中外精短文学》2021 年 1 月 11 日

分身术

闫玲月

丁一对面，站着另一个丁一。这无疑是本世纪最成功的克隆术。高鼻子宽额头，甚至左胳膊上榆钱大小的胎记都丝毫不差，连丁一都怀疑这是不是在做梦。

你真的是另一个丁一？对面的人笑了笑，标志性地打了个响指。居然连打响指都如出一辙！丁一拉着他来到镜子前，左看右看上看下看，也打了个响指连连说，好，好，好，你是从我身体复制出来的，你就叫丁二吧。当然，需要你冒充我时你还是叫丁一。对方回答说，我可以叫丁二，但我不是冒充你，我是另一个你。

有点意思。另一个我。丁一给了丁二一个大大的拥抱。

干脆来一场说走就走的旅行，海南岛的沙滩大海椰子鸡，让丁一的身心得到了释放。上班已经够累人了，丁一的岳母来了之后，在她的煽风点火下，让本来就不怎么样的夫妻感情，一下子落到了冰点。半个月没回过家的丁一，其实很想回家看看，说不上是对丁二不放心，还是对妻子不放心。

一路风风火火地回到家门口，掏出钥匙时，丁一发现一个残酷的事实，他不能回家。因为丁二在他旅行前就冒充自己回了家。他站在门口犹豫再三，终于没有勇气开门，而是敲开对门邻居的家。

邻居是独居老人张大爷，老伴前两年得了重病去世，唯一的儿子远在国外做工。张大爷身体不好，给老伴治病花光了积蓄，经济拮据，正在招租。丁一的想法是借机在张大爷家租住，张大爷家的阳台刚好对着他家的客厅，有利于观察他家的一举一动。

丁一其实和张大爷并不熟悉，只是听岳母提起过这些琐碎，岳母还说你张大爷眼睛也越来越不好，对面打招呼都快认不出我来了。

张大爷看到丁一，一把将他拉进房间，连连说，丁一啊，快进屋。丁一打了个激灵，暗暗责怪岳母乱讲，张大爷一眼就认出他来，简直就是火眼金睛嘛。正不知如何是好，忽然又听张大爷开口说，前几天多亏了你，否则我就去见阎王爷了。

奇怪，前几天我还在海南啊，难道是他将丁二当成我了？丁一连忙摆手，对张大爷说，我不是丁一，我是丁二，是丁一的孪生弟弟。张大爷使劲揉了揉眼睛，围着丁一转了一圈，连连说，太像了。丁一趁机编了个理由，听说我哥丁一前阵子家里闹矛盾，我妈不放心，非让我过来看看，我也不好直接去，能不能在您这里租住几天，也好暗中观察他们现在过得到底怎么样。

没问题，张大爷爽快地答应了。丁一从张大爷口中得知，前几天他做饭时高血压发作晕倒，锅烧煳了，是丁二发现后从阳台跳进来关了火，又送他去医院抢救。丁一听完吓出一手心冷汗，自己从小体育就差，跳阳台救人做梦都不敢，看来这丁二比他强。

不知丁二和我的老婆岳母相处得怎么样，丁一每天早晚偷偷在阳台望向自家客厅。早上，丁一睡眼蒙眬地跑到阳台，发现丁二正端着两盘煎蛋递到老婆和岳母面前，三个人有说有笑，趁岳母去厨房间隙，丁二竟然和老婆来了个闪电吻，那动作像极了丁一当年追求老婆的时候，青涩而甜蜜。丁一下意识地摸摸自己的嘴唇，将手指收拢成拳。

连续观察了三天，丁一发现丁二每晚都回家吃饭。有一天还看到丁二腰间系着围裙，将岳母最爱吃的糖醋鱼端上来，岳母尝了一口，夸他做的比她做的好吃。丁二还给老婆夹菜，岳母给丁二夹菜，看得丁一心里酸溜溜的，岳母从来没给他夹过一口菜，当然他也从来没下过厨，更别说那么复杂的糖醋鱼，他只会品菜，动不动再挑点不足，岳母挖苦他长了一张皇帝嘴。

张大爷问丁一看到些什么，丁一说，看到了一个不同的丁一。张大爷笑了，拿出一枚硬币，说，其实人和这硬币差不多，都有正反两面，将心比心是最好的相处之道。丁一点点头，他想回家了，他要当面告诉丁二，你不只是我的复制品，更是我的指路灯。

打开家门，老婆亲热地接过丁一手中的包，岳母递来一杯茶。丁一忐忑不安地问，丁二去哪儿了？老婆嗔怪道，我看你像丁二，快洗洗手吃饭，妈做了你最爱吃的猪杂汤。丁一心里一怔，猪杂汤曾经是岳母最痛恨的。

丁二到底去哪儿了呢？丁一无数次在内心问自己，回答他的只有岳母满意的笑容和老婆无限的柔情。

原载《喜剧世界》2021年第7期

雪屋子

廉世广

朋友邀我去他建在山里的雪屋子，我的心里竟有一份激动和向往。朋友在家乡搞冬季冰雪旅游，雪屋子的创意是我提供的。

这个创意来源于我小时候爷爷讲的一个故事。

我爷爷年轻时喜欢打猎。爷爷说，那时候的冬天比现在冷，雪也比现在大，动物也比现在多。他说，那时候家里来客人了，不用提前准备，他背起猎枪，走进村子旁的山林，用不了一个钟头，就会打回一背篼山鸡、野兔。不过，要想打大一些的动物，比如野猪、黑熊、狍子，就得走远一些，到大山里去打。打猎的最好时机是雪后初晴，一场大雪过后，大山就像被重新粉刷过了，洁白的雪把原有的一切痕迹都清除了，这时，只要有动物出没，雪地上就会留下清晰的印迹。兔子的脚印像梅花，梅花鹿的脚印像两片分开的树叶，狐狸的脚印像三叶草，狍子的脚印像蝴蝶，黑熊的脚印很像人的脚印，野猪走过的地方像推土机，那种枫叶形状的脚印，就应该是山鸡了。爷爷说，猎人们把动物的这些印迹叫“遛子”，他们打猎的时候，大多是码着这些动物的遛子，一直跟踪到它们休息的地方。有时，因为码一个大动物的遛子，要翻过几道山，越过几重岭。走到天黑了，怎么办？就在山谷里挖一个雪屋子，在里面住一宿。

我对爷爷所讲的雪屋子非常感兴趣，问他，雪屋子大吗？不会塌吗？暖和吗？爷爷说，他们上山打猎的时候，背篼里都装着小铁锹、绷带等物品。在山谷中，选一块积雪又厚又实的地方，用小铁锹先挖出一个立面，然后清除立面前边的雪，再从立面往里挖，不一会儿，一个洁白的雪屋子就挖成了。屋子不是很大，住一个人却是绰绰有余。因为地处山谷，没有风，把背篼铺在地上，钻进睡袋，还是很暖和的。

爷爷说，一个雪屋子，一个冬天往往会用上许多次，自己用，别的猎人也可以用。他说，有一次，他在山上走累了，正好看到了山谷里的雪屋子，心想，这会儿我该好好歇一歇了。他走近雪屋子，刚想钻进去，突然发现里面有个动物，毛烘烘的，正躺在那里睡觉。他警觉地把猎枪支上，如果是凶猛的动物，他会立即开枪。可是，他观察了一会儿，发现躺在那里的是一只狍子。狍子性情温和，是食草动物，喜食灌木的嫩枝、芽、树叶和各种青草，还有小浆果、蘑菇等，从不会伤害人，被老百姓称为傻狍子。

真会享受啊！爷爷把枪收起来，自言自语。他掏出烟袋，抽了一袋烟，然后从背篼里掏出帆布绷带，说，这回要逮个活的回去。

狍子肉很香，狍子皮隔潮隔凉，很珍贵。

爷爷正要动手的时候，发现狍子的肚皮下一拱一拱的，拱出个小脑袋，那是个小狍崽儿。小狍崽儿见了爷爷，并不害怕，只是用一双亮晶晶的眼睛惊奇地看着他。

爷爷说，他打了那么多年的猎，什么样的动物都打过，从没有心软过，可小狍崽儿那双晶亮的眼睛却让他的心颤了一下，他拿着绷带的手再也动不了了。很显然，这是一对母子，小狍崽儿的母亲，那个傻狍子还不知道危险就在身边，仍在那里傻睡。爷爷想起不久前，曾在这一带打过一只狍子，是雄性。那只狍子被打伤后，在雪地里爬行了二里多地才死去，雪地上留下了斑斑血迹。也许，它就是这个小狍崽儿的父亲吧。

爷爷背起枪，向山外走去。走了一会儿，他回过头，看见那对狍子母子正站在雪屋子前向这边遥望。他转过身，雪屋子离他越来越远了。

爷爷从此不再打猎了。爷爷说，他总觉得小狍崽儿那双眼睛在问他，我爸爸呢？

那个雪屋子和雪屋子里发生的故事牢牢地扎根在我童年的记忆里。

就在几天前，我如愿到了朋友建在山里的雪屋子。也是山谷里，也是厚实的白雪。最先映入我眼帘的，是雪屋子前那座雪雕，一个狍子母亲安详地卧在那里，小狍崽儿偎依在它的怀中，脸上洋溢着幸福。我驻足在这座雪雕前，久久凝视。我说，这对狍子雕得真好！

朋友说，你啥眼神儿啊，这是一对梅花鹿！

我问，为什么不雕成狍子？朋友说，那也不美啊。

我说，如果你把它雕成狍子，这就不仅仅是一座雕塑了，而是一个故事，一个美丽的故事。

朋友听了我讲的故事，把梅花鹿改成了狍子。到雪屋子参观和居住的游客越来越多了。

原载《北极光》2021 年第 6 期

老　曾

彭胜发

老僧入定，闭目养神。老曾不语，定出奇葩。

老曾不老，吊儿郎当，二十三岁。他说自己是骚气蓬勃风华正茂的校园“呕像”——呕吐对象。大太阳下，搬一张三只脚椅子，左手抱个没气的篮球，右手撑起无力的脑袋，老曾居然就这般睡着了。小孩在身旁用狗尾草戳他耳朵、鼻子，于是一惊天地泣鬼神的喷嚏，吓得三五小孩四散逃开……

老曾也不计较，伸个蛇样懒腰，说：时间到，上课。遂腋下倒夹一本初三语文课本蹭进教室。这节课是全县语文公开课比赛，后边坐一排评委和老师，他居然临阵瞌睡，居然睡得着，还居然得了个二等奖。老曾，还真有水平，尽管很多同事和家长说他不像老师，但每次成绩一出，他教的科目全校最好。反复多次后，常斜眼看他的贾校长也终赞许：“这老曾不愧是真科班出身，比很多老师强，吊儿郎当的学生也都很喜欢，耶嘿！”

“我是真（曾），他是假（贾），我是我，他是他。”老曾常在贾校批评人时，嘴里嘀咕这话。也不管校长批评还是表扬他，都一概不理睬，仍是老样子，衣食住行放荡不羁。山里条件艰苦，所有老师的宿舍是一栋两层楼的存在了五十多年的青瓦木屋危楼，一楼是学生宿舍，二楼是教师宿舍。一群二十多岁的年轻老师都把房间装扮得漂漂亮亮，唯独他来时房间咋样，五年后仍咋样。山里雨水多，木楼漏雨，常是屋外大雨，他房间就“几条瀑布挂前川”。他也不理睬，被子一卷，睡半边床，留半边任雨打湿床。几个女生去交作业时，好意用脸盆水桶给他放床上接雨，结果他抓住就一顿臭骂：“你们擅作主张，操什么空心，我是我，床是床，雨是雨，没有听到雨滴床板响我咋写诗？这次考试都给你们零分！”几个女生委屈极了，找到贾校告状，贾校找来老曾骂：“你有本事就找个姑娘两人床板响，雨滴床板响算个毛本事！”结果老曾来一句：“我就喜欢贾静！”贾校哑言，耸耸肩：“年轻人荷尔蒙高，我血压不高，随他去。”贾静是贾校刚毕业的漂亮女儿，是老曾的师妹。这“床板响”的故事，一下就传开了。

老曾非本乡人，自己说是来支援山村教育的。当年师范毕业，刚十九岁的他不顾家人反对背个破包独自一人毅然决然来到这穷乡僻壤。起初是住在上高寨村的小学校里，自己不会洗衣做饭，村里人都很朴实，尊师重教，就这家叫他去蹭一餐，那家叫他去吃一顿。长得白白净净的“小曾”一年后成了整村公认的亲戚，也成了村姑村嫂村花们窃窃私语偷偷脸红的“老曾”。在村里被称为“老”的除了七十岁以上的老人，就是对老师的尊称，还有就是嘲解某方面经验牛。山居岁月，信息闭塞，荷尔蒙高的小曾独创的“闻闻干洗”传了十里八乡。他的衣服裤子鞋子都不以颜色变化来决定是否换，而是以味道。新衣服穿半天，放鼻前闻一闻，味道不舒服就脱了换一件；有的衣物半个月穿几次，鼻子闻闻味道还好，就继续穿，哪怕扣子不见了、裤脚裂开了、线头出来了，像个叫花子，也不管不睬。这些换下来的衣服一律整整齐齐认认真真地挂在校门口他自己搞的一根专用绳上，直到风吹日晒雨淋反复几次，他走过闭上眼闻闻，有太阳和雨水的味道，干了就拿回房，他把这美其名曰“闻闻干洗”。全村人都知他这干洗法，于是“小曾”升华为“老曾”。

老曾有绝招，在上高寨小学教了四年书，连续四年全乡 18 所小学成绩排名无人能超他。贾校乃爱才之人，找到分管教育的副乡长把老曾要来了乡最高学府。在“雨滴床板响”的晚上，大家常看到老曾的破房灯熄得很晚。校刊、各级报纸书刊陆陆续续地都有老曾的名字，他还曾获得一个全国征文比赛的二等奖，奖金是月薪的两倍，贾校说这估计是这所中学“前无古人后无来者”之作了。老曾常把发表的散文小说诗歌读给孩子们听，把作文课、阅读课、政治课、历史课上得风生水起，成为校园真正偶像。贾校私下常说：“这个老曾太不低调了！”

坚持山村教育的第十五个年头，已三十五岁的老曾，还真成了未婚老男人，床板响的时候依旧是和姑娘无关，和雨水有关。一天晚上，全校都沉浸在睡眠中，不知谁一声大喊：“起火了！”大火蔓延了三个教师的房间，也不过是三五分钟，全校惊醒，火光冲天，哭喊一片！

老曾房间因长年漏雨湿润，物品燃烧得慢，他也是一张讲台两袖清风孤家寡人啥值钱的东西也没有，他穿着只有一颗扣子的白衬衫最早跑出来，就冲去一楼大喊着：“快出来，房子要塌了！”等最后一个学生前脚刚跑出宿舍门，后脚一根大木头轰然砸下，有惊无险！

贾校年纪大了，行动迟缓，等穿好鞋要逃出房时，大火已堵了门。因条件艰苦，常有教师的房间是和厨房连在一起的，木楼里还有两个煤气罐……情况危急，在木头噼里啪啦燃烧爆裂的声响中，谁也不敢贸然冲进去找贾校。这时，一道白影闪过……

大家看到两个煤气罐被丢了出来。老校长也被推了出来。

清点人数，少一人。贾校带着哭腔大骂：“谁看见老曾了？老曾呢？老曾呢？呜呜呜呜……”贾校老泪纵横。

贾静赶来，不顾大家异样的目光，搂着老曾模糊的身体哭得死去活来，日月无光。

大家在废墟中清理老曾的房间，发现铁盒里装着半本红色证书，字迹模糊，依稀可见“镰刀锤头”图案。

原载作家网 2021 年 9 月 5 日

相　马

郑俊甫

窑镇东南有一方地，跑马场大小，四周围以木桩。空地里也到处是木桩，一根根杵在那儿，极似兵戎相见的战场。窑镇人称这块地为牲畜行，也就是交易牲畜的场所。说是牲畜行，其实圈建数十年来，里面交易的多为马匹，所以当地人常唤作马行。

马行逢三六九吉日开集，开集时，十里八乡的马贩子便云集于此，极是热闹。马行里的交易，并不是一手交钱一手交货，靠的是中间人撮合。

一般成功一桩买卖，双方都要付给中间人一些佣金。中间人吃了买方吃卖方，看似潇洒，其实不然。要做一个上得台面的中间人，起码得具备两个条件：一是诚信。看到什么说什么，既不看人下菜碟，也不暗收好处打诳欺瞒。二是能耐。这能耐便是相马，一匹马往跟前一站，一看二摸三遛弯，看是看牙口，摸是摸膘情，遛是遛役力。可别小瞧了这三招，没有几年的工夫是学不来的。

窑二就是做中间人的。在窑镇马行，窑二的名头极是响亮，不管是外地的还是本地的，一进马行，当头便是一句，窑二在不？似乎找着了窑二，卖马便卖得心安，买马便买得理得。

窑二入行十年，相马无数，从来没有发生过一例退马事件，这让窑二的头上罩上了一层无形的光环。窑二也不拿架，人极随和，往往逢了集开了市，便左手托一紫砂壶，右手摇一雕花扇，迈着碎步，边走边眯上眼“吱溜”一口，然后咂咂嘴，哼出一段字正腔圆的京腔来，神仙一般。

这日逢九，照例是马行开市的日子。一大早，马行偌大的场子里就热闹起来，一根根木桩上拴满了各式各样的马。买主，卖主，手一袖，便蹲在那儿等。等谁？窑二。

窑二来了，边走边哼。左手茶壶，右手竹扇，八字须，瓜皮帽，长袍马褂，极是干净利落。不时地有人站起来，喝上一声好，然后问一句，窑二爷，来了您？窑二笑着点点头，答一声，来啦。接着哼。

进了马行，虽说没有交易，窑二也不闲着，人围着拴在木桩上的一匹匹马，来来回回地看，像是要看出点什么门道。窑二的脚在一匹马前顿住了。是匹枣红马，毛色纯正整齐，浑身缎子般发亮。窑二围着那匹马连转了三圈，叹了声，好马！

窑二相马从不轻易夸马，看窑二的神态，这马绝非等闲了。立时就有打算买马的人聚了来，把窑二团团围住。人群里有一个胖子开了腔，窑二爷，这匹马当真是好马？窑二眯着眼答，您当我是闹着玩的？胖子瞅了瞅那匹马，摇一摇头，说瘦了点。窑二上下打量了胖子一回，应道，驮货爬坡颠山道，您可见过胖子走得下来的？人群哄地笑了起来，笑声里，窑二一摆手，说，对不住，只是打个比方，没有嘲笑您的意思。胖子也笑，胖子说，冲着窑二爷这句话，这马我要啦。

接下来就是商量价钱了。卖马的人是个瘦子，一胖一瘦分别跟窑二用手势打起了哑谜。围观的人屏着息，瞪着眼，一个个盯得仔细，生怕错过了一场好戏。价码终于在窑二伸出的手势里定了下来。窑二伸出五根手指，冲着人群晃了晃，人群中就响起了一阵喧哗。一般的马都是二三十块大洋成交的，好了也不过四十块大洋，这匹马居然卖到了五十块，真真破了天价。

在众人的唏嘘里，胖子很豪爽地掏出了五十五块大洋，交到窑二手里，五十块是买马的钱，五块是酬金。酬金本该是两块大洋，胖子说，难得今天买了匹好马，多谢窑二爷啦。

胖子兴冲冲地牵着那匹枣红马走了。

本以为此事到此结束，不想却节外生出了枝。事情出在十天之后，胖子买回的枣红马突然病了。胖子起先以为是小毛病，请了兽医来看，兽医看了几次，却诊不出毛病来，只好开了药，灌服。十多天下来，病一点也没有见好，却白白贴进去十多块大洋。胖子有点急了，本想花高价买匹好马来挣钱，谁知却成了赔钱货。

眼见马病得不行了，胖子寻到了马行，追问窑二缘由。窑二摇头，说定是您饲喂不当的事。胖子不服，想要退马。窑二说，马行有规矩，马在卖马人手中超了三日，概不退换。如果都像您这样，喂出病就来退换，马行岂不乱了套？众人皆点头附和。

胖子见辩不过，一急之下，竟在一天夜里把自己挂在了马行的一根木桩上。

窑二听了这事，一跺脚，长叹一声，再不去马行。数日之后，窑二也一病不起。

那天，眼见窑二的身子骨不行了，窑二的老婆抹着泪坐在床头，望望窑二，又望望得了怪病倾家荡产也治不好的儿子，凄切道，都怪我，不该出了这等馊主意，逼你牵了自家的马去骗人啊。窑二摇头，幽幽地说，不怪你，怪我自己，一个七尺男儿，竟不能养活妻儿，却要靠这等手段害人害己，还有何面目苟活于世上啊！

言毕，两行浊泪爬上了面颊。

原载《传奇·传记文学选刊》2021年第8期

王皮动外传

谢大立

王皮动觉得，他可以向刘芬表白了。

王皮动是去年到火车站提玻璃时，得了这个诨名的。对方写“玻”字分得太开，成了王皮，“璃”字简写成王力，又连得太紧。连着三天没提回，还是组长亲自出马才提回来的。他说，这不是王皮动吗？笑趴了在场的所有人，主任敛起笑点着他的额头说，正好你也姓王，以后干脆喊你王皮动算了，王皮动就这么产生了。

憨人有憨福！王皮动因祸得福。单位来了个报考大学的名额，书记主任都不舍得自己的骨干走。就让王皮动去吧！两个人意见高度统一，馅饼就砸在了他的头上。尽管他有时候有冒充的感觉，但自信、骄傲还是占了大头。一个厂就录取一人，几十人参考，自己是凭本事考上的。

过几天就是大学生了，大学生王皮动完全有资格追求厂花刘芬。追求厂花，过去哪是他想的。能想的，最多是多看几眼，多在梦中梦到几回。厂花刘芬在机关里上班，他在仓库上班。他上班路过办公大楼时，她还没到。下班再经过时，她已离开了十五分钟。唯一能一饱眼福的是看她打篮球，厂花刘芬是厂女子篮球队的中锋，带着球在场中左冲右突，英姿飒爽极了……一次做梦，球滚到了他的面前，刘芬过来捡，他抓到球送给她，刘芬对他笑了一笑，他享受极了。

刘芬的家在隔壁厂，王皮动决定，到两个厂交界的那段路上去堵她。那是刘芬上下班的必经地，刘芬下班走到那，天已擦黑，夜幕下也好表白。到了不一会，来了个牛高马大的老女人，他看她，她也看他。他讨厌地看她，是想把她看走。她却像警察看坏蛋一样地看他。就在这时，刘芬走过来了，老女人迎上去。刘芬喊了声妈，老女人说，没碰到坏蛋吧？碰到了坏蛋就说，你妈是学过拳击的。当妈的说时，刘芬看了眼王皮动，眼神说，妈你是在说这个人吗？随后目光又一阵游移，似乎在说，这人好像在哪里见过？

王皮动只好目送她们走远。第二天他就坐火车到北京上学了。到了学校，几次想给厂花刘芬写封信，又犹豫不决。就在这时候，梅走进了他的生活。梅没有刘芬动人，但温柔贤良。梅是独生女，父亲是隔壁学院教考古的教授。上梅家吃了几顿饭，老头子就把他收到了麾下，要他本科毕业后到他那里读硕读博。

果然如他所料，几年后他成了梅家的乘龙快婿，硕士毕业后留校任教跟着老岳父读博。妻子梅在附中当老师，把家务包了。电视剧《渴望》热播时，邻居们都说，梅不光长得像主角刘慧芳，也和刘慧芳一样温柔贤良。王皮动听了这话，禁不住又在心里说，憨人有憨福呀！

王皮动怎么也没有想到，他还会做梦梦到刘芬，还闻到了刘芬那充满了青春活力的少女体香。还是在厂子的灯光球场里，他盘着腿坐在水泥地上看刘芬她们比赛。还是那个球，不偏不斜地滚到了他的面前。还是刘芬过来捡球，他抢先把球捡到了手。不同的是他还没有站起来，刘芬的头差一点就要碰到他的额头，他就闻到了从她的开口衫里散发出来的好闻的味道。

醒来后，王皮动对梅充满了愧意。然而一连很多天，入梦以后梦里还是刘芬。一次他还和刘芬做成了男女之事。刘芬激情无比，是梅的温良恭俭让不可比拟的。完事后她还意犹未尽，百般缠绵。他说，梅都老太婆了，你怎么一点老的意思都没有？她把她的嘴贴近他的耳朵说，这是秘密，你可不能告诉别人哟，我躲在你的心里，有你的心血滋润，怎么会老呢！

难道这世界上真的有预感存在？几天后，王皮动接到去阔别已久的城市考古恐龙蛋的任务。他激动得一连几天，血压升高了不少。他不停地设计与刘芬相会的种种场景。日有所思，夜有所梦，梦里却再不见刘芬了。也许是快要见面了，小妮子有意躲着自己，把激情攒到那值千金的春宵一刻呢！报完到的第一件事，就是去老单位。尽管他也想过，一切顺利的话，在某个饭店里的橘黄色的灯光下，坐在他对面的刘芬，也是个满脸褶皱的老太婆。那又有什么关系呢，自己不也是正在变成一个小老头吗？

公交车上的吵嘴声，让他从沉浸中醒来。吵架的是一位中学生模样的女孩子和一个黑瘦的乡下人，女孩子嫌乡下人的蛇皮袋大包挤了她，还有股味道让她受不了，骂乡下人乡巴佬。乡下人说，回家翻翻你的家谱，不出三代保证也是乡巴佬。女孩子说乡下人骂她，用脚踢对方的包。乡下人也不让，站起来说，你再踢！女孩子的身边腾地站起来一个母老虎似的老女人，一把抓住了乡下人的领扣子大吼，个婊子养的想干啥！再吵，老娘把你像扔球那样从窗口扔下去，老娘年轻时可是厂篮球队的中锋……

刘芬！王皮动差点喊出声来。正在他考虑要不要在这种时候与她相识时，一个声音出现在了他的心里——你还认她是你的梦中情人吗？就像是大热天冲了个凉水澡，降温了的王皮动慢慢把头扭向了窗外。窗外的城市，犹如他藏在心里的女人一样，变化太大。

原载《微型小说选刊》2021年第11期

花　下

张建春

庙藏在紫云山的深处，白云常去，一去就住下，久久地流连，不舍得走开。白云一走，太阳就出来，把庙前的一块空地照亮，照暖和了。

小沙弥每天要做的事，是把空地打扫干净。深山多树，树叶落时不讲究，春天落，夏天落，秋冬更是落，小沙弥几乎天天都要和树叶作战，干净了，叶又落，再落再扫，似乎永远没个止境。

香客很少，庙藏得深，山路难走，何况当地人都说，紫云山的庙照远，不照近。谁无事登这庙堂。

庙中人少，师父一个，沙弥一个。平时白云天天来，还有就是一些个鸟，三五成群地在庙前空地上荡来荡去。

师父又交代小沙弥做件事，在庙前的空地上栽些花。

庙前的空地是一片石地，石头挤着石头，把空地占满了，连点土星子也没有。

沙弥犯难了，花苗好寻，土没有，怎么能栽下呢？师父不管这些，指令下达了，就闭着眼睛念经去了。

小沙弥听师父的话，师父是他的救命恩人。师父在山脚下捡到的他，那时小沙弥也就七八个月大，蜷曲在一只篮子里，仅剩下一口气。师父捡回了他，养在了庙里，孩子幸运地活下来长大了，成了小沙弥。

师父让小沙弥种花，这年他十岁。十岁的小沙弥，应该能干些事了。

小沙弥有点子，他先是把空地上的石缝清理出来。石和石拥挤，但还是有缝隙的，只是缝隙被碎石填满了。小沙弥把碎石清理走，再从山中取来土填上。土取得艰难，小沙弥一捧捧掬来的，手被荆棘刺破，血流在了黄土里。

师父有时看着小沙弥填土，微闭着眼，一言不发，嘴角偶有微笑，也淡得很。

小沙弥从山上移来了兰草、杜鹃、六月雪、野菊花、蔷薇，一棵棵栽得认真。栽好，还一棵棵浇上定根水，当庄稼样照应。

师父发话：桔梗花呢？这花好看。

紫云山桔梗花多，一到秋天里蓝蓝地开成一片，半个山坡、一个山坡的都是。小沙弥却不喜欢，桔梗花太冷了，像泪眼。

师父发话，小沙弥听，但栽得少，算是花圃中的小点缀。

山中的植物好活，深山湿气大，又安静，花们长得好开得好。

庙前的空地一下子就热闹了起来，蜂子、蝴蝶忙着采花，小鸟也凑热闹，捣鼓不停。

小沙弥却高兴不起来，空地上的花开得热烈是热烈，谁来看呀？

小沙弥在鲜花盛开时，就盼着能有香客来，否则花不就白栽、白开了？

师父看透了小沙弥的心思，对着小沙弥，也是对着花说：花开有缘，缘为花开。

小沙弥听清记下了，但不解其中味。

秋天里花少，除了野菊就是桔梗了，桔梗花抢眼得很，汪汪地蓝，小沙弥怎么看，怎么像泪眼。不顺眼，小沙弥就想摘了去。刚下手，师父像是料到了，轻声制止，但威严。小沙弥住了手，倒是听到了师父的自语：十年了，十年了。

早晨小沙弥打扫庙前空地，完了，再去料理花草。让小沙弥吃惊的是，点缀的桔梗花开得更精神，根下的土被松动了，杂草也除得干净。

庙中无人，师父所为？小沙弥的心咯噔了一下。

深山藏庙，山深路远，香客无来，花开了一遭又一遭，又谢了一季又一季。

小沙弥长大了，师父老了，庙中仍是青灯黄卷，清贫得很。

小沙弥还是做两件事，一是打扫庙前空地，二是种空地上的花。事佛的事，师父不让他沾边。

花草越长越旺盛，花密密麻麻地开，春兰花夏蔷薇秋菊花就没断过，初冬桔梗仍开花，一花独放地开，开得清艳。

桔梗已不是点缀了，它的宿根在石缝里钻，种子随意地走，又错着季节，没个挡手，一开就开成了蓝蓝的一片，占了偌大的一块。小沙弥还是想清除了它们，可师父总是在他准备动手时出现，仍是自言自语：花开有缘，缘为花开，桔梗也是。

尽管自言自语，却是说给小沙弥听的。

师父走了，无疾而终。走前拉着小沙弥的手久久不松。师父一再交代，花要栽下去，桔梗花要好好栽，让它开着，好好开着。

师父临终前，还有一句话说得断断续续：枪声好烈……你来时，篮子里铺满桔梗花，一山的桔梗花在开，你躲在了花下。小沙弥听得明明白白，又一头雾水。

小沙弥听师父的话，花种了一茬又一茬。

庙里终于有人来，如白云样扑来。

正是桔梗花开得好时，蓝色的花生生地鲜，绸缎样展示，没遮没拦地展示，在庙前的空地上夺走人的目光。

来人是一男一女。

男人女人冲到了花前，男人惊呼：桔梗花。女人突然哇的一声大哭。

小沙弥惊在一边，兀自记起师父的话：花开有缘，缘为花开。小沙弥呆了，为师父说的话。

男人女人快步走向小沙弥，小沙弥看着女人的眼睛，她的眼中一朵桔梗花在缓缓打开，小沙弥一瞬间感觉，自己躺在了花下。

桔梗花如泪眼，一大片的泪眼，洒下蓝色的泪水。

原载《小小说月刊》2021年2月上半月刊

一个公文包

李学文

研究生报考开始了，本科快毕业的王清生，对考不考研究生思虑再三。班主任的话犹在耳边，你专业学得好，在国家级的专业杂志发了两篇论文，一般的教授想发表都难，说明你专业天赋好，不考研究生可惜了。但他知道，家里负担重，妹妹读大一，母亲在家务农，家庭收入主要靠父亲做泥水匠。

上个月他母亲来电话说，父亲两个月前到了这个城市承包建筑工程。他母亲没文化，说不清父亲在哪条路哪条街，只说了父亲换的手机号。

王清生一直沉在学业上，两个月都没打父亲的电话。现在要不要考研究生，这是大事，他想听听父亲的意见。他打电话说要去见他，有事商量。父亲有些急："不要来，从你大学到我们工地，坐地铁要一个多小时。你快要毕业，时间肯定宝贵，我们也日夜赶工期，有事电话里说。"王清生坚持见面才说得清，他父亲只得告诉他地址。

王清生知道地址后，就直奔那个工地。看到儿子来了，他父亲非常高兴，拉着儿子走进办公室。"我现在做的都是大工程，钱哗哗地进。你看我两万多元的老板桌！"说完，他怯怯地瞄瞄王清生手上的公文包，这是王清生参加国家专业课题征集时发的奖品。"这个包印着字呢，给我背背，办事也有面儿，我大小是个经理。"他父亲的眼睛里闪动着兴奋。

王清生想，现在小老板夹个包是标配，爸可能真是经理。他放宽了心，说："我想考研究生。"他父亲一听，道："好啊，能考上，那是祖坟上冒青烟，学费你别担心！"

王清生回来后，一门心思放在学业上。他父亲也没去看他，只是每月给他的钱多了一倍。王清生想告诉父亲，别多给他生活费，有钱，就给妈和妹妹多一点。但打父亲手机是语音提醒，晚上父亲才回电话说，妹妹的生活费也加了，给家里的钱也多了。王清生不放心，打妈的电话。妈说："回来的邻居说你爸承包了一个大工程，天天夹你给的包跑业务。"王清生一听，心中石头落了地，全身心投入研究生备考。

王清生没有让家人失望，他考上了名牌高校的研究生。王清生刚听到这个喜讯，就接到了他爸公司的电话，说他爸要他去一趟，没说详细就挂了。王清生又打父亲的手机，还是像上次一样，来电提醒。王清生想，难道爸先知道了自己考上研究生的消息？他没多想就往父亲的工地走。

王清生一到工地就往那排板房走，那是经理的办公室。新来的保安拦住他。他告诉保安，这里的经理是他爸。保安嘀咕道："经理刚结婚，有这么大孩子？"王清生报出了父亲的名字。保安一听，说："噢，一号工地刚刚出事的搬运工。"

王清生没听太清楚。"我爸不是这里的经理？我爸出事了？""他是一号工地搬运队工人，大家都知道，他女儿上大学，儿子考研究生，为了挣钱，日夜加班，劳累过度晕倒在工地。他说休息一下就好，可之后就口吐白沫，现在公司送他去市一附院抢救了。"王清生一听，肠子悔青了，直奔一附院。

王清生到医院时，父亲还能说话："儿子啊，研究生考上了吗？看来这个公文包我用不了啦，今天还给你。"

王清生没接他的话，心痛地问："你不说是建筑经理吗？邻居也说你包了一个大工程，天天夹着公文包办业务，你怎么骗我啊？"

"不这样，你就不会去考研了！那不是毁了你的前程？"他爸断断续续地说。

王清生抚摸着那个公文包，哭出声来。"我不要什么研究生，也不要什么前程，我就要一个健康的爸。"

原载《参花》2021年第1期（下）

2021 年选系列封面绘图画家介绍

黄菁 广西艺术学院美术学院教授，中国美术家协会会员，广西美术家协会理事，漓江画派促进会理事，中国南方油画山水画派研究院研究员，北京当代中国写意油画研究院理事。

《山水有灵气》 黄菁 65cm×65cm 油画

黄菁画作短评

（黄菁）不会把自己设计在一个既得的视觉符号里，以此换得所谓风格的建立，即便建立了符号或图式，他也会在有新鲜视觉到来时搁置它而另开新局。因为黄菁忠实于自己的感受，相信作品的独立价值。他认为每个画家都有一定的概念惯性和思维，这其实是风格、特点确立的基础。然而好画家却往往是在建立概念后，打破概念，再建立概念的循环渐进中确立自己并找到快乐的。因而黄菁选择一个题材一种画法的时候，也会很在意它是否可持续发展，是否有开拓专题的前景。

——刘新（广西艺术学院教授）